청평조
清平調詞

구름 닮은 옷차림 꽃과 같은 생김새
봄바람 난간을 스쳐 가고 이슬 맺힌 꽃 짙어만 가네
만약 군옥산 머리에서 만나지 않았다면
정녕 요대의 달빛 아래서 만날 수 있으리

雲想衣裳花想容
春風拂檻露華濃
若非群玉山頭見
會向瑤臺月下逢

송백

송백 6

백준 新무협 판타지 소설

초판 1쇄 찍은 날 § 2005년 6월 22일
초판 1쇄 펴낸 날 § 2005년 7월 2일

지은이 § 백준
펴낸이 § 서경석

편집장 § 문혜영
편집책임 § 장상수
편집 § 김민정

펴낸곳 § 도서출판 청어람
등록번호 § 제1081-1-89호
등록일자 § 1999. 5. 31
어람번호 § 제2-0630호

주소 § 경기도 부천시 원미구 심곡1동 350-1 남성B/D 3F (우) 420-011
전화 § 032-656-4452 팩스 § 032-656-4453
http://www.chungeoram.com
E-mail § eoram99@chollian.net

ISBN 89-5831-597-0 04810
ISBN 89-5831-383-8 (세트)

송백

松百

1부

魔道傳說

(마도전설)

6

Fantastic Oriental Heroes

백준 新무협 판타지 소설

도서출판

청어람

|목차|

바람이 불어온다. 그 바람에 실려 들려오는 목소리는 그녀의 목소리다. 그것이 나만의 착각일까? 나는 믿지 않는다. 그녀가 죽었다고. 그녀는 분명히 살아 있다.

■제1장■

알 수 없는 사람

■알 수 없는 사람

팟!

검끝에서 발출된 유형의 기운, 그 기운의 끝이 미미하게 흔들리며 송백의 안면으로 향하였다. 그리고 움직이는 오른손.

"당신은… 강한가요?"

슈아악!

순간 비쾌한 소리와 함께 마치 늘어진 끈처럼 송백의 신형을 좌우로 갈라왔다. 순간 송백의 오른손에 번뜩이는 백색의 섬광.

팍!

좌측을 막고 체중을 이동하며 우측을 막는 백옥도는 미미하게 떨리고 있었다. 충격 때문이다. 어느새 저도 모르게 한 걸음 물러서 있었다. 하지만 검기가 지나간 자리에 남은 경기가 송백을 가운데 두고 좌우로 땅을 길게 파놓았다.

피어오르는 먼지에 가려 송백의 신형이 보이지 않았다. 냉유리의 섬세한 눈동자가 송백이 서 있던 자리를 바라보자 가벼운 미풍이 불었다.

"……."

휘이이익!

송백의 신형을 가린 먼지구름이 순식간에 회오리치며 좌우로 사라져 갔다. 그 사이로 보이는 송백의 붉은 눈동자. 그것은 착각이었을까? 살기에 응어리진 광포한 본능이 담긴 살기.

"……!"

냉유리의 차가운 얼굴에 미풍이 불었다. 지금까지 느껴보지 못한 강렬함이 피부를 자극했기 때문이다. 자신과는 전혀 다른 종류의 사람이란 느낌이 들었다. 그리고 느껴지는 죽음의 향기가 냉유리의 전신을 마비시키듯 조여왔다.

'이 사람… 사람을 미친 듯이 죽인 사람…….'

냉유리는 순간적으로 그런 생각이 들었다.

스릉!

맑게 울리는 백옥도의 살기 어린 서늘한 울림. 송백의 눈앞에서 백옥도의 도날이 서서히 도집에서 뽑히고 있었다. 백옥도의 백색 도면 위로 보이는 살기 어린 광포한 눈동자가 냉유리의 전신을 굳게 만들고 있었다. 주변으로 울리는 차가운 한기와 살기가 어우러진 바람 소리, 그 속에 맴도는 고요한 소리가 송백의 귀로 전해져 왔다.

"……."

송백의 손에서 뽑히던 도가 멈춰 섰다. 그리고 들리는 가벼운 울림.

바람 소리에 섞여 가느다란 울림이 전해졌다. 냉유리 역시 서서히 검기가 줄어들며 사라지고 있었다. 둘 사이에 불던 바람도 들려오는 고요한 울림에 서서히 가라앉고 있었다. 그것은 분명한 단소의 소리였다.

시간이 멈춘 듯 냉유리와 송백은 서로를 응시하며 들려오는 단소의 고요한 소리에 귀를 기울였다. 살기도 그 음률에 섞여 사라졌으며 이제는 그저 담담한 기운만이 사방을 맴돌고 있었다. 냉유리의 한기도 사라진 지 이미 오래인 듯 그녀는 눈마저 감고 있었다. 마치 귀에 들리는 울림에 귀를 기울이듯, 그렇게 그 소리에 빠진 듯.

툭!

송백의 발 앞으로 작은 나뭇잎 하나가 떨어졌다. 미세한 소리였으나 주변에 울리던 고요함이 한순간에 무너지는 울림이 전해졌다. 그 소리에 송백은 시선을 돌렸으며 냉유리는 눈을 떴다.

"좋군요."

냉유리는 이미 알고 있다는 듯 송백의 우측에 서 있는 기수령을 응시했다. 기수령의 입에서 단소가 떼어지며 곧 미소를 머금었다.

"두 분의 분위기가 너무 삭막해 한번 불어보았어요. 어땠나요?"

기수령은 환하게 미소 지으며 송백에게 시선을 돌렸다. 송백은 저도 모르게 고개를 끄덕였다. 자신도 잠시나마 추억 속에 잠긴 듯 좋았던 기억들이 떠올랐기 때문이다. 그것은 냉유리도 마찬가지일 것이다.

"좋군."

단순한 대답이었으나 기수령은 잠시 송백의 얼굴에 비친 미소를 볼 수 있었다. 냉유리는 검을 곧 검집에 넣으며 기수령을 바라보았다.

"만약 그 음률로 천하대회를 노렸다면 아마……."

냉유리는 뒷말을 하지 않았다. 하지만 목소리에는 이미 뒷말이 담겨 있었다. 냉유리는 곧 송백을 바라보았다. 냉유리의 유리 같은 눈동자가 차가움을 담았으나 그것은 곧 사라졌다.

"좋은 날이에요… 오늘은."

냉유리는 곧 신형을 돌렸다. 그녀에게 오늘은 특별한 날이 될 것 같았다. 좋은 곡을 들었으며, 좋은 사람을 만났고, 강한 호승심을 가지게 되었다.

냉유리가 사라진 버드나무 밑은 좀 전까지 남은 차가움이 사라지지 않은 듯 서늘한 바람이 불었다.

"산책인가?"

송백의 물음에 기수령은 송백의 옆으로 다가왔다.

"안 소저에게 물어보니 이쪽으로 산책을 다닌다고 들었어요. 찾고 있었어요."

"무슨 일로?"

송백의 물음에 기수령은 단소를 소매에 넣으며 미소 지었다.

"송 소협을 안 지 꽤 되었는데 전 송 소협에 대해 그리 아는 게 없어요. 송 소협은 그에 반해 저에 대해 많이 알지요. 불공평하다고 생각하지 않나요?"

"알려진 자와 숨은 자의 차이지."

송백의 대답에 기수령은 아미를 찌푸렸다.

"전법인가요?"

"사는 방식."

송백의 간단한 대답이었다. 하지만 어느 정도 성격을 드러내는 말이기도 했다. 기수령은 고개를 끄덕이며 말했다.

"그래도 궁금하네요. 송 소협의 사문이 어디인지? 아니, 스승님이 누구인지……?"

기수령은 그 말을 하기 위해 지금까지 겉도는 말을 한 것이다. 그리고 그 유도에 송백이 대답해 주기를 바랐다. 송백은 일순 대답하려 했으나 곧 대답을 회피했다.

"나는 적이 많은 사람이다. 물론 두려움은 없다. 단지 귀찮을 뿐이지. 하지만 그들이 네 존재를 안다면 분명히 이를 드러낼 것이다. 월파검법의 삼초를 완전히 자신의 것으로 만들지 않는 이상 네 존재를 드러내지 말거라."

송백은 초일의 말을 상기하며 고개를 저었다. 스승의 말은 그에게 전부였다. 그리고 아직까지 월파검법의 삼초를 완전히 소화하지 못했다.

"아직은 말할 단계가 아닌 것 같은데……."

송백의 말에 기수령은 실망한 듯 시선을 돌렸다. 더 묻고 싶은 생각도 접었다. 언젠가는 저절로 알게 될 거라 여겼기 때문이다. 문득 자신이 좀 급했던 것이 아닐까 하는 생각이 들었다.

"우린 아직 서로에 대해 알아야 할 것들이 너무 많군요."

기수령의 목소리에 담긴 서운함을 안 송백은 애써 그 마음을 외면하는 듯 등을 돌렸다.

"시간이 지난다면 자연스럽게 알게 되겠지."

송백은 그렇게 말하며 이 자리에서 벗어나려 했다. 그것을 안 기수령은 잡으려 했지만 입은 열리지 않았다.

*　　　*　　　*

방지호는 할 일이 많았다. 그중에 하나가 지도를 그리는 일이었고, 다른 하나는 사람에 대한 조사였다. 그리고 지금 자신이 의심하고 있는 사람이 늘 지나가는 길목에 숨어 있었다. 그리고 그 사람이 나타나자 모든 것을 숨기듯 심장이 움직이는 소리까지 죽였다. 그래야만 했던 상대였기 때문이다.

수풀 사이에 난 길을 지나가고 있는 그 사람의 뒷모습이 방지호의 눈에 들어왔지만 방지호는 섣불리 뒤를 밟지 못했다. 적어도 삼십 장 정도의 거리가 될 때까지 움직이면 안 되었다.

'……'

방지호는 유심히 상대의 등을 응시하다 거리가 이십여 장 정도 되자 몸을 움직이려 했다. 아주 조심스럽게 순간 상대의 발이 멈췄다. 방지호의 모든 신경이 죽은 듯 그림자 속에 잠들었다.

"쓸데없이 나타나지 말라고 하였다."

죽은 듯한 미약한 음성이었다. 하지만 방지호의 귀에는 들려왔다. 누구에게 하는 말일까? 방지호는 순간적으로 자신에게 한 말 같아 심장이 얼어붙을 것 같은 추위를 느껴야 했다.

'나를 안 것인가?'

충분히 그럴 가능성이 있다고 여겼다. 상대가 상대이니 만큼. 하지만 방지호는 곧 얼어붙을 것 같은 식은땀을 흘려야 했다. 자신의 우측 삼 장여 떨어진 곳에서 사람이 나타났기 때문이다.

"죄송합니다."

검은 복면에 검은 옷을 입고 있는 상대는 방지호가 바라보는 상대의 뒤에 부복했다. 검은 복면인이 부복했지만 등을 보이고 있는 상대의 얼굴은 돌아가지 않고 있었다.

"일이 급한지라……."

복면인의 조용한 목소리가 흘렀다. 방지호가 조금이라도 움직였다면 바로 발각되었을 것이고, 그리고 그 이후는 죽음.

방지호는 침을 삼키려던 행동도 멈추었다. 견디기 힘들었지만 참아야 했다. 그리고 최대한 귀를 땅에 기울였다. 지청술(地聽術)을 펼치기 시작한 것이다.

"무슨 일이냐?"

"아무래도 맹은 태정방과의 공존을 원하는 듯합니다. 거기다… 이번 천하대회에 나온 젊은 무인들 중에 예기치 못한 사람들이 존재합니다. 한 명은 송백이고 한 명은 비무초자입니다."

"비무초자?"

"그렇습니다."

복면인의 대답에 등을 보인 상대는 잠시 침묵을 지켰다. 그러다 곧 다시 말했다.

"그자가 이십대이던가? 의외이지만 그렇다고 그리 크게 달라질 것도 없다."

"알겠습니다."

"그것보다 송백에 대한 조사는 끝났느냐?"

"아직… 그자의 무공에 대한 조사는 철저하게 하고 있으나……."

복면인의 말이 땅의 진동을 타고 방지호의 귓가로 전해지고 있었다. 방지호는 저도 모르게 침을 삼켰다. 곧 몇 마디의 말들이 더 귀에 들어왔다. 하지만 둘의 대화는 끝나야 했다. 한쪽에서 발소리가 들렸기 때문이다. 그것을 느낀 듯 복면인의 신형이 사라졌다. 그리고 등을 보인 상대도 빠르게 앞을 향해 걸어갔다.

방지호는 순간적으로 선택의 기로에 서 있었다. 등을 보인 상대를 따라갈 것인가? 아니면 복면인을 따라갈 것인가? 방지호는 아주 짧은 시간 동안 선택을 해야 했다. 등을 보인 상대를 따라가면 곧 은림원이 나온다. 그리고 그곳은 자신이 숨으려 해도 숨을 수 없는 곳이었다. 그곳에 지금 있는 자는 괴물 같은 자이기 때문이다. 그리고 등을 보인 상대도 그런 괴물 같은 인물이었다.

방지호는 쉬운 쪽을 골랐다. 그리고 일단 이곳에서 한발 물러서는 것도 좋다고 여겼다. 방지호의 그림자가 사라져 가는 복면인의 뒤를 따라붙기 시작했다.

'생각은 짧게 행동은 과감히.'

어릴 때부터 늘 듣고 자신의 삶처럼 여기던 말이었다. 방지호의 신형이 복면인을 따라 나아가기 시작했다. 그것을 모르는 듯 복면인도 급속도로 사라져 갔다.

털꺽!

낮은 울림이 울리며 침상이 밑으로 내려갔다. 그 앞을 유심히 살피던 모용현은 흔적이 없다는 것을 알고는 이불을 펴 단정히 자신의 잠자리를 정리했다. 복면을 하고 다닐 때 느끼던 불안한 기분들도 말끔히 사라지는 순간이었다.

신형을 돌리며 차를 따라 마시려던 모용현의 시선이 우연일까? 천장으로 향했다. 순간 모용현의 시선에 차가운 살광이 번뜩였다.

"누구냐!"

말을 떨어지는 순간 찻잔이 허공을 날아 천장으로 향했다.

팍!

잔이 깨지며 사방으로 찻물이 튀었다. 모용현의 신형이 어느새 그 밑으로 다가와 서 있었다.

"……."

모용현은 천장과 사방을 응시하며 싸늘한 얼굴로 살폈다. 이십대 초반으로 보이는 그의 외모였지만 이때만큼은 연륜있는 무림고수처럼 신중한 얼굴로 변해 있었다.

'과민한 것인가?'

모용현은 아무리 살펴도 흔적이 없자 고개를 저으며 신형을 돌렸다. 순간 모용현의 손이 자연스럽게 옆구리에 걸린 검의 손잡이를 잡았다. 그리곤 재빠르게 몸을 틀며 문 옆의 기둥을 향해 던졌다.

쉬아악!

퍽!

검날이 기둥의 중심에 손잡이까지 박혀 들어갔다. 모용현의 시선이 그곳을 떠나 창가로 향했다. 그리고 그곳에서 움직이는 그림자를 발견한 순간 손을 검이 박힌 기둥으로 뻗었다.

"쥐새끼!"

휘릭!

강렬한 바람과 함께 기둥에 박힌 검이 뽑히며 어느 순간 모용현의 손 안에 들어갔다. 고난위의 무공 중 하나인 허공섭물을 펼친 것이다. 순간 모용현의 신형이 창가로 뻗어나갔다. 하지만 그의 발은 멈춰야 했다. 창밖으로 보이는 한 명 때문이다.

"현아! 현아, 있느냐?"

자신의 형이자 가장 껄끄러운 상대인 모용진이 나타난 것이다. 모용세가에서 자신이 가장 조심해야 할 사람이 있다면 모용진이었다. 그는 겉보기엔 그저 풍류공자였지만 그것은 겉모습일 뿐 그 내면을 알기 힘든 자였다. 아직도 모용진에 대해 아는 것이 적었다. 그의 성격조차도 종잡지 못하고 있었던 것이다.

모용현은 검을 재빠르게 검집에 넣으려다 검날에 묻은 붉은 핏자국에 눈을 강하게 빛냈다.

"훗."

옅은 미소가 입가에 걸렸다.

곧 검을 넣으며 손을 저어 사방에 떨어진 찻잔의 조각들을 모아 한쪽에 놓인 화분의 흙 속에 넣었다. 그리곤 문가를 향해 걸었다. 마치 아무 일도 없었던 것처럼

"형님이십니까?"

문을 열자 모용진의 얼굴이 나타났다.

"안에 있었구나."

곧 모용진이 안으로 들어섰으며 모용진은 잠시 동안 눈을 빛냈다. 하지만 그것은 삽시간에 사라졌으며 미소가 걸렸다.

"상담할 것도 있고 해서 왔다. 앉지."

모용진이 의자에 앉자 모용현이 마주 앉았다. 곧 모용진은 심각한 표정으로 입을 열었다.

"동생, 실은 말이야, 무림맹에 남아야겠어. 아버님은 오라고 했지만 가고 싶지 않아. 무슨 말인지 알지?"

"예?"

모용현은 놀란 얼굴로 모용진을 바라보았다.

"큭!"

나무 위에 올라 앉아 있는 방지호는 왼팔에서 흘러나오는 핏방울을 응시하며 신음을 삼켰다. 수풀 속이었고, 주변엔 아무도 없었다.

찌익!

소매를 찢어 왼 팔뚝을 동여매었다. 어느새 잘렸는지 옷이 잘려 있었으며 그곳에 난 긴 검상에서 피가 흘렀다.

"고수……."

방지호는 모용현이 복면인이라는 사실만으로도 놀랐지만 그의 무공이 자신의 예상을 넘어섰다는 것에서 더욱 놀라고 있었다.

'분명히 나를 찾을 것이다…….'

방지호는 팔을 감싸며 인상을 찌푸렸다. 그리고 앞으로 행동을 조심해야겠다고 생각했다.

"움직이지 말았어야 했는데……."

방지호는 중얼거리며 찻잔이 자신에게 날아올 때 놀라 움직였던 것이 실수라고 여겼다. 그것을 그냥 참고 맞았다면 이렇게 들키는 일도 없었을 것이다. 그것이 아쉬웠다. 앞으로의 행동에 제약이 따를 것이고, 자신의 입장이 크게 곤란하게 되었다.

'도대체 누구란 말이지……?'

방지호는 어느 정도 피가 멈추자 곧 나무에 스며들었다. 그리고 그자가 절대 모용현이 아니라고 여겼다. 절대로 모용현의 무공이 아니었기 때문이다. 그리고 자신이 조사해야 할 사람에 대한 의심도 들었다. 그자는 도대체 누구란 말인가……? 방지호의 고민은 끝없이 이어지고 있었다.

나무에 스며들어 옆의 나무로 이동하던 방지호의 신형이 순간적으로 멈춰 섰다. 그녀의 눈에 한 명의 청년이 들어왔기 때문이다. 그 청년은 방지호가 이동한 나무로 다가오고 있었으며 평범한 얼굴의 청년이었다. 그런 청년의 손이 어깨에 걸린 검을 잡고 있었다.

'……!'

방지호는 그 청년이 누구인지 몰랐지만 어느 정도 예상은 하고 있었다.

뚜벅! 뚜벅!

청년의 발이 큰 소리를 울리며 다가왔다. 그리고 방지호가 있는 나무 앞에 다가오자 주저없이 방지호의 그림자를 향해 검을 내려쳤다.

퍽!

"큭!"

입에서 신음성이 흘러나오며 방지호는 나무의 그늘에서 빠져나와 뒤로 물러섰다. 방지호의 오른 어깨가 갈라지며 핏물이 흘러나왔다. 방지호의 왼손이 오른 어깨를 잡고 있었으며 얼굴이 땀으로 젖어 있었다.

"사람이었군."

평범해 보이는 이십대 중반의 청년이 미소를 그리며 검을 들어쥐었다.

"누구… 누구지?"

"여방(呂方)."

여방이라 밝힌 청년은 주저없이 방지호를 향해 빠르게 다가왔다.

방지호는 순간적으로 의심했었다. 설마 하니 자신을 봤을까? 자신의 위치를 알 것인가? 그리고 이자가 자신에게 오는 것인가? 그런 의심이 들었으며 망설였을 때는 이미 늦었다. 그리고 자신의 모습을 보여야 했다.

"왜 저를 공격하시는 건가요?"

방지호는 급하게 말하며 뒤로 물러섰다. 불안했기 때문이다. 여방은 그저 담담히 웃으며 가벼운 걸음으로 다가왔다.

"숨어 있으니 불순한 사람일 것이고, 불순한 의도로 들어왔으니 죽는 것이 당연한 것 아닌가? 더욱이……."

여방의 말이 잠시 끊기는 순간 그의 신형이 빠르게 방지호를 향해 날아들었다. 바람 같은 그 모습에 방지호는 놀라 뒤로 몸을 날렸다.

"봤다면 죽어야지."

"……!"

방지호는 그제야 모용현 혼자가 아니라는 것을 알았다. 그 사실을 왜 이제야 눈치챘는지 자신을 한스럽게 여겼다. 모용현 같은 자가 한 명 있다면 다른 자도 있을 것이다. 그것을 의식하지 못한 것이다.

'바보같이!'

방지호는 몸을 날리며 자신이 할 수 있는 무공을 보이기 위해 왼 손목을 틀었다.

팅!

슈아아악!

팔찌가 풀리며 두 개의 비수가 여방의 안면으로 날아들었다.

"……!"

여방의 눈동자가 싸늘하게 굳어지는 순간 그의 신형이 마치 뱀처럼 좌우로 흔들렸다.

슈슉!

너무도 가볍게 그의 양 어깨를 타고 두 개의 비수가 뒤로 날아갔다.

"헉!"

방지호의 눈동자가 부릅떠지며 다가오는 여방을 바라보았다.

"잘 가라고."

여방의 검이 달려들며 미간을 향해 날아들었다. 뒤로 물러서고 있지만 자신보다 여방의 검이 더욱 빨랐다. 방지호는 눈을 감으며 몸을 옆으로 틀었다. 여방의 검날이 그 순간 방지호의 등줄기를 스치고 지나쳤다.

스슥!

"윽!"

방지호의 신형이 옆으로 굴렀다. 그리고 은행나무가 사방으로 보이는 자리에서 방지호는 비틀거리며 여방을 바라보았다. 고통보다 자신이 죽을지도 모른다는 생각에 방지호는 이를 악물었다. 하지만 여방은 굳은 얼굴로 서서 자신을 바라보고 있었다. 아니, 자신이 아니라 여방의 시선은 자신의 뒤를 보는 듯했다.

방지호는 시선을 들어 여방의 눈을 따라 고개를 돌렸다. 곧 방지호의 눈에 반가운 얼굴이 들어왔다. 송백이었다.

송백은 기수령과 헤어져 은행나무 길을 지나치다 방지호를 발견한 것이다. 그리고 그 앞에 서 있는 여방을 바라보고 있었다. 불과 일 장의 거리에 여방은 검을 늘어뜨린 채 서 있었다. 섣불리 접근할 수가 없는 듯 여방은 굳은 얼굴로 송백을 바라보고 있었다.

"비키시오."

여방은 송백을 알고 있었다. 그렇다고 방지호를 그냥 둘 수가 없었다. 분명히 죽여야 하는 여자였다. 하지만,

"왜?"

송백의 말에 여방의 인상이 싸늘하게 변하였다.

"그자는 맹에 숨어들어 기밀을 보려 했던 죄인이오."

송백은 가볍게 방지호를 바라보았다. 방지호를 바라보다 송백은 곧 여방을 바라보았다.

"그렇다면 맹의 간부에게 넘기면 그만 아닌가?"

"그건……."

여방은 그 말에 잠시 동안 망설였다. 그것이 실수였다. 그것을 느낀 후에는 이미 늦었다. 송백의 입에 걸린 미소를 보았기 때문이다.

"몸은?"

송백은 여방을 바라보며 말했으나 그 말은 방지호를 향한 말이었다. 방지호는 등에 난 상처가 스친 거라 의외로 크지 않다는 것을 알았다. 단지 어깨가 문제였다.

"크지 않아요."

송백은 대답을 들으며 고개를 끄덕였다.

"일이 커지기 전에 가는 것이 어떤가? 그게 서로를 위해 더 좋다고 보는데……?"

송백은 넘겨짚으며 말했다. 왜 이들이 이렇게 되었는지 그저 예상할 뿐이지만 크게 관심을 갖지 않았다. 자신의 영역이 아니기 때문이다.

"크!"

여방은 검을 잡은 손에 힘을 주었다. 잠시지만 망설였다. 둘을 죽일 것인가? 아니면 이대로 물러설 것인가? 곧 여방의 귀에 발자국 소리가 들렸다. 또 다른 사람의 발자국 소리이다. 그리고 이곳은 무림관의 정원이었다. 더욱이 상대는 송백이었다.

"더 이상 관여 안 하는 것이 목숨을 보존하는 길이다."

여방의 차가운 시선이 방지호에게 향했다. 곧 송백을 바라보며 살기를 피우던 여방은 검을 검집에 넣으며 신형을 돌렸다. 그 모습에 송백은 방지호를 바라보며 손을 내밀었다.

"가자."

"예."

방지호가 막 손을 잡고 송백의 어깨에 기대는 순간 바람 소리가 들렸다.

쉬아아악!

"헉!"

바람 소리에 고개를 돌리던 방지호는 어느 순간 바로 코앞까지 날아든 여방의 모습에 놀라 눈을 부릅떴다. 송백의 손을 방지호가 잡는 순간 여방이 소리없이 몸을 돌리며 달려들었던 것이다. 틈을 노린 일격.

송백의 굳은 눈동자에 살기가 피었다. 그러는 사이에 검날은 송백의 심장에 닿고 있었다. 순간 송백의 앞발이 빠르게 위로 차 올라갔다. 여방의 턱을 노린 것이다. 검을 찌른다면 여방은 턱이 날아갈 것이다.

획!

송백의 발이 허공을 차며 여방의 신형이 측면으로 돌았다. 순간 여방의 검이 송백의 옆구리로 날아들었다. 송백의 발이 허공에 꺾이며 여방의 뒤통수로 찍어 내려온 것도 순간이었다. 눈동자가 굳어지며 여방이 몸을 옆으로 돌리듯 틀었다.

쿵!

송백의 뒤꿈치가 땅을 파고들었다. 그곳에서 피어나는 먼지가 미미하게 올라오고 있었다. 어느새 일 장 물러선 여방은 잠시 그 발을 바라보았다. 그 발이 자신의 뒤통수를 가격했다면 머리가 깨졌을 것이다.

"……."

여방은 굳은 얼굴로 검을 검집에 넣었다. 눈 한 번 깜빡이는 시간 동안 일어난 공방치고는 살기 어린 공방이었다. 그리고 그 차가운 살기가 피부를 따갑게 만들고 있었다. 어느새 송백의 오른손이 도를 잡고 있었다.

"물러서지."

여방은 차갑게 중얼거리며 신형을 틀었다. 그리곤 미련없이 몸을 날렸다. 그가 사라지자 송백은 곧 방지호의 팔을 잡으며 부축했다.

"미안해요."

방지호는 순식간에 일어난 공방에 잠시 몸을 떨었다. 자신의 눈으로 따라갈 수 없는 공방이었으며 수준 높은 대결이었다. 잠깐의 실수가 있었다면 누군가 죽었을 것이다. 그리고 이것이 무인 간의 대결이라 생각했다.

"잘 돌아다니더니 결국은 피를 보는군."

송백의 말에 방지호는 고개를 숙였다.

"목숨은 하나다. 조심해."

"명심할게요."

송백의 말을 들으며 방지호는 깊게 숨을 내쉬었다. 만약 그가 없었다면 자신은 죽었을 것이다. 그리고 여방의 공세를 송백이었으니 그렇게 쉽게 막았다고 생각했다. 다른 인물들이라면 망설이다 죽었을 것이다. 실전과 비무의 차이 때문이다. 그리고 송백은 너무도 능숙하게 급작스러운 공격을 막았으며 공격했다. 그것도 다리 하나로.

"저자가 누구인지 궁금하지 않나요?"

"별로……?"

짧은 대답에 방지호는 인상을 찌푸렸다. 기껏 알려주려고 했더니만……. 발 하나로 상대할 인물이 아니었기 때문이다. 그리고 그가 누구인지 지금 이 순간 확신했다.

"저자는 비무초자라 불리는 인물이에요."

"그런가?"

송백은 고개를 끄덕였다. 그가 누구인지 모르기 때문이다. 그것을 느낀 방지호는 답답하다는 듯 인상을 찌푸렸다. 그러다 문득 머리 속을 빠르게 뚫고 지나가는 충격에 사고가 정지한 듯 눈을 크게 떴다.

"이번 천하대회에 나온 젊은 무인들 중에 예기치 못한 사람들이 존재합니다. 한 명은 송백이고 한 명은 비무초자입니다."

"비무초자?"

좀 전에 자신이 봤던 사람들의 대화가 떠오른 것이다. 분명히 그들은 비무초자를 모른다. 하지만 지금 이 순간 자신을 죽이려 했던 사람은 비무초자였다. 무언가 잘못되었다는 생각이 들었다. 방지호의 머리 속이 헝클어지기 시작했다.

*　　*　　*

날이 저물고 있었다. 해가 지는 서산을 창 사이로 바라보며 한가롭게 차를 마시고 있는 여인은 철시린이었다. 이미 본선이 확정된 철시린은 더 이상 신교대전에 관심이 없었다. 다른 사람이 누가 되었든 중요한 것은 자신이 나간다는 사실이었다.

철우경은 아직 끝나지 않은 신교대전으로 바빠 집에 없었다. 오늘 밤이 되어도 늦은 시간에 올 것이다.

"아가씨."

"……?"

책을 읽던 철시린은 고개를 돌려 소화를 바라보았다.

"소교주님께서 오셨습니다."

"……."

철시린은 소화의 말에 인상을 찌푸렸다. 신교에서 소교주라 불리는 사람은 단 한 명이기 때문이다. 그리고 그에게는 좋지 않은 기억이 있었다. 불과 며칠 전의 일이었다. 그런데 그가 나타난 것이다. 칠대제자 중 소교주라 불리는 대제자 장무영이 온 것이다.

"뵙기를 청하십니다."

철시린은 거절할 수 없다는 생각이 들었다. 거절한다면 장무영은 어떻게 해서라도 들어올 것이다. 아니, 거절하면 오기로라도 들어올 인물이었다. 한번 하자고 마음먹으면 끝까지 하고 마는 성격이었다.

"객청에 모시거라."

"예."

소화가 허리를 숙이며 나가자 철시린은 면사를 쓰곤 곧 검을 챙겨 손에 들었다. 만약을 위해서이다.

장무영은 시비들과 함께 객청에 들어와 앉았다. 난화가 차를 따라주자 고개를 끄덕이며 객청을 둘러보았다.

"부교주님의 거처치고는 단조롭군."

"검소하신 분입니다."

난화의 대답에 장무영은 고개를 다시 끄덕였다.

"교의 자랑이신 부교주님의 시비로 지내는 것을 영광으로 알아야 할 것이다. 나 역시 존경하는 분이니 네가 부럽기도 하구나……."

장무영의 말에 난화는 얼굴을 붉히며 고개를 숙였다. 곧 난화의 뒤로 소화와 함께 철시린이 들어왔다. 장무영은 시선을 돌려 면사를 쓴 철시린을 바라보았다.

"할아버님을 존경하신다니 의외군요."

철시린은 말을 하며 자리에 앉았다. 그러자 장무영은 미소를 지었다.

"전의 일을 사죄하기 위해서 온 것이니 그렇게 차가운 말투로 대하지 말게."

장무영은 곧 손을 가볍게 들었다. 그러자 시비가 상자를 탁자 위에 올려놓았다. 곧 장무영이 탁자 위에 올려진 상자를 손으로 잡으며 말했다.

"운남의 대리에 갔을 때 마련한 것이오. 대리석으로 만든 것인데 그대에게 주리다."

"무엇인가요?"

"불상."

장무영은 짧게 말하며 상자를 열었다. 그러자 대리석으로 조각한 좌불상이 나타났다.

"중원을 떠돌 때 마음을 의지하던 불상이오. 기도도 올리고 때로는 고향을 생각하며 마음의 안식을 찾기도 했소. 천하를 돌아다니며 오십여 번의 비무를 할 동안 단 한 번도 몸에서 떨어뜨리지 않은 물건이오."

"그 이야기는 들었어요. 비무초자라 불렸다는 것을. 하지만 불심이 깊을 줄은 몰랐군요."

철시린의 대답에 장무영은 흐릿하게 미소 지었다.

"불심이 깊은 것이 아니라 그저 안식을 찾으려 했던 것뿐. 불심 따윈 나에게 없다. 내게 있는 것이라곤 한 자루의 검과 천하라는 집뿐."

장무영은 말을 하며 검을 손으로 한 번 쳤다. 짧은 소리가 울렸다. 곧 철시린의 시선이 불상을 향하였다. 정교하게 조각된 좌불상이다. 철시린 역시 불심이 없기에 어떤 불상인지 알지 못했다. 단지 의미있게 다가올 뿐이었다. 곧 철시린은 소화에게 고개를 돌렸다. 그러자 소화가 그 마음을 읽고는 다가와 상자를 닫고 챙겼다.

"아가씨의 방에 놓겠습니다."

소화의 말에 철시린은 고개를 끄덕였다. 소화가 나가자 장무영은 손을 들어 시비를 물러나게 했다. 난화 역시 그녀들과 함께 밖으로 나가자 장무영과 철시린만 남게 되었다. 해는 거의 저물어갔으며 등불 몇 개가 실내를 밝게 만들고 있었다.

"중원에는 대역을 남겨놓고 왔지만 후회스럽기도 했지. 중원은 이곳에 비해 살기 좋으니……."

"그렇군요."

철시린의 대답은 여전히 차가웠다. 장무영은 자신이 어떤 말을 해도 이미 안 좋은 사람으로 낙인찍힌 것을 알았다.

"내가 나쁜 놈인 것은 인정하지. 그러니 목소리라도 곱게 해줄 수는 없겠나?"

"미안하군요."

철시린의 대답에 장무영은 고개를 저으며 씁쓸히 미소 지었다.

"어차피 내가 실수한 것은 지나간 일. 후회해도 소용이 없겠지. 하지만 그때는 참을 수가 없었다. 아니, 참기에는 너무도 힘들었지. 안고 싶었다. 그게 나의 솔직한 마음이었으니까. 하지만 내 여자가 아닌 이상 그것은 죄가 된다는 것을 잠시 잊었지."

그렇게 중얼거린 장무영은 곧 눈을 빛내며 다시 말했다.

"노호관이라 했던가? 그 위사."

철시린이 고개를 끄덕이자 장무영은 빠르게 말했다.

"그 녀석이 알려주더군. 잠시 본능에 움직인 나를 깨워주었지. 참으로 고마운 녀석이야."

장무영의 말에 철시린은 무색한 음성으로 말했다.

"본능에 움직이다니… 아직 수련이 부족하시군요. 무공에 정진하는 자로서 자신의 부족함을 알아야 할 것이에요."

"……!"

장무영의 안색이 굳어졌다. 잠시 동안 미묘한 침묵과 무거운 공기가 흘렀다. 하나 장무영은 미소를 그리며 고개를 저었다.

"그때의 복수인가? 이거 크게 뒤통수를 맞았군. 하하하."

장무영은 통쾌하다는 듯 웃으며 철시린을 바라보았다. 곧 웃음을 거두며 다시 말했다.

"나의 부족함을 알게 해주어서 고맙군. 앞으로는 더욱 노력할 것이네. 마음뿐만이 아니라 천하도 다스릴 만큼."

장무영의 말에 철시린은 잠시 눈을 빛냈다. 장무영은 결코 예사 인물이 아니기 때문이다.

"천하를 발아래 둘 때 말하지. 나의 반쪽이 되어달라고."

"거절한다면요?"

철시린의 말에 장무영은 미소 지었다.

"거절을 하는 것 역시 자유. 그때는 겸허한 마음으로 받아들일 것이네. 하긴 지금 이 순간에 나에 대한 감정은 그저 얼음 같을 테니 내가 이렇게 찾아와 무슨 말을 한다 한들 좋게 되기는 힘들 것 같군."

장무영은 곧 일어서며 다시 말했다.

"노호관보다 낮은 점수겠지?"

"물론이에요."

철시린의 대답에 장무영은 고개를 끄덕였다. 그러자 철시린이 다시 말했다.

"그는 좋은 사람이에요."

"물론. 처음 봤을 때부터 아까운 녀석이라 생각했지. 위사로는 아까운 재목이야. 분명 뛰어난 인물이 되겠지."

장무영은 망설이지 않고 자신의 생각을 말했다. 그 말에 철시린은 눈을 빛냈다. 적어도 장무영의 위치에 선 자가 남을 그렇게 쉽게 인정한다는 것은 결코 쉬운 일이 아니었다. 그것은 어떤 무인이라도 마찬가지일 것이다.

"더욱이 오늘 비무에서 지 사제를 이겼다. 그 녀석도 천하대회에 나가게 되었어. 의외지만."

장무영은 미소 지었다. 철시린은 약간 놀란 눈으로 장무영을 바라보았다. 예상 밖의 말이기 때문이다. 지한패의 무공이 어떤지 안다. 아무리 노호관의 무공이 뛰어나도 지한패를 이기기에는 부족함이 보였다. 하지만 이겼다고 한다.

"아마 지 사제가 좀 사정이 있어 진 듯하지만 승부는 승부. 어제저녁 삼사제와 뭔가 밀담을 나누더니 오늘 지더군. 훗. 자존심을 버릴 만큼 중요한 일이 있었겠지."

"노 위사의 무공은 뛰어나요."

철시린의 말에 장무영은 고개를 끄덕였다.

"지 사제 역시 뛰어나지. 단지 노호관이 운이 좋았을 뿐이야. 알 수 없는 것은 삼사제다. 그 녀석은 이번 신교대전에 참가하지도 않았어. 꿍꿍이가 있으니 그렇겠지. 예전부터 기분 나쁜 놈이니까."

"……."

장무영은 말을 하며 인상을 찌푸렸다. 삼사제는 철시린도 지금까지 단 한 번만 본 인물이었다. 그것도 잠시 봤을 뿐 대화조차 나눈 적이 없었다.

"천하대회에 앞서 중원에 나갈 생각인데 함께 가겠나?"

"……?"

철시린이 바라보자 장무영은 다시 말했다.

"단둘이 가는 것이 아니네. 천하대회를 앞두고 본 교와 맹의 회담이 화산에서 있네. 그 자리에 함께 가자는 것뿐인데, 어떤가? 부교주님도 함께할 터이니 바깥바람이라도 쐰다는 기분으로 함께하지 않겠나? 오늘 내가 온 목적은 이것이네."

장무영의 미소 진 말에 철시린은 곧 고개를 끄덕였다.

"그렇게 할게요."

"고맙군."

장무영은 곧 객청을 빠져나갔다. 밤도 깊어지기 시작했던 것이다.

■ 제2장 ■

오행당을 말하다

드높은 함성 소리는 여전히 무림맹을 울렸으며 그 소리에 화답하듯 비무대 위로 한 명의 여성이 올라왔다. 오늘은 수조의 예선이 있는 날이었다. 수조는 다른 조에 비해 여성 고수가 많았다. 그리고 그중에 한 명이 올라온 것이다.

"냉유리다!"

"와아아!"

사람들의 외침과 함께 냉유리의 차가운 시선이 빈 비무대를 바라보았다. 오늘의 상대를 기다리는 것이다. 그리고 곧 또 한 명의 여성이 올라왔다. 냉유리처럼 백색의 옷을 입었으며 길게 뒤로 단정히 넘겨 버린 흑발이 백옥 같은 피부와 대조적인 여성이었다. 특이한 것은 양 허리에 하나씩 찬 왜도였다.

"안희명의 차례군."

사람들 사이에 섞여 있는 송백은 그 옆에 서 있는 능조운과 함께 비무대를 바라보고 있었다. 능조운은 걱정스러운 얼굴로 비무대를 응시하고 있었다.

"누가 이길 것 같아?"

능조운의 물음에 송백은 냉유리를 바라보았다.

"냉 소저가 이기겠지."

"난 희명에게 걸지."

능조운이 인상을 찌푸리며 대답했다. 송백의 대답은 자신이 원하는 대답이 아니기 때문이다.

"내기인가?"

송백의 미소 진 말에 능조운은 어렵게 미소 지었다.

"물론."

"그렇다면 무엇을 걸까? 금? 백 냥이면 좋겠군."

송백의 말에 능조운의 이마에 땀방울이 흘렀다.

"그게……."

자신도 확신하지 못하기 때문이다. 안희명은 강하다고 하지만 송백이 말하니 내기를 한 것 자체가 잘못이라는 생각이 들었다.

"백 냥?"

"물론."

송백의 말에 능조운은 잠시 굳게 입술을 닫고는 비무대를 바라보았다. 서로를 마주 보는 냉유리와 안희명을 잠시 응시하던 능조운은 곧 송백을 바라보며 히죽였다.

"없던 걸로 하면 안 될까?"

"마음대로. 하지만 안 소저가 이길 확률이 없는 것은 아니야. 단지…….”

“단지? 뭐가 문제있나?”

능조운의 말에 송백은 고개를 저었다. 그리곤 안희명을 바라보았다.

‘잠을 자고 있었다면 이길 수도 있었겠지… 아쉽군. 오늘따라 일찍 눈을 뜬 것이…….’

송백은 잠을 잘 때 펼치는 그 살기 어린 환상이도의 예리함을 잘 알고 있었다. 적어도 그 정도는 되어야 냉유리의 상대가 될 수 있다. 평범한 환상이도는 냉유리의 상대가 될 수 없다고 여긴 것이다.

“시작!”

외침 소리가 울리는 순간 냉유리의 신형이 번개처럼 안희명의 가슴으로 파고들어 갔다. 안희명은 예기치 못한 일격에 놀라 뒤로 물러서며 오른손으로 왼 허리의 왜도를 잡아 들었다. 그 순간 빛이 번뜩이며 냉유리의 검날이 가슴을 찔러왔다.

깡!

왜도에 막혀 검이 튕기며 냉유리의 신형이 멈춰 섰다. 반탄력 때문이다. 안희명도 뒤로 물러섰다. 그런 후 재빠르게 자세를 잡았다. 처음의 일격은 그리 큰 문제가 아니었다.

그 앞을 바라보는 안희명은 굳은 얼굴로 양손으로 왜도를 잡고 들었다. 옆으로 세우던 왜도를 천천히 앞으로 내리며 그 끝으로 냉유리의 목젖을 겨누었다. 그 날카로운 도빛이 섬뜩하게 번뜩였다.

“…….”

냉유리 역시 굳은 얼굴로 안희명을 바라보았다. 지금까지 본 적이 없는 자세이기 때문이다. 더욱이 공격적인 자세였다. 양손으로 도를 잡고 그 끝을 앞으로 겨누며 상체는 비스듬히 앞으로 쏠려 있었다. 그 사이로 빛나는 안희명의 살기 어린 눈동자가 냉유리의 검을 막고 있었다. 틈을 잡기 어려운 자세였다.

'예선과는 다르다는 건가……?'

냉유리는 굳은 얼굴로 검날을 늘어뜨리며 안희명을 바라보았다.

안희명의 양손은 이미 땀에 젖어 있었다. 그만큼 냉유리의 전신에서 쏟아지는 차가운 기운이 크게 압박하고 있었기 때문이다. 조금이라도 빈틈을 보인다면 냉유리의 검이 심장을 뚫고 지나갈 것 같았다.

꾸욱!

양손을 비틀며 더욱 강하게 도를 잡았다. 다른 하나의 도를 꺼내기엔 시간적인 여유가 없을 듯했다. 도를 꺼내기 위해 손을 내리면 그 순간 냉유리의 검이 날아올 것 같았다. 애초에 양도를 꺼내지 못한 것이 실수라고 여겼다.

'볼 때와는 천양지차로군.'

안희명은 냉유리의 무공을 보았을 때를 떠올리며 생각했다. 그리고 이렇게 마주하자 지금까지 냉유리를 상대한 많은 인물들이 느낀 공통적인 압박을 느껴야 했다. 모두 이런 기분으로 냉유리와 싸워왔다는 생각이 들자 더욱 마음을 굳게 잡았다.

'할아버지를 찾으려고 강호에 나왔는데 이게 무슨 날벼락이람… 이럴 줄 알았다면 무림대회에 나오지 말 것을… 망할 능가 녀석 때문에…….'

안희명은 인상을 찌푸리며 자신을 유혹한 능조운을 탓했다.

스슥!

안희명의 앞발이 조금씩 앞으로 움직였다. 미미하게 움직이는 그 모습에 냉유리의 시선이 도끝에 고정되었다. 아니, 그 너머 안희명의 양 어깨였다.

냉유리와 안희명 사이에 일어난 긴장감을 사람들도 느낀 듯 주변은 고요했다. 가벼운 소음들도 조금씩 작아지기 시작했다. 그리고 사람들의 소음이 없어지는 순간 모든 소리가 사라진 듯한 착각이 일어날 때 냉유리의 손이 움직였다. 그리고 안희명도 움직였다.

쉬악!

냉유리의 검날이 하단전을 찌르며 내려갔다. 그 사이로 안희명의 도끝이 냉유리의 목젖을 노리며 찔러갔다. 도와 검의 길이 차이는 분명했으며 검보다 안희명의 도가 더 길었다. 안희명은 그것을 알기에 과감히 나간 것이다. 하지만 '팍' 하는 소리가 울리며 검끝의 희미한 기운이 눈에 들어왔다.

"……!"

부릅뜬 눈으로 안희명은 몸을 틀었다.

슈악!

강렬한 소리가 울리며 옆구리를 스치는 검풍이 안희명의 전신을 차갑게 만들었다. 검신은 거리를 두고 있지만 검기는 옆구리를 지나쳤다.

'무기의 길이는 문제가 아니라는 건가?'

안희명은 인상을 찌푸리며 도를 옆으로 세웠다. 곧 냉유리도 안희명을 바라보며 천천히 한 발을 앞으로 뻗었다. 그 발끝이 바닥에 닿는 순간 안희명의 양 발이 땅을 찼다. 먼저 나선 것이다.

쉬악!

공기를 가르며 안희명의 왜도가 옆으로 목을 자르듯 그어갔다. 그

빠르기가 섬전 같았으나 냉유리의 상체는 가볍게 숙여졌다.

휙!

냉유리의 묶은 머리카락이 몇 올 바람에 날려 허공에 휘날렸다. 그리고 그녀의 고개가 위로 들리는 순간 세 가닥의 검날이 안희명의 미간과 인중, 그리고 명치를 노리며 날아들었다. 삼점화영(三點花影)의 초식이었다.

순간 기다렸다는 듯이 안희명의 신형이 뒤로 날아가며 그녀의 왼손이 다른 하나의 도를 들어 올렸다. 순간 수십 개의 도 그림자가 냉유리의 세 가닥 검날 속으로 난무하듯 밀려들어 갔다.

따다다다당!

양손이 마치 마구잡이로 휘두르는 듯 냉유리의 검날을 치며 앞으로 밀기 시작했다. 난무첩(亂舞捷)이라는 초식이었다.

"흠……."

냉유리의 손 역시 안희명의 양손에 맞추어 수십 개의 그림자를 만들었다. 하지만 양손이 내는 힘과 그 강렬한 경기에 밀려 뒤로 물러서기 시작했다. 그것이 냉유리의 기분을 상하게 만들었다. 굳어진 아미 속으로 살기가 피어났다.

따다다당!

요란한 금속음과 함께 십여 걸음이나 물러선 냉유리의 신형이 순간 멈춘 듯 보였다. 안희명의 쌍도가 그 신형을 좌우로 베듯 날아들었다.

퍼퍽!

"헉!"

"앗!"

사람들이 외침과 안희명의 부릅뜬 눈이 흐릿하게 변해가는 잔상을 응시했다. 그리고 흐릿하게 변하는 잔상 너머에 서 있는 냉유리의 모습이 들어왔다. 안희명의 신형이 순식간에 냉유리의 안면으로 날아들었다. 그 순간 십여 줄기의 검날이 번뜩이며 안희명의 사방을 조이듯 날아들었다.

"흥!"

안희명의 입에서 싸늘한 소리가 흘러나오며 순간적으로 흔들리듯 움직였다.

슈슉!

검날이 그 신형 사이로 흘러 나갔다. 그리고 날아드는 두 개의 도날이 하단전과 목을 노리며 베어오고 찔러왔다. 왼손은 하단전을 찔렀고, 오른손은 목을 베어갔다. 절명첩(絶命捷)이라 불리는 절초였다.

안희명은 자신했다. 이초식을 똑바로 받기란 불가능에 가깝다고 생각했다. 찌르는 도를 막는 순간 목이 잘릴 것이고, 목을 베는 도를 막는 순간 찔릴 것이며, 두 개를 한꺼번에 막는다 해도 그것은 허초로서 다음 초식을 연결하면 되기 때문이다. 하지만 그것은 생각일 뿐 냉유리는 그저 차가운 얼굴로 검날을 안희명의 목젖으로 찔러갔다. 그리고 피어나는 섬광 하나.

핑!

"흡!"

안희명의 두 눈이 부릅떠지며 그녀는 쌍도를 교차하듯 앞을 막았다. 자신의 눈으로 느낀 순간 막은 것이다.

쾅!

"큭!"

안희명의 신형이 이십여 걸음이나 빠르게 물러섰다.

우우우웅!

쌍도로 얼굴을 막았으나 막고 있는 쌍도가 충격의 여파를 이기지 못한 듯 진동하고 있었다. 그 진동은 손목을 지나 어깨를 뚫고 있었다. 부딪치는 순간 양 어깨가 떨어질 것 같은 충격을 입은 것이다.

안희명의 굳은 눈동자가 검을 늘어뜨린 채 서 있는 차가운 표정의 냉유리를 응시했다. 자신도 모르게 입이 열렸다.

"힘으로… 누른다……."

안희명은 자신을 바라보는 그 차가움 속에 담긴 힘으로 마치 눈보라 치는 설산에 서 있는 기분이 들었다. 저절로 인상이 일그러졌다. 자신에게 보여준 한 수는 검기를 응집한 발경의 일종이었다. 마치 검강처럼 느껴졌다.

'내가 도기만 자유롭게 펼칠 수 있었다면…….'

안희명은 이빨을 강하게 물었다. 아직 도기를 펼치지 못하기 때문이다. 그렇지만 상대는 검기를 자유롭게 구사했다.

구경하는 사람들은 짧은 시간 동안 일어난 일에 대해 어떻게 된 일인지 모르고 있었다. 안희명이 우세한 듯 보였으나 어느새 안희명은 뒤로 물러나 있었다. 그저 놀라고 있을 뿐이다.

"와아아아!"

함성 소리만이 크게 울렸다.

주륵!

안희명의 입술을 타고 핏줄기가 흘러내렸다. 그 일격을 막았지만 내상을 입은 것이다. 어쩔 수 없는 힘의 차이를 느껴야 했다. 그 느낌이 마치 무거운 쇳덩이가 마음을 누르듯 무겁게 짓눌렀다.

"계속 하겠다면 보여주지."

냉유리는 가볍게 중얼거리며 검을 들었다. 순간 부챗살 같은 수십 개의 검날이 환상처럼 보이며 자신을 겨누는 검끝이 멈추는 순간 부챗살 같은 검날의 모습도 마치 부채가 접히듯 사라졌다.

'환(幻)…….'

"천하제일의 환이라면 단연 대청강검법이다. 대청강검법은 소청과 대청의 조화로 완성되는 검법이다. 하지만 그것은 검에 관한 이야기다. 나의 환상이도는 도법 중 최고의 환도. 그리고 살도다."

안희명의 머리 속에 어릴 때 할아버지가 했던 말이 불현듯 떠올랐다. 그 말이 왜 지금 떠올랐는지 모르지만 자신이 보는 상대의 검은 분명 대청검법이었다. 대청강검법이 아니었다. 가능성은 있었다. 하지만 어떻게? 안희명은 고민해야 했다. 그리고 고민을 하는 동안 본능은 발을 움직였다.

팟!

"하압!"

'지기 싫어!'

안희명은 외치며 냉유리를 향해 날아들었다. 쌍도를 마치 새가 날개 펴듯 뒤로 보내며 앞으로 나아갔다. 그 모습이 거대하게 냉유리의 눈동자로 파고들었다.

"흥!"

표정이 차갑게 굳어지며 냉유리는 상체를 옆으로 틀며 검날을 앞으로 밀어 넣었다.

슈아아악!

거대한 부채 모양의 검날 다발처럼 안희명을 향해 날아들었다. 모든 공간을 막을 듯 밀려든 것이다. 순간 안희명의 쌍도가 앞으로 뻗어 나오며 부채를 베어버릴 듯 좌우로 베었다.

스슥!

좌우로 교차하며 베어가는 도날의 강렬함 때문일까? 냉유리의 검날이 마치 환상처럼 잘리는 듯 보였다. 안희명의 눈에 중앙에 서 있는 냉유리가 들어왔다. 기다렸다는 듯이 쌍도를 밀고 들어갔다. 냉유리의 신형이 흐릿해졌다.

팟!

순간 안희명의 두 눈에 거대하게 박힐 듯 차가운 얼음 같은 눈동자가 나타났다.

"헉!"

코끝이 닿을 것 같은 거리에 어느새 냉유리가 서 있었던 것이다. 안희명의 앞으로 뻗은 양손은 냉유리의 양팔을 지나 뒤로 가 있었다. 서로의 가슴이 닿고 있었다. 터질 것 같은 심장의 박동 소리가 냉유리의 가슴을 타고 전달되었다. 냉유리의 얼음 같은 눈동자가 흐릿하게 빛났다.

"실전에서는 그렇게 달려드는 것이 아니야."

주륵!

안희명의 입에서 좀 전보다 더욱 많은 양의 핏줄기가 흘러내렸다. 그녀의 복부에 냉유리의 검집이 깊게 들어가 있었다.

"커억!"

핏물이 입을 타고 흘러내리며 안희명의 눈동자가 흐릿하게 변하였다. 그녀의 감기는 눈동자는 냉유리의 어깨에 닿았다.

털썩!

냉유리의 품에 안기며 쓰러진 안희명의 양팔이 밑으로 떨어졌다. 두 개의 도가 비무대에 떨어졌다. 그리고 이어지는 거대한 함성 소리.

"젠장!"

능조운은 인상을 찌푸리며 땅을 발로 찼다. 그리곤 송백을 바라보며 빠르게 말했다.

"성수원에 가봐야겠어."

송백은 고개를 끄덕였다. 그러자 능조운이 빠르게 사람들 사이를 지나쳐 갔다. 송백은 그 모습을 보다 다시 비무대로 시선을 돌렸다. 안희명이 무리한 것은 잘한 일이 아니라고 여겼다. 그리고 냉유리의 무공을 보고 있자니 겨루고 싶다는 생각이 들었다. 여자가 아닌 무인으로서 그녀와 검을 교환하고 싶었다.

"좋은 검이다."

송백은 가만히 중얼거렸다.

"능가장의 소협과는 친한가 봐?"

송백은 중얼거리다 옆에서 들리는 말에 고개를 돌렸다. 어느새 다가왔을까? 장화영이 서 있었다. 송백은 이미 비무가 시작될 때부터 자신의 옆에 장화영이 서 있다는 것을 알고 있었다. 단지 말을 하지 않았을 뿐이었다.

"물론."

송백의 대답에 장화영은 고개를 끄덕였다. 문제는 그것보다 좀 전의 비무였다.

"그것보다 대단하다는 생각이 들어, 저 냉유리라는 사람."

장화영은 가끔 마주쳤지만 대화를 한 적이 없었다. 냉유리가 대화하는 사람은 기수령과 팽소련 정도였다. 그녀들도 그다지 오래 대화하는 것 같지는 않았다.

"초식에 대한 지식부터 내기에 대한 지식까지 뛰어난 성취를 한 듯 보이는데?"

장화영의 시선이 송백에게 닿자 송백은 고개를 돌렸다.

"무엇보다 틈을 보이는 상대를 치는 것이 아니라 스스로 상대의 틈을 만드는 것이 보기 좋았다."

송백의 대답에 장화영도 고개를 끄덕였다. 동의하기 때문이다.

"벽씨 세가의 소가주다!"

사람들의 외침 소리와 웅성거리는 소리가 들려오며 곧 비무대 위로 한 명의 청년이 나타났다. 손에 들린 방천화극의 모습이 위용있게 보이는 청년이었다. 보통 사람들보다 약간은 더 큰 키의 청년이었다. 그리고 그 반대편에 한 명의 여자가 올라오고 있었다. 차화서였다. 그녀의 손에는 장창이 들려 있었다. 그 모습에 사람들의 흥분한 함성이 크게 울렸다.

"창 대 창이군."

장화영의 말에 송백은 미소 지었다.

"극 대 창이지. 방천화극은 창과는 그 쓰임새가 달라. 하지만 벽씨 세가는 창법이라고 들었는데… 방천화극이라 의외군."

군에서 생활한 송백이 볼 때는 벽도의 방천화극은 의외였다. 서로 다른 무기이기 때문이다. 그것을 모르는 장화영은 그저 의문의 눈으로 송백을 볼 뿐이었다. 곧 비무가 시작되었으며 벽도와 차화서의 극과 창이 난무하기 시작했다. 다른 비무들보다 화려해 보였다.

"희명!"

능조운은 미친 듯이 소리치며 안으로 들어왔다.

"쉿!"

순간 조서서의 아미가 찌푸려졌다. 실내에 누워 있는 안희명의 앞에 조서서가 앉아 있었던 것이다. 조서서가 손으로 입을 가리며 말하자 능조운은 무안한지 얼굴을 붉혔다.

"아직 들어오지 마세요."

조서서의 말에 능조운은 침상을 한 번 바라보곤 누워 있는 안희명의 얼굴에 핏기가 없자 걱정스러운 얼굴로 신형을 돌렸다. 마음이 이렇게 초조하기는 처음이다.

"휴우……."

크게 숨을 내쉬는 능조운에게 백지장 같은 안희명의 얼굴이 떠올랐다. 그리고 냉유리의 모습도 떠올랐다.

"무얼 그리 걱정하나… 냉 소저 정도라면 생명에 지장을 줄 만큼 타격을 주지 않았을 터인데……."

능조운은 스스로 위로하며 초조한 마음을 달랬다. 그녀 정도의 실력이면 크게 걱정할 것도 아니라고 여긴 것이다. 냉유리의 무공을 보건대 자신이 본 여성들 중 단연 돋보였다. 그녀가 상대였으니 중상은 입어도 목숨에는 지장이 없을 것이다.

"단지 다쳤기 때문일까……?"

능조운은 안희명의 모습을 떠올리며 한쪽 기둥에 몸을 기댔다.

"천하대회에 나간다면 생각해 볼게."

고개 숙인 능조운의 머리 속에 문득 안희명의 웃는 얼굴이 떠올랐다. 그녀의 말이 능조운에게 지금까지 힘을 주고 있었다. 그런 그녀가 쓰러져 있었다. 내일은 자신이 출전을 하지만 지금은 그런 것에 관심을 가질 수 없었다. 초조함만이 마음에 남았다.

"쳇! 혼자 나간다면 의미가 없잖아."

능조운은 옆구리에 찬 도를 움켜쥐며 인상을 찌푸렸다.

얼마나 시간이 흘렀을까? 분주한 발소리와 함께 낯익은 얼굴이 보였다. 방지호였다. 그녀의 등에는 정신을 잃은 듯 고개를 푹 숙이고 있는 차화서가 있었다. 그 뒤로 벽도가 굳은 얼굴로 들어오고 있었다. 차화서는 쓰러졌지만 창대만은 움켜쥐고 있었다. 그것만큼은 놓지 않겠다는 듯이.

'무인의 모습이 아닌가…….'

능조운은 놀란 얼굴로 방지호와 업힌 차화서를 바라보았다. 곧 옆방으로 방지호가 들어가자 따라왔던 아명이 조서서를 불러오기 위해 능조운의 앞을 지나쳐 방 안으로 들어갔다.

"둘이 똑같이 누웠군."

능조운은 고개를 저었다. 그 옆으로 팔짱을 낀 채 벽도가 다가와 벽에 등을 기대었다. 벽도의 품에는 방천화극이 안겨 있었다. 벽도의 얼굴도 꽤나 굳어 있었다.

능조운이 벽도를 바라보자 벽도는 허공을 응시하다 곧 능조운을 바라보았다.

"능가장의 능조운이로군."

"벽씨 세가의 벽도군."

서로를 바라보며 한번 웃던 그들은 곧 고개를 돌렸다. 벽도는 허공을 바라보았으며 능조운은 정면을 응시했다.

"어려운 상대였다."

벽도가 중얼거리며 마치 힘든 전쟁을 치른 사람처럼 힘없이 중얼거렸다. 곧 능조운은 그가 차화서의 상대였다는 것을 알았다.

"이긴 사람의 얼굴치고는 안색이 안 좋군."

"여자를 상대하기는 처음이니까."

벽도가 인상을 찌푸리며 대꾸하자 능조운은 고개를 끄덕였다. 자신도 여자를 상대할 때 어떤 기분이 드는지 잘 알기 때문이다.

"그래도 이겼으니 좋아해야 하지 않나?"

"좋다는 것보다 쓴 물을 마신 듯 속이 차갑군. 차 소저의 창술은 좋은 무공이다. 아니, 반했다고 해야 하나……?"

벽도는 중얼거리며 허공을 바라보았다.

슥!

순간 벽도의 옆으로 조서서가 걸어왔다. 조서서는 힐긋거리며 벽도를 바라보았다. 그 뒤로 아명이 방에서 나와 따라갔다. 아명은 벽도를 바라보며 웃었다.

"풋, 반했다고 했어요, 언니."

"남자가 여자에게 반했다는데 그게 이상하니? 당연한 자연의 순리야. 그래도 그런 말을 들으니 낯이 뜨겁군."

조서서는 자신도 들었기에 손으로 얼굴을 부채질하며 능조운의 앞을 지나 안희명의 방으로 들어갔다. 그 뒤로 아명이 들어갔다.

"……."

벽도의 붉어진 얼굴이 멍하니 그들이 사라진 문을 응시했다. 그러다 능조운과 눈이 마주쳤다.

"크큭."

벽도는 한숨을 내쉬며 허공을 바라보았다. 그곳에서 차화서의 창 그림자가 폭포수처럼 자신에게 쏟아져 내려왔다.

슈슈슉!

일곱 번의 찌르기가 연속적으로 들어왔다. 그 사이로 벽도는 방천화극을 넣으며 좌우로 교차시켰다.

따다당!

금속음이 울리며 벽도의 안색이 굳어졌다. 차화서의 창이 마치 잘 휘어지는 대나무처럼 좌우로 튕기며 자신의 방천화극을 밀쳤기 때문이다. 그 틈을 놓치지 않고 창날이 밀려들어 왔다. 순간 벽도의 방천화극이 횡으로 쳐가며 손목을 비틀었다.

쏴아아아!

강력한 회전력에 놀라 바람이 거대하게 불어갔다. 그리고 방천화극의 강렬함에 놀라 부릅뜬 눈의 차화서는 재빠르게 몸을 틀며 창대로 막아갔다.

쾅!

"악!"

벽도는 그때를 상기하며 고개를 저었다. 별로 쓰고 싶지는 않은 초식을 썼기 때문이다. 그 때문에 팔짱을 껴서 안 보이지만 양 손바닥은 허물이 벗겨져 있었다. 그것을 감추려 했을 뿐 사실 굉장히 쓰라렸다.

그 아픔만큼 승리는 좋은 것이었다. 하지만 힘없이 나뒹구는 차화서를 볼 때 벽도의 마음은 승리보다 걱정이 들었다.

'어머니…….'

힘없이 나뒹구는 차화서를 보자 병든 어머니가 떠오른 것이다. 차화서에게서 그 모습을 보았을까? 벽도의 마음은 어지러웠다.

"반했다면 좋아한다는 뜻이지?"

능조운의 물음에 벽도는 잠시 미소 지었다. 그러다 곧 고개를 저었다.

"글쎄……."

벽도는 잠시 그렇게 웃고는 생각난 듯 능조운을 바라보며 말했다.

"자네는 내일 예선인데 여기에 있을 생각인가? 다른 사람들은 모두 수련에 박차를 가하고 있을 시간인데……."

"그럴 여유가 없어서."

능조운은 인상을 찌푸렸다. 자신도 알기 때문이다. 모두 지금쯤 마지막 점검을 하고 있을 것이다.

"자신이 있다면 상관없겠지만."

벽도는 가만히 중얼거렸다. 곧 방문이 열리며 머리를 손으로 짚은 차화서가 모습을 보였다. 그러자 벽도가 놀라 바라보았다. 차화서는 그리 큰 부상이 아니기에 금방 나온 것이다. 능조운이 보이자 차화서는 생각난 듯 걱정스런 얼굴로 다가왔다.

"어때?"

"아직……."

능조운이 고개를 저으며 대답하자 차화서는 인상을 찌푸렸다.

"저기… 차 소저."

차화서는 뒤에서 들리는 말에 그제야 누군가 있다는 것을 눈치채곤 몸을 돌렸다. 순간 차화서의 얼굴에 놀람이 피어올랐다.

"벽 공자? 여긴… 왜?"

"아니… 사실… 미안해서……."

벽도는 팔짱을 풀며 어색하게 미소 지었다.

"상처는 괜찮소?"

"물론이에요. 오늘 한 수 배웠어요. 역시 명문의 문은 높더군요."

차화서의 말에 벽도는 얼굴을 붉히며 손을 저었다.

"아니, 그렇게 명문이라고 말할 수도 없소… 단지 운이 좋았을 뿐이오."

벽도의 대답에 차화서는 놀라 벽도를 바라보며 다가갔다.

"벽 공자."

"……?"

"손은 왜 그래요?"

차화서가 살가죽이 벗겨져 피가 뭉쳐진 손을 보며 굳은 얼굴로 다가오자 벽도는 놀라 손을 뒤로 빼려 했다. 순간 차화서의 신형이 순식간에 좁혀지며 마치 팔이 뱀처럼 늘어진 듯 휘어지며 벽도의 왼손을 잡았다.

탁!

"앗!"

벽도는 순식간에 보여준 차화서의 금나수법에 놀라 눈을 크게 떴다.

"안 돼요. 치료해야지. 어서 들어와요. 안에 물이 있으니까."

휙!

"억!"

강력한 손의 힘에 벽도의 신형이 힘없이 문 안으로 사라졌다. 그 모습을 능조운은 가만히 바라보았다. 그런 능조운의 눈이 번뜩였다.

"모를 거다. 저 여자의 미친 모습을… 나는 봤지만……."

순간 능조운의 머리 속에 광포한 살기와 미친 듯한 웃음, 그리고 식칼과 과도가 떠올랐다. 능조운은 저도 모르게 고개를 저었다.

"불쌍한 놈."

사람들의 함성 소리가 무림맹을 흔들었다. 그리고 수많은 사람들의 열기가 조금씩 식어갈 때쯤 송백은 사람들 틈으로 빠져나왔다.

"어디가? 아직 끝나지도 않았는데."

장화영이 따라붙자 송백은 고개를 돌리며 장화영의 옆을 바라보았다. 그곳에 한 명의 청년이 약간 어색한 표정으로 서 있었다.

"자리 좀 피할까 하고."

송백의 말에 장화영은 그 시선을 따라 고개를 돌렸다. 그리고 자신의 옆에 다가온 모용진을 발견했다. 언제 옆에 서 있었는지 모용진은 장화영을 바라보며 어색하게 미소 지었다.

"모용 소협?"

"장 소저, 저기… 할 말도 있고……."

모용진의 모습에 장화영은 어색하게 미소 지으며 송백을 바라보았다. 하지만 송백은 벌써 저만치 가고 있었다. 장화영의 얼굴 근육이 흔들렸다.

'저걸 그냥.'

장화영의 생각을 모르는지 모용진이 다가왔다.

"송 형과는 친한 것 같은데……."

"누가요?"

장화영이 인상을 찌푸리며 바라보자 모용진은 약간 경직된 표정을 지었다.

"아니… 그게… 늘 붙어 있는 것 같아서……."

"흥! 단지 안면이 조금 있을 뿐이에요."

장화영의 대답에 모용진은 고개를 끄덕였다. 하지만 표정은 그리 밝지 않았다.

"뭐 그렇다면야 다행이지만……."

그 말에 장화영이 인상을 쓰자 모용진은 어색한 웃음을 보였다.

"모용 형이 아니오?"

모용진과 장화영은 옆에서 들리는 말에 고개를 돌렸다. 종무진과 공동파의 전행이 서 있었다.

"사형."

장화영은 종무진을 발견하자 반가운 미소를 그렸다. 곧 전행과 모용진의 수인사가 이어졌으며 다 함께 비무대를 응시했다. 하지만 모용진의 표정은 그리 밝지 못했다. 장화영과 둘이 있지 못하기 때문이다.

"사매와 모용 형이 아는 사이라니 의외로군."

종무진이 말하자 장화영은 인상을 찌푸렸다. 그러자 모용진이 웃으며 말했다.

"사실 비무 때 알게 되었지요. 제가 졌지만… 하하."

모용진은 진 것에 대해 크게 신경 쓰지 않는다는 듯 밝게 웃었다. 그 모습이 의외인 듯 종무진과 전행은 약간 놀란 얼굴로 모용진을 바라보았다. 무인이 일반적으로 진 것에 대해 창피해하지 않는 것은 놀랄 일이기 때문이다. 더욱이 자존심이 상하지 않았다면 그것 역시 거짓일 것이다. 하지만 모용진은 허물없이 말했다. 그 모습이 종무진과 전행에게 좋은 모습으로 다가왔다.

"모용세가는 자존심이 강하다고 들었는데 모용 형을 보니 제가 오해한 듯하구려."

전행의 말에 모용진은 미소 지었다.

"모용세가가 자존심이 강하다는 것에 저 역시 수긍하지만 그렇지 않은 사람도 있기 마련이기에. 하하. 사람마다 다른 것이라 생각합니다."

모용진의 말에 전행과 종무진은 고개를 끄덕였다. 장화영은 새삼스럽게 모용진을 바라보았다. 의외의 모습이기 때문이다. 남과도 쉽게 허물없이 지낼 인물이라 여겼다. 그만큼 솔직한 사람이라는 뜻이다.

"화산파는 종 형과 장 소저가 올라갔고, 공동파의 전 형 역시 본선이 모레 있으니 많이 긴장되지 않습니까?"

모용진이 다시 말하자 전행은 한숨을 크게 내쉬었다.

"긴장은 되지만 그렇다고 방 안에 틀어박혀 있을 수도 없는 노릇이고 해서 이렇게 나온 것이오. 상황은 어떻게 돌아가는 것이오?"

그러자 장화영이 비무대를 바라보며 말했다.

"일단 냉유리와 벽씨 세가의 벽 소협이 올라갔어요. 그리고 좀 전에 팽가의 팽 언니가 끝났어요."

"역시… 수조는 예상대로 되어가는군."

전행이 고개를 끄덕였다. 종무진도 예상했던 일이기에 수긍했다. 곧 종무진은 모두를 바라보며 말했다.

"여기서 이러지 말고 식사라도 같이 하는 것이 어떻겠소? 오늘 모용 형을 만난 것도 인연이니 함께 식사라도 합시다."

"좋지요."

모용진이 바로 대답했다. 이건 기회였기 때문이다. 장화영은 인상을 찌푸렸다. 남자만 세 명인데 자신 혼자 그곳에 있기엔 조금 서먹했기 때문이다. 그렇다고 종무진의 말을 무시할 수는 없었다. 모두의 시선이 자신에게 쏟아지자 장화영은 마지못해 고개를 끄덕였다. 하지만 종무진은 뭔가 걸리는 듯 장화영을 바라보자 장화영이 인상을 찌푸렸다.

"안 가고 뭐 해요?"

"아니, 사매가 싫어할까 봐… 어서 가지."

종무진은 말을 하다 장화영의 차가운 시선에 재빠르게 고개를 돌리며 걸음을 옮겼다. 왠지 모르게 오늘 식사가 끝난 후 장화영의 잔소리를 들을 것 같은 불길한 예감이 들었다.

"상태는?"

송백의 말에 옆에 서 있던 능조운이 고개를 저었다.

"며칠 정도 지나야 눈을 뜰 것 같다더군. 안정은 찾았으니 너무 걱정하지 말라곤 하지만… 이래서야 내일 내가 불편해서 힘들 것 같아."

능조운은 방 안에 누워 있는 안희명을 바라보며 고개를 저었다. 능조운의 표정이 어둡게 변해 있었다. 늘 밝기만 했던 그이지만 안희명이 누워 있자 미소를 찾을 수 없었다.

"냉유리도 너무하군요. 명문의 제자라면 응당 인사라도 와야 할 터인데 모습조차 안 보이니."

방지호가 팔짱을 끼며 투덜거렸다. 그녀의 상처도 깊었지만 그녀는 티를 낼 수가 없었다. 그것을 알기에 송백은 곧 입을 열었다.

"너도 피곤할 터이니 가서 쉬지 그래."

"예?"

방지호는 급작스러운 말에 송백을 바라보다 무엇을 말하는지 깨닫곤 곧 자리를 피했다.

"그렇게 할게요."

투덜거리며 방을 나가자 송백과 능조운이 남았다. 차화서는 탕약을 가지러 나간 후였다. 그녀가 나가자 송백은 빈 의자에 앉았다.

"함께 있을 생각인가?"

송백의 말에 능조운은 안희명을 바라보며 고개를 끄덕였다. 아무래도 능조운은 잠을 못 잘 것이다. 능조운의 여린 성격을 잘 아는 송백은 짧게 숨을 내쉬곤 다시 말했다.

"어차피 승부에서 생긴 일이다. 비무대에 올라가기 전 안 소저도 각오했겠지."

"그건 당연한 일이지만 냉유리의 행태는 참지 못할 것 같아. 대가를 받아야 하겠어."

능조운이 주먹을 움켜쥐며 씹듯이 말하자 송백은 그 마음을 이해하지만 한편으로는 여린 능조운을 탓하고 있었다.

"그렇다고 달라지는 게 있겠나? 생명에 지장도 없고 며칠 지나면 괜찮다고 했으니 네 일이나 신경 쓰도록. 내일의 비무는 이겨야지."

"어차피 최선을 다할 생각이었어. 지든 이기든 이제 그런 것에 연연하지 않을 생각이다."

능조운의 무거운 목소리에 송백은 자신의 방으로 가야겠다는 생각을 했다.

"나라면 이기겠지. 그게 안 소저를 위해서 좋은 일이 아닐까? 이기고 돌아와서 이겼다고 말해 주는 것이 더 날 테니까. 졌다고 힘없이 말할 텐가?"

"그건……."

능조운은 인상을 찌푸리며 입을 닫았다.

"알면 오늘은 쉬어라. 차 소저도 있으니."

"……."

송백은 자신의 할 말을 다 한 듯 밖으로 걸음을 옮겼다.

작지 않은 내실은 벽에 걸린 그림 몇 점과 곳곳에 놓인 난초들로 단아한 기품을 풍겼다. 창가로 보이는 작은 정원은 구름다리 사이로 맑은 냇물이 흘렀고, 붉은 그림자의 붕어들이 놀고 있었다.

창밖의 잉어들과 섞여 놀고 있는 붕어들을 바라보며 담담히 미소 짓는 중년인은 수염을 쓰다듬고 있었다.

그 모습을 바라보는 두 명의 인물이 있었다. 한 명은 삼십대 초반으로 보이는 여인으로 남색의 치마를 입고 있었는데, 전체적으로 수수한 느낌의 여인이었다. 그녀의 옆으로 무당파의 명풍도장이 앉아 있었다.

"오행당의 조직은 필수불가결이에요."

작은 목소리의 청심각주가 말했다. 그녀는 천상음문의 인물로 무림맹에 와 있었으며 현재 청심각주를 맡고 있었다. 청심각은 무림맹의 집안일을 하는 곳으로 굉장히 바쁜 곳이었다. 그곳의 각주가 비파천음수(枇杷千音手) 홍지령이었다.

"지금 굳이 그런 문제를 거론할 이유라도 있소?"

무당의 명풍도장이 약간은 언짢은 얼굴로 홍지령의 말에 물었다. 그러자 홍지령은 정원을 바라보는 남궁천에게 말했다.

"무림대회를 통해 많은 인재들이 무림맹에 모였어요. 그들을 그럼 이대로 돌려보낼 생각인가요? 그들의 힘을 잡을 필요가 있어요. 그것이 오행당이고 그들을 오행당에 묶어 맹의 힘이 되게 한다면 태정방의 세력 확장에 견줄 수 있는 힘이 돼요."

"태정방이라……."

남궁천은 턱을 어루만졌다. 태정방은 사파지만 그 세력이 컸다. 상권도 잡고 있으면서 많은 고수들이 모여 있는 곳이었다. 복주성의 강자가 그들 태정방이다.

"태정방과 신교가 손을 잡아 맹을 핍박한다면 무림도 많은 피해를 입어야 합니다. 이들을 막기 위해서도 오행당의 전력이 필요해요."

"예산은?"

홍지령의 말에 남궁천은 신형을 돌리며 말했다. 그에게 중요한 것은 오행당을 운영할 자금이었다.

"각 무림세가와 문파에 소속된 인재들이니 자금 걱정은 없을 것 같아요. 육대세가는 다음 대의 가주들이 모여 있으니 가장 전력을 다해 도울 것이고 십파도 문제없다고 여겨지네요."

홍지령이 명풍을 바라보며 말하자 명풍은 인상을 찌푸렸다. 하지만 그도 태정방에 대한 걱정이 있기에 고개를 끄덕여야 했다.

"각 파에 이 사실을 전하고 앞으로 있을 회의에 의견을 통일해서 오겠소."

"수고해 주시오."

남궁천은 이미 결정한 사실이기에 미소를 그렸다. 태정방을 견제해야 할 상황이 왔기 때문이다. 문제는 점창과 해남이 고립되었다는 문제다. 그것을 해결하기 위해서는 맹의 무단을 파견해야 했다. 그 공백을 메워 태정방을 견제해야 할 오행당의 창설은 희소식이 될 것이다. 홍지령이 온 이유는 그것 때문이다.

“오행당으로 태정방을 견제하고 두 개의 무단을 해남과 한 개의 무단을 점창에 파견하면 천하대회도 안정적으로 치르겠지요. 모두 수고해 주시기 바랍니다. 무림대회도 끝나가니 신교의 견제도 주의해 주시고. 요즘 맹 내에 불손한 움직임을 보이는 자들이 있으니 조심하기 바랍니다.”

남궁천의 말에 명풍과 홍지형은 굳은 표정으로 변하였다.

“조심하겠습니다.”

홍지령의 대답과 함께 명풍은 무량수불을 외우며 눈을 감았다.

“홍 각주는 오행당의 창설에 들어갈 예산을 올려주시고 명풍도장께서는 십파와 육대세가의 협조를 구해주시기 바랍니다.”

“물론입니다.”

“곧 올리겠습니다.”

명풍과 홍지령이 대답하자 남궁천은 곧 의자에 앉았다. 그러자 명풍과 홍지령이 일어섰다.

“그럼.”

명풍이 먼저 나가고 홍지령이 그 뒤를 따라 나가자 혼자 남은 남궁천은 곧 미소를 그렸다.

“신교와 태정방이 손을 잡는다… 참으로 큰 문제겠지… 하지만 신교도 같은 생각을 하는 것이 아닐까?”

남궁천은 느긋한 얼굴로 서책이 꽂혀 있는 책장을 바라보았다. 오늘 읽을 책을 고르는 중이었다.

■제3장■

예상치 못한 말

■ 예상치 못한 말

주변을 둘러보아도 책뿐이었다. 그런 서재의 중앙에 위치한 원탁을 둘러싸고 다섯 명의 젊은이가 앉아 있었으며 한 청년이 서 있었다. 섭선을 손에 쥔 청년은 보기 좋은 미소와 단아한 이목구비를 갖춘 잘생긴 미청년이었다. 청년은 섭선을 부치며 부드러운 목소리로 말했다.

"아마 무림맹도 같은 생각을 하고 있는 게 아닐까요? 태정방과 신교가 손을 잡는다면? 우리도 역시 같은 생각일 겁니다. 무림맹과 태정방이 손을 잡는다면?"

청년의 말에 장무영은 고개를 끄덕였다. 그 옆으로 노호관과 철시린, 그리고 천하대회에 나갈 다른 두 명인 장추문과 오조천이 앉아 있었다.

"그래서 삼사제의 생각은 무엇인가? 우리를 불렀다면 뭔가 뜻하는 바라도 있는 것 같은데?"

장무영의 말에 칠대제자 중 삼제자이자 신교의 오전 중 사심전을 맡고 있는 제갈기가 미소 지었다. 제갈기는 신교대전에 출전하지 않았다. 그리고 노호관은 그를 처음 보았으며 철시린도 잠깐 마주친 일 이외에 이렇게 대화하기는 처음이었다. 공석에 얼굴을 잘 비치는 인물도 아니었다.

"태정방과의 협약을 얻기 위함입니다, 사형."

"손을 잡는다는 말 같은데?"

"물론이지요."

제갈기의 말에 장무영의 표정이 굳어졌으며 오조천 역시 심각한 표정으로 변하였다.

"천하대전은 전 무림의 축제이자 천하를 건 쟁탈전과도 같은 일인데 사제는 그 일의 중요성을 인식 못하고 태정방 같은 잡배들과 손을 잡을 생각인가? 아니면 천하대회에 상관없이 중원과 혈투라도 할 생각인가? 태정방과 손을 잡겠다는 것은 중원과 한판 하자는 말과도 같은 뜻이겠지?"

오조천의 눈꼬리가 날카롭게 변하였다. 제갈기는 오조천의 성품을 알기에 섭선을 부치며 책장에 꽂힌 수많은 책들을 바라보았다.

"백 년간의 평화는 너무 길다고 여기지 않습니까?"

"……!"

장무영을 비롯한 모두의 안색이 굳어졌다. 제갈기는 손으로 책들을 어루만지다 무언가 잡히는 것이 있는지 곧 손에 들었다.

"옛말에 이런 말이 있습니다. 평화가 올 때 비로소 전쟁이 오고 고통을 겪어야 더욱 소중한 평화를 맞이할 수 있다고. 훗."

제갈기는 책장을 펼치며 말했다. 그런 제갈기의 입가에 걸린 미소가 짙어졌다.

"어른들의 생각은 다를 것 같은데?"

장무영의 말에 제갈기는 짧게 숨을 내쉬었다.

"그것 때문에 모이게 한 것입니다. 사형도 알다시피 장로원은 고리타분하지요. 지 사제를 통해 장로원주님의 마음을 움직이게 할 것이지만 부교주님과 교주님의 뜻이 요지부동이라 어렵습니다. 하지만 이번 비무대회에서 이긴다면 우리는 사천과 섬서까지 진출할 수가 있지요. 문제는 이긴다는 전제입니다. 과연 우리가 이길까요? 그리고 이기고 나서 얻는 사천과 섬서만으로도 우리의 배고픔이 사라질까요?"

탁!

섭선을 접은 제갈기는 곧 신형을 돌리며 모두를 바라보았다. 그런 제갈기의 눈에는 신광이 어렸다.

"그래서 생각했습니다, 천하를 얻는 방법을."

제갈기의 광오하면서도 차가운 말에 모두의 얼굴에 주름이 잡혔다. 철시린의 아미 역시 약간 찌푸려져 있었다. 잠시 동안 침묵이 흐르는 가운데 무거운 목소리가 장무영의 입을 통해서 흘러나왔다.

"그래서 해남과 점창의 발을 묶었나?"

"물론입니다."

제갈기의 당연하단 대답에 장무영은 고개를 끄덕였다. 그의 입가에도 미소가 걸렸다.

"천하를 얻는다면 어떤 기분이 들까?"

장무영은 조용히 중얼거리며 자신을 바라보는 시선에 짙은 미소를 보였다. 곧 제갈기가 그 옆으로 다가왔다.

"태정방은 절대 무림맹과 손을 잡지 못합니다. 남궁천의 성격상 그들은 공존할 수가 없지요. 하지만 우리는 태정방과도 손을 잡을 수가 있습니다. 사람과 사람 사이의 관계에 정과 사는 존재하지 않는다라는 교의 가르침이 그것을 가능하게 할 것입니다."

"손을 잡는다고 치자. 그렇다면 천하대회는?"

"명목입니다."

오조천의 물음에 제갈기는 짧게 대답했다. 오조천은 깍지 끼며 이마를 손으로 짚었다.

"백 년… 백 년 동안 기다렸다는 뜻인가……."

오조천의 중얼거림에 장무영은 자리에서 일어섰다.

"백 년도 짧지. 그리고 내가 본 중원은 평화로웠다. 평화 속에 무딘 검과 얼음 속에 차가워진 우리의 검. 과연 누가 이길 것 같나?"

장무영의 물음은 누구를 향한 것이 아니었다. 곧 장무영이 모두의 시선을 받으며 다시 말했다.

"우리의 시대가 올 것이다. 천하대회가 끝난다면."

"……."

침묵이 조용하게 실내를 맴돌았다.

*　　　　*　　　　*

철시린은 철우경이 들어오자 자리에서 일어섰다.

"할아버지……."

"오늘은 좀 일찍 왔다. 매일같이 자는 모습만 보니 영 섭섭하더구나. 그런데 오늘은 좀 수심이 있어 보인다? 늦게까지 잠을 이루지 못하는 이유라도 있느냐?"

"별이 예쁜 것 같아서요."

철시린은 난간에 기대 하늘을 바라보았다. 철우경도 그 소리에 잠시 고개를 들어 하늘을 보았다.

"그러고 보니 오랜만에 하늘을 보는구나… 특히 밤하늘은……."

철우경은 담담히 말하며 주변을 살폈다. 교로 돌아온 이후에 여유가 없어서 그런지 앞만 바라보고 걸었다는 느낌이 들었다. 철우경은 잠시 벗어나고 싶다는 생각이 들었다.

"오늘 사심전주를 만났어요."

"사심전주?"

철시린은 고개를 끄덕였다.

"그는 야욕이 있는 사람이었어요. 천하는 얻고 싶어했으니까요……."

철우경은 굳은 표정이었으나 곧 부드러운 얼굴로 말했다.

"그런 이야기를 했었나 보구나. 하긴 그 아이라면 충분히 그런 말을 하겠지. 하지만 그 아이는 그릇이 작아 천하를 두지 못한다. 천하를 잡기 위해 손이 될 수는 있어도 천하를 넣을 머리는 되지 못하는 아이다."

철우경은 단정 짓듯 말했다. 그러자 철시린이 눈을 빛내며 물었다.

"장무영은요?"

철우경은 그 이름이 나오자 약간은 의외인 듯 철시린을 바라보다 곧 미소를 보였다.

"그 아이라면 가능할지도 모르지… 큰 뜻이 있는 아이이니."

"하지만… 천하를 원한다면 천하는 피로 물들겠지요."

철시린의 잠잠한 목소리에 철우경은 다가와 어깨를 두드렸다. 그 마음을 알기 때문이다.

"그런 일은 없을 것이다. 지금은 평화롭고 천하를 굳이 얻을 필요도 없다. 중원과 신교는 충돌이 없었으며 앞으로도 그럴 것이다. 지금 이렇게 평온한데 더 이상 바랄 것이 무엇이 있겠느냐?"

철우경의 목소리가 주변으로 울리자 공기가 조용히 가라앉았다. 마치 서 있는 것 자체도 무언가에 안긴 듯 포근함이 드는 밤이었다. 시간은 흘렀으며 그렇게 따뜻한 바람이 천천히 불어오고 있었다.

철우경은 하늘을 바라보는 철시린의 어깨를 만지며 입을 열었다.

"잠시 교를 떠나겠느냐?"

"예?"

철시린은 급작스러운 말에 놀라 눈을 크게 떴다. 그러자 철우경이 수염을 만지며 말했다.

"교에 돌아온 이후로 네게 너무 신경을 안 쓴 듯하구나. 천하대회를 위해 무림맹과의 회담이 있다. 그 날짜까지 아직 일 년여 남았으니 그때까지 함께 강호를 유람하자꾸나. 소화와 난화도 함께 말이다."

"할아버지……."

철시린은 그 말에 매우 놀란 듯 철우경을 바라보았다. 그러자 철우경은 훈풍을 조용히 불게 하며 말했다.

"세상을 즐기며 천하를 알아가는 것 또한 수업이고 수련이다. 안목을 넓히는 일 역시 천하를 넓게 보는 계기가 되는 것. 잠시 교를 잊고 천하대회를 잊고 천하를 보자꾸나."

철우경의 말에 철시린의 얼굴에 화색이 돌았다. 여행은 누구라도 가슴을 뛰게 한다. 철시린은 자신도 모르게 목에 걸린 승룡패를 잡았다. 차가운 느낌이었으나 왠지 모르게 따뜻하게 전해져 왔다. 철시린은 조용히 고개를 끄덕였다.

신교를 나가는 마차의 마부석에 앉은 철우경은 갓을 쓰고 있었다. 신조성을 빠져나가는 그의 좌측에 난화가 말을 타고 따라왔다. 마차 안에는 소화와 철시린이 마주 앉아 있었다. 말을 모는 난화도 얼굴이 상기되어 주변을 보며 미소를 보이고 있었다. 처음으로 나가는 길이기 때문이다.

"워… 워."

철우경은 신조성의 문을 나서다 마차를 세워야 했다. 정문을 막고 있는 한 명의 청년 때문이다. 그의 좌우로 십여 명의 인물이 서 있었다. 그들은 이곳을 지키는 경비였다. 한데 청년의 복장은 경비의 복장이 아니었다.

"무슨 일인가?"

철우경이 입을 열자 청년은 깊게 땅에 부복했다.

"호법원의 노호관이라 합니다."

"그래."

철우경은 그가 누구인지 알기에 고개를 끄덕였다. 곧 부복한 노호관이 고개를 들며 말했다.

"아가씨가 나가신다는 소식에 이렇게 달려왔습니다. 위사로서 저도 동행하겠습니다. 부디 허락하여 주십시오."

노호관은 말을 끝마치곤 땅에 머리를 숙였다. 자신이 볼 수 없는 신분의 상대이기 때문이다. 그를 따라 뒤의 경비도 땅에 부복했다. 그들은 자신들이 왜 부복하는지 모르는 듯 부복하며 동료들을 바라보았다. 그저 노호관의 신분을 알고 그가 부복하자 따라 한 것이다.

"허락은 있었느냐?"

"원주님의 허락은 얻었습니다."

철우경은 그 말에 가소로운 듯 미소 지었다.

"유 원주는 내가 부족하다는 뜻이냐?"

그 말에 노호관의 전신에 땀방울이 맺혔다.

"절대 그런 뜻이 아닙니다. 단지 제가 원했을 뿐입니다. 또한 위사가 한 명 있는 것이 더욱 안전하다는 판단에서 내린 일입니다. 탓하시려면 저를 탓하시기 바랍니다."

노호관의 말에 철우경은 수염을 만지며 고개를 끄덕였다.

"허락해 주세요, 할아버지. 그는 좋은 사람이에요."

철시린의 전음을 들은 철우경은 가볍게 미소 지었다.

"따라오너라."

철우경의 말에 노호관은 고개를 들며 놀란 얼굴로 바라보았다. 설마 하니 허락할 줄은 몰랐기 때문이다. 그저 죽기 살기로 길을 막고 간청한 것이다.

노호관이 놀라 바라보자 철우경은 살짝 인상을 찌푸렸다. 노호관은 그 모습에 놀란 듯 일어섰다.

"길을 비켜야 마차가 갈 것이 아닌가?"

"아! 죄… 죄송합니다."

노호관은 당황하며 재빠르게 옆으로 물러섰다. 그 모습에 난화가 손으로 입을 막으며 미소 지었다. 노호관의 얼굴이 붉게 달아올랐다. 약간은 창피했기 때문이다.

"음……."

노호관은 곧 재빠르게 옆으로 뛰어가며 말 위에 올라탔다. 곧 성문을 나서는 마차의 뒤를 따라가기 시작했다. 또 한 번의 중원행을 철시린은 하고 있었다.

*　　*　　*

휙! 휙!

바람 소리에 울리듯 부러진 뇌정도가 손 안에서 돌고 있었다. 내리쬐는 태양이 뜨거운 듯 태양에 반사되어 보이는 세상은 너무도 밝았다. 뜨겁고 밝은 대낮이었다.

"……."

휙! 휙!

능조운은 다시 한 번 도를 손 안에서 돌렸다. 그렇게 잠시 동안 마음의 안정을 찾기 위해 노력했다. 그리곤 도를 바닥에 찍었다.

탁!

도의 손잡이를 잡고 있는 능조운의 시선이 비무대를 향했다.

"우와아아아!"

거대한 함성 소리가 울리며 누군가 쓰러졌고, 서 있는 사람이 한 명 보였다.

'이겨야 한다.'

능조운은 가슴으로 다짐했다. 안희명이 쓰러진 지금 그녀가 깨어날 때 자신이 해줄 수 있는 최선은 이겼다는 소식을 전하는 일이었다.

"능가장 능조운!"

능조운은 자신의 이름이 외쳐지자 자리에서 일어섰다. 앞으로 걸어 나가는 능조운의 시선 속에 수많은 사람들의 눈이 들어왔다. 예선과는 너무도 다른 분위기였고, 온몸의 긴장감은 심장 소리가 대변해 주었다. 마치 터질 것 같은 요란한 소리를 울리고 있었던 것이다.

"후욱……."

능조운은 숨을 크게 몰아쉬었다. 곧 한 사람의 청년이 눈에 들어왔다.

"산동악가! 악진!"

악진의 싸늘한 눈동자가 능조운을 응시하고 있었다. 산동악가주의 막내 동생인 악진이 올라오자 함성 소리는 더욱 크게 울렸다.

"능가장의 뇌정도법을 한번 견식하고 싶었소."

악진은 가볍게 포권하며 미소 지었다. 하지만 서늘한 한기가 물씬 풍기고 있었다. 능조운의 시선은 악진의 오른손에 들린 도를 향하고 있었다. 유엽도의 날렵한 도신이 능조운의 시선을 잡아끈 것이다.

산동성의 두 거대 문파를 들라고 한다면 태산파와 산동악가일 것이다. 그중 태산파보다 실질적으로 산동성에서 힘을 과시하는 곳은 악가였다. 그리고 악진이 익힌 것은 무당파에서 전해졌다고 알려진 구궁연환도법(九宮連環刀法)이었다.

둥!

거대한 북소리가 크게 울리며 시작을 알렸다. 능조운의 반 토막 난 뇌정도가 햇살을 반사시키며 밝게 빛났다.

꾸욱!

도를 굳게 움켜쥔 능조운의 표정은 굳어 있었다. 자신이 속한 조에서 가장 만나기 껄끄러운 상대가 첫 상대였기 때문이다.

'일천도(日千刀) 악진…….'

악진의 명성은 그도 들어 알고 있었다. 배를 타고 강남으로 이동 중 수적을 만났을 때 그는 밤부터 아침에 해가 뜰 때까지 이백을 죽인 인물이었다. 악가의 사람 중 살인적인 도법을 구사하는 인물은 그뿐이었다.

슥!

능조운의 발이 살짝 앞으로 밀리듯이 나왔다. 순간 악진의 도가 흔들리며 마치 허깨비처럼 악진의 신형이 사라졌다.

"앗!"

사람들의 외침성이 터져 나오며 능조운의 머리 위로 강력한 경기가 느껴졌다. 놀란 능조운이 고개를 든 순간 강렬한 태양 빛이 두 눈을 파고 들어왔다. 그 사이로 악진의 신형이 검은 형태를 유지하며 내려쳐 왔다.

"크!"

능조운이 팔로 얼굴을 막으며 실눈을 뜨자 유엽도의 도날이 어깨를 쳐오고 있었다. 능조운의 오른손이 빠르게 위로 올라갔다.

팍!

도와 도가 부딪쳤으나 금속음보다는 공기의 마찰음이 크게 울렸다. 그 충격을 이기지 못한 능조운의 발이 '쿵! 쿵!' 거리며 뒤로 물러섰다. 그것을 놓칠 악진이 아니었다. 땅에 발이 닿기도 전에 악진의 신형이 옆으로 틀어지며 능조운의 옆구리를 베어갔다. 급속한 움직임이었고, 능조운 신형이 채 안정을 찾기도 전이었다. 능조운의 뒷발에 힘이 들어가며 회전했다.

휘릭!

팍!

능조운의 옆구리를 스치며 유엽도가 지나치자 능조운의 신형은 빠르게 멈췄다. 멈추는 순간 회전력을 이용한 뇌정도가 빠르게 옆으로 베어갔다. 악진의 신형이 깊게 가라앉았다. 순간 악진의 머리 위로 스치는 뇌정도.

팡!

"……!"

악진의 인상이 굳어지며 잘린 머리카락이 바닥으로 떨어져 내리는 모습이 눈에 들어왔다. 순간 벼락 치는 듯한 소성과 함께 강력한 도날이 내려쳐 왔다.

"합!"

능조운의 뇌정파식(雷霆破式)이라 불리는 초식이었다. 강력한 일격을 내려치는 도법이었다. 그 힘이 느껴지는 듯 강한 경기가 도보다 먼저 악진의 머리카락을 휘날리게 만들었다.

순간적으로 악진의 상체가 숙여지며 도면을 양손으로 잡아 올려 막았다.

쾅!

"흡!"

악진의 신형이 바닥에 먼지를 피워내며 뒤로 이 장여나 밀려 나갔다. 그 힘과 강력한 충격이 전신을 진동시키고 있었다.

"와아아아아!"

커다란 함성이 크게 울렸다.

악진의 머리 위로 도가 스치자 능조운은 재빠르게 몸을 회전시키며 도날을 내려쳤다. 그것을 악진이 막은 것이다. 능조운의 이마에 땀방울이 맺혔다. 진기의 소모가 심한 일격이었기 때문이다. 뇌정도법은 큰 내공을 필요로 하는 도법이다. 극강함을 보이기 위해서는 힘과 강력한 뇌정신공의 바탕이 필요한 것이다.

"후욱……."

능조운은 숨을 몰아쉬며 도를 움켜잡았다. 구궁연환도법을 중간에서 끊은 것도 대단한 일이라고 여겼다. 연환도법이란 말처럼 악진의 유엽도는 한번 시작되면 상대가 죽을 때까지 멈추지 않는다. 그 소문을 들어 알고 있었기에 긴장감은 더 했다.

'어차피 생명을 걸고 하는 비무이다.'

능조운은 스스로 자신을 달래며 도를 들었다.

악진의 표정도 그리 밝지는 않았다. 불과 일초를 막은 것이지만 그 충격이 예상을 깨고 컸기 때문이다.

'아직도 떨림이 멈추지 않는군…….'

악진은 손목의 떨림을 멈추려는 듯 인상을 찌푸렸다.

'이것이 뇌정신공이란 말인가…….'

초식이 정교해도 파괴적인 뇌정도법은 그것조차 무시할 것이다. 왜 사람들이 중원제일의 도법을 뇌정도법이라 부르는지 알 것도 같았다.

'강한 자가 서 있는데 쉽게 물러선다면 악가의 사람이 아니겠지.'

악진은 쓰게 웃으며 도를 들었다.

'나를 믿는다. 나의 도를 믿고 나의 무공을 믿는다.'

"합!"

악진의 신형이 번개처럼 능조운의 앞면으로 날아들었다. 그 빠름이 지금까지와는 다른 쾌속한 질주였다. 능조운은 숨을 고르다 그 모습에 숨을 멈추며 도를 들었다.

따다당!

세 번의 베기가 좌우로 날아들었고, 그것을 빠르게 움직여 막았다.

쉬악!

세 번째 우측을 막자 목젖을 노리고 도날이 찔러왔다. 능조운의 손목이 돌아가며 도가 원을 그리듯 회전했다.

땅!

악진의 도를 위로 쳐올리자 악진의 신형이 회전하며 오른 다리를 베어왔다. 그 모습이 숙달된 무사처럼 자연스러웠다. 능조운의 뇌정도가 밑으로 내려갔다. 순간 악진의 눈에서 불통이 튀며 회전하던 신형이 번개처럼 일어섰다. 그리고 오른쪽 얼굴로 날아드는 도날.

"헉!"

능조운의 얼굴이 크게 놀란 듯 눈을 부릅떴다. 다리를 노린 것은 능조운을 유도한 허초였다. 그리고 능조운이 밑으로 시선을 집중하자 밑으로 베던 도를 위로 꺾어 올렸다. 연속해서 세 개의 초식을 펼친 것이다. 그리고 능조운은 거기에 걸려들었다.

"……."

송백은 인상을 찌푸렸다. 악진의 실력이 능조운보다 높기 때문이다. 이기기 힘들 것 같은 생각이 들었다. 능조운은 최선을 다하고 있었다. 그리고 지금 악진이 보여준 초식의 변환은 능조운이 알아차리기엔 너무도 자연스러웠고 정교했다. 진초 속에 허초를 숨기고 허초 속에 진초를 숨긴 단순하지만 알아차리기 힘든 연환도였다.

"흠……."

송백은 저도 모르게 깊게 숨을 내쉬었다. 그런 송백의 눈에 능조운의 뇌정도가 다리를 공격하는 악진의 도를 막아가는 모습이 보였다.

"물러서라."

송백은 저도 모르게 중얼거리다 악진의 도가 순간적으로 위로 꺾어 올라가자 인상을 찌푸렸다.

쉬아악!

옆얼굴로 날아드는 도날의 섬뜩한 한광이 두 눈 속을 파고들었다. 무엇을 해야 할까? 어떻게 해야 할까? 능조운은 그 짧은 시간 모든 것이 정지된 듯 머리 속이 하얗게 변해 있었다. 순간 머리 속을 울리며 한 사람의 목소리가 들렸다.

"나라면 상대를 친다."

송백의 목소리였다. 그의 무공을 본 적이 있었으며 그가 상대를 어떻게 제압하는지, 어떻게 숨을 끊게 만드는지 떠올랐다. 그리고 자신도 모르게 몸이 옆으로 틀어지며 왼손이 앞으로 나갔다. 도날을 향해.

"……!"

악진의 얼굴에서 놀람이 일어났다. 하지만 악진은 도를 멈출 수가 없었다. 이미 모든 것을 쏟았기 때문이다. 그런 악진의 오른 손목이 비틀리며 도날이 뒤집어졌다.

퍽!

쉬악!

도의 등과 팔뚝이 마주쳤다. 그리고 바람 소리가 악진의 귓가에 울리며 능조운의 등이 보이는 듯하더니 자신의 오른팔에 등을 기댄 채 뇌정도가 어깨에 올려져 있었다. 한순간에 일어난 일이었다.

"헉!"

"앗!"

사람들의 놀라는 소리가 크게 울렸다. 잠깐 사이에 일어난 일이기 때문이다. 악진의 시선이 자신의 어깨에 도날을 번뜩이며 놓여 있는 무거운 뇌정도로 향하였다. 그런 악진의 시선은 땀에 젖은 얼굴의 능조운을 향하였다.

"……."

악진의 입가에 미소가 걸렸다. 자신과 능조운의 차이를 알았기 때문이다.

"내가 졌군."

악진은 눈을 감으며 뒤로 물러섰다.

'실전이었다면 내가 죽었겠지… 마지막까지 포기하지 않은 사람은 내가 아니라 저 녀석이군.'

악진은 비무가 아닌 실전이라 여겼다. 그리고 자신은 도를 뒤집었다. 하지만 능조운은 팔뚝의 뼈가 부러지는 고통을 참으며 도를 자신의 목에 날린 것이다. 그것은 극명한 차이였다.

"와아아아아!"

거대한 함성이 울리자 능조운은 두 팔을 늘어뜨린 채 악진을 바라보았다. 진정 힘든 것은 악진과 마주쳤을 때 자신을 압박하는 악진의 기도였다. 그것을 이겨가며 초식을 펼쳐야 했던 것이다. 그것이 그의 체력을 몇 배나 소진시켰다.

"허억! 허억!"

능조운의 턱을 타고 흘러내린 땀방울이 바닥에 떨어졌다. 귓가로 들리는 함성도 사람들의 환호하는 모습도 능조운의 눈에는 들어오지 않았다. 그저 한 명의 얼굴이 떠올랐다. 능조운은 저도 모르게 미소 지었다.

"졌군……."

능조운은 천천히 비무대를 내려갔다.

"결과적으로 졌다는 말이냐?"

방 안에 앉아 있는 악군위의 안색이 약간은 누렇게 변해 있었다. 화가 났을 때 그의 표정은 색으로 말해 준다. 그 앞에 마주 앉은 악진은 담담히 미소 지었다.

"재미있지 않습니까? 저도 저의 패배를 인정하고 싶지는 않지만 결과를 놓고 볼 때 실전이었다면 저의 패배입니다."

악군위의 얼굴이 누렇게 변하다 푸르게 변하기 시작했다.

"재밌긴 뭐가 재미있느냐! 이 녀석아! 네놈에게 공들인 나나 돌아가신 아버님부터 어머님까지 모두 네게 걸고 있었는데, 그래 그냥 그렇게 쉽게 졌다는 소리가 나오냐!"

악군위의 큰 외침에 악진은 인상을 찡그리며 차를 마셨다. 예상했던 말이기 때문이다.

"그래 잘 나가다가 뒤통수를 맞아도 유분수지, 실력으로 볼 때 월등한 차이가 있었다. 그런데 졌어? 졌어! 진 거야!"

"형님."

악군위의 입에서 불똥이 튀어나올 것처럼 느껴지자 악진은 짧게 말했다. 그러자 흥분한 악군위가 악진을 죽일 듯 노려보았다. 무슨 말을 하려는 것일까? 악진은 그런 악군위를 바라보며 미소 지었다.

"형님이 나갔다면 좋았을 겁니다. 모두 쓸었을 테니……."

"익!"

악군위의 입에서 침이 튀었다. 사실 악군위는 억울했다. 그것을 잘 아는 악진이다. 그 점을 꼬집은 것이다. 악군위가 오 년만 늦게 태어났어도 천하대회에 나갔을 테니 그 억울함이 오죽할까? 악군위는 늘 자신이 못 나가는 것에 한탄했고, 막내인 악진에게 모든 것을 쏟았다. 하지만 악진은 자신과는 달리 천하대회에 관심이 없었다. 천하대회만 생각하라고 주입하는 식구들 속에 자랐기 때문에 반감이 생겼던 것이다. 그것도 사춘기 때, 한참 예민한 시기에 오직 천하대회만 말하니 반항심이 자랄 수밖에 없었다.

"제가 패했습니다. 악가가 패한 것은 아닙니다."

"컥!"

악군위의 목에서 숨이 넘어갈 것 같은 소리가 크게 울렸다. 울화를 참고 있기 때문이다. 악진은 다시 말했다.

"형님과 가족들에게는 죄송하지만 어쩔 수가 없었습니다. 제가 그때 조금이라도 움직였다면 분명히 능 형의 도는 제 목을 쳤을 겁니다. 비무라 하지만 그것은 비무가 아닌 생사를 건 대결입니다. 무림인이 비무를 하는데 생사를 안 걸고 한다는 것 자체가 말이 되지 않습니다. 전 그 대결에서 관용을 베풀다 패한 것입니다. 그것뿐입니다."

악진의 말에 악군위는 가만히 깊은 숨을 내쉬었다. 그 소리가 처량하게 방 안을 크게 울렸다.

"그래… 그래… 그렇지……."

악군위는 잠시 고개를 숙이며 중얼거렸다. 악진은 그 모습에 자신을 이해했을 거라 여겼다.

"그렇게 말한다고 내가 용서할 줄 알았냐!"

악군위는 고개를 쳐들며 주먹을 날렸다.

퍽!

안희명은 아직도 눈을 뜨지 못하고 있었다. 그 앞에 앉은 차화서는 걱정스러운 얼굴이었다. 아무리 조서서가 명의이고 괜찮다고 말을 하지만 눈을 뜨지 않는 이상 걱정할 수밖에 없었다.

"탕약에 수면제를 넣었기 때문에 안정을 위해 잠을 자는 것이니 염려하지 마세요."

좀 전에 왔다 간 조서서의 말이 차화서의 귓가를 맴돌았다.

끼익!

문소리에 고개를 돌린 차화서는 송백과 지친 얼굴의 능조운을 발견했다.

"이긴 자의 얼굴 같지는 않은데… 이긴 거야?"

차화서는 가장 궁금한 사항을 물어보았다. 능조운은 지친 듯한 미소를 그리며 손을 들어 보았다. 그러자 차화서의 얼굴에 미소가 걸렸다. 이겼다면 다행이기 때문이다.

"운이 좋았다."

송백의 말에 능조운은 얼굴을 붉혔다. 그 말에 차화서 역시 고개를 끄덕였다. 시합은 못 봤지만 지친 모습에서 알 것 같았기 때문이다.

"상태는?"

능조운이 다가와 물어보자 차화서가 말했다.

"조 소저의 말로는 좋대. 내일이나 모레 눈을 뜰 거라고 말했어."

"다행이다."

능조운은 저도 모르게 깊은 숨을 내쉬었다. 의자에 앉으려던 능조운은 순간 인상을 찌푸렸다.

'큭!'

왼팔이 아파왔기 때문이다. 금이 간 듯 움직이기 힘들었다. 그 모습을 본 송백이 입을 열었다.

"일단 부러진 팔부터 어떻게 해야겠다."

송백은 그렇게 말하며 문을 나섰다.

"부러진 거야?"

그 말에 놀란 차화서가 능조운을 바라보며 말하자 능조운은 왼 팔뚝을 오른손으로 감싸며 고개를 끄덕였다.

"금이 간 거다. 별거 아니야."

"금이 간 게 별게 아니야? 다음 비무는 어떻게 하려고."

차화서의 놀란 말에 능조운은 어렵게 미소 지었다.

"다음은 다음."

"다음으로 끝날 문제입니까?"

"헉!"

능조운은 등 뒤에서 들린 목소리에 놀라 고개를 돌렸다. 그곳에 방지호가 서 있었다. 어디서 나타났는지 방지호는 인기척도 없이 나타난 것이다. 방지호의 안색도 그리 밝지 않았다. 약간 어두운 표정의 얼굴이었다.

"언제 온 거야?"

"방금입니다."

능조운의 말에 방지호는 빠르게 대답했다. 곧 방지호가 안희명을 보곤 차화서를 바라보았다.

"일단 전 돌아가야 할 듯합니다. 더 이상 활동하기 힘들 것 같기 때문에 돌아오라는 명령을 받았습니다."

방지호의 갑작스러운 말에 차화서는 내심 놀랐으나 그녀의 상처를 봤기 때문에 미루어 짐작했다.

"나는 어떻게 하라고 하던?"

"그대로 남으라는 명령입니다. 그리고 벽 소협에게 패하는 모습을 잘 봤다고 전하라 하였습니다."

"쳇!"

차화서는 남으라는 말에 자유가 아직도 계속된다는 기쁨이 있었으나 다음 말에 인상을 찌푸렸다.

"그럼."

방지호는 능조운과 차화서에게 포권하며 문을 나섰다. 그리고 문을 나서는 순간 방지호의 인기척이 사라졌다. 그 모습에 능조운은 놀란 듯 열린 문을 바라보다 차화서를 보며 말했다.

"저 녀석은 왜 무림대회에 나온 거야? 무림대회가 아니라 숨박꼭질 대회에 출전하라고 하지."

"그런 대회가 세상에 있니?"

차화서는 실소를 그렸다. 곧 송백과 조서서가 들어왔으며 그 뒤로 아명이 큰 상자를 들고 들어왔다.

"능 소협, 다쳤으면 일단 장생전에 들를 것이지 객실로 바로 오는 경우가 어디 있나요? 어서 팔부터 보이세요."

조서서의 말에 능조운은 얼굴을 붉혔다.

"미… 미안합니다……."

능조운은 이곳이 바쁜 곳임을 알기 때문이다. 곧 조서서와 아명이 다가와 금이 간 팔을 치료해 주기 시작했다.

송백은 병실이 바쁘게 돌아가자 소리없이 나와 자신의 방으로 향했다. 방 안에 들어오자 밝은 밖과는 달리 실내는 어두웠다. 창을 닫았기 때문이다. 창을 열자 어두운 실내가 밝아지며 축축한 공기도 서서히 사라지는 느낌이 들었다.

"기다렸어요."

송백은 한쪽 벽면의 어두운 그림자 속에서 걸어나오는 방지호를 발견하곤 자리에 앉았다. 그러자 방지호도 마주 앉았다.

쪼르륵!

찻잔에 차가운 찻물을 따라 마시자 더위가 조금은 가시는 듯했다.

"은림원에 다녀왔거든요."

"은림원?"

송백의 눈이 관심을 보이자 방지호는 고개를 끄덕였다. 은림원에 지금 누가 있는지 알기 때문이다.

"그곳을 조사하고 있던 중에 그 일이 생긴 거예요."

송백은 고개를 끄덕였다. 곧 방지호가 다시 말했다.

"조심하세요, 은림원을."

"……?"

송백의 표정이 굳어지자 방지호는 속삭이듯 중얼거렸다.

"오늘 이곳을 나갈 생각이에요. 더 이상 이곳에 있다가는 언제 죽을

지 몰라요."

"나라면 네가 나가기를 기다렸다가 칠 것 같은데."

송백의 말에 방지호는 고개를 끄덕였다. 충분히 그럴 가능성이 있기 때문이다. 안에서 힘들다면 밖에서 하면 된다. 사실 밖보다 무림맹 안이 더 안전했다. 그러하기에 방지호는 편하게 활동한 것이다. 하지만 무림맹을 벗어나는 순간 자신의 흔적을 아는 그들이 가만히 있을 리가 없었다.

"걱정없어요. 그들은 그렇게 인원이 많지 않으니."

송백은 그 말에 고개를 끄덕였다. 그리고 나간다는 말을 한 이유도 알 것 같았다. 인원이 적다면 충분히 밖으로 나갈 수 있다고 여겼다. 더욱이 이곳은 무림맹이다. 무림맹의 주변에 매복을 한다는 것 자체가 불가능에 가까웠다. 그러니 맹 내에 잠입했다고 해도 소수일 것이다. 방지호는 그것을 알고 말했다.

"은림원을 조심해야 하는 이유라도 있나?"

송백은 그들이 누구인지 알기 때문에 물었다. 그들은 강호의 든든한 힘이었다. 하지만 방지호는 조심하라고 한다. 그들의 업적을 아는 사람이 듣는다면 경을 칠 일이다. 하지만 송백은 그러지 않았다.

방지호는 주변을 의식하듯 둘러보다 아무도 없다는 것을 알고는 입을 열려다 그래도 조심해야 한다는 생각으로 입술만 움직였다.

"…그를 ……조심하세요. …그는 …사람입니다."

"……!"

송백의 표정이 굳어졌다. 아니, 놀라 안색조차 변하였다. 지금까지 방지호는 송백의 그런 모습을 본 적이 없었다. 그만큼 놀라운 일이었다. 자신이 한 말을 들은 누구라도 놀랄 것이 분명했다. 방지호는 자리에서 일어섰다.

"그럼… 천하대회 전에 문주님이 연락한다고 하네요. 그때 뵙기로 해요."

방지호는 그렇게 말하며 곧 구석진 곳으로 걸어가더니 어두운 그림자 속으로 스며들었다.

"……."

송백은 깍지를 끼며 인상을 찌푸렸다. 여러 가지 생각들이 머리를 어지럽혔다. 방지호의 말이 사실이라면 무림맹은 진정 위험할 것이다. 하지만 아직 사실로 받아들이기엔 부족한 점이 많았다. 여러 가지 생각들이 머리를 스쳤다.

"강호인가……."

은림원에선 조용한 가운데 바람 불어오는 소리에 맞추어 현을 타는 고운 음색이 흘러나왔다. 은림원의 큰 인공 호수 한쪽에 세워진 정자에 앉은 허난영이 금을 탔으며 그 옆에 서 있는 기수령은 단소를 불고 있었다. 그 둘이 만들어내는 음률에 취한 듯 나무 의자에 앉은 세 명의 노인은 눈을 감으며 차를 음미하듯 마셨고, 고개를 끄덕이며 취해 있었다.

"좋구나……."

담오는 감미로운지 훈훈한 미소를 그렸다. 그런 담오의 뒤로 두 명의 청년이 무릎 꿇고 앉아 있었다. 한 명은 장지명이고, 다른 한 명은 설산이었다. 둘 역시 눈을 감고 있었다.

담오의 좌우로 호삼곡과 한현이 앉아 있었으며 이들은 그렇게 시간을 보내고 있었다. 음률이 흐리고 바람이 불 때 한현은 천천히 조용하게 입을 열었다.

"초 선배를 기억하나?"

그 말에 눈을 뜬 호삼곡은 한현을 바라보았다.

"아니, 그 선배는 왜 갑자기 꺼내나?"

그러자 담오가 찻잔을 내려놓고 입을 열었다.

"언제였더라… 오래전이었지. 내가 아직 필부에 지나지 않을 때 초 선배의 명성을 들었으니까. 그런데 한번 만난 기억이 있네. 잠깐이었는데 기억에 남네. 그리고 그 사람이 초 선배라는 것을 알았을 때 어찌나 놀랍던지… 하하. 무림인도 아니고 집에만 있던 나에게까지 그 명성이 들려왔으니 어찌 대단한 사람이 아니겠는가."

담오의 말에 한현은 고개를 끄덕였다.

"정말 대단한 분이시지. 나는 초 선배의 무공을 몇 번 견식한 적이 있었네. 그때마다 느낀 것은 나 역시 강해지고 싶다는 욕구라고 해야 할까……."

한현의 중얼거림에 호삼곡은 눈을 부릅뜨며 말했다.

"난 그 선배 싫다고. 아직도 기억나는 일이 있는데, 한번 덤볐다가 진짜 죽는 줄 알았어. 나중에 초 선배인 걸 알고 무서워했지."

호삼곡의 말에 담오와 한현은 웃음을 보였다. 호삼곡은 속이 타는지 차를 단숨에 마시며 고개를 저었다. 곧 음률이 멈추며 허난영과 기수령이 일어섰다.

"그런데 갑자기 그분 이야기는 왜 꺼내는 것인가?"

담오의 물음에 한현은 굳은 얼굴로 턱수염을 만지며 말했다.

"송백이라고 봤나?"

"음… 봤네. 나에게는 특별한 아이이니……."

담오가 고개를 끄덕이자 한현은 다시 말했다.

"그 아이에게서 초 선배의 모습을 보았네."

순간 담오와 호삼곡은 매우 놀란 듯 한현을 바라보았다.

■ 제4장 ■

기분이 나빴다

■ 기분이 나빴다

복건성의 남부에 위치한 태정방은 그 세가 광동까지 이어져 있으며 위로는 절강성까지도 영향력을 행사하고 있었다.

앞에는 구룡강(九龍江)이 흐르는 화안촌의 반대편에 위치한 고림산(古林山)의 중턱을 크게 차지하고 자리한 태정방은 장사를 하는 곳이었다. 무림맹이 그들을 사파라 부르는 이유를 들자면 돈으로 무인들을 샀기 때문이다. 그리고 그들은 태정방을 위해 일했다.

상권을 잡기 위해 일어난 여러 가지 이권 싸움에서 이기기 위해 태정방은 많은 돈을 투자했다.

태정방의 거대한 대정전(大正殿)은 중앙에 분수대가 있으며 작은 인공 호수가 있었다. 실내에 그렇게 만든 것이다. 잉어들이 놀고 있는 대정전의 가장 상석에 앉은 태정방주 임도방(林道傍)은 굳은 얼굴로 의자에 앉아 있었다. 그 앞에 앉은 두 명의 중년인 역시 어두운 안색이었다.

반백의 머리와 가슴까지 내려온 수염. 그리고 사자 같은 부리한 눈동자가 인상적인 임도방이었다. 무림인들은 그를 분혼마(分魂魔)라 부르며 두려워했다.

"죽었다고?"

손으로 턱을 괴며 의자 손잡이에 기대 앉은 임도방의 눈동자는 뜨겁게 가라앉아 있었다. 그의 목소리 역시 그러한 기운을 담은 듯 무거웠다.

"그렇습니다. 비무로 인한 사고인 듯합니다."

"사고?"

임도방의 앞에 앉은 중년인 역시 무거운 얼굴이었다. 임도방의 오른팔인 무전(務殿) 전주인 관악이었다. 그 옆에 앉은 총관 임추심은 붉어진 얼굴로 인상을 찌푸리고 있었다. 죽은 사람이 그의 아들이기 때문이다.

"사고라 하여도 죽은 일은 죽은 일. 이번 일에 대해 단호한 결단이 필요합니다."

임추심의 거친 목소리에 임도방은 눈을 감으며 침묵했다. 그리 가벼운 문제가 아니기 때문이다.

"아무리 비무라 하지만 감히 태정방의 소방주가 죽은 일이오, 관 전주."

임추심은 소식을 접하고 이미 냉정함을 잃어가고 있었다. 그의 말에 관악이 임도방을 향해 빠르게 말했다.

"비무 도중에 죽었습니다. 한 팔이 잘렸으나 그 충격을 이기지 못하고 죽었다 하였습니다."

"무슨 말인가?"

그 말에 임도방이 눈을 뜨자 관악은 다시 말했다.

"생사를 걸고 하는 비무입니다. 소방주를 제외하고도 몇 명이 죽었습니다. 거기다 팔이 잘린 사실을 이기지 못하고 죽었다 하였습니다. 명예롭게 죽은 것도 아니고 충격을 이기지 못한 심장 마비입니다. 만약 우리가 움직인다면 태정방의 수치이기도 합니다. 아니, 가문의 수치로 남을 일입니다."

관악의 말에 임도방은 고개를 끄덕였다. 그러자 임추심이 성난 어조로 다시 말했다.

"이미 수치는 당했소. 떨어진 명예를 줍기보다 복수가 우선이오."

임추심의 말에 관악은 인상을 찌푸렸다. 하지만 그 심정을 이해하기에 입을 열지는 못하고 있었다. 임도방 역시 이해하는 마음이 있는지 침묵했다. 곧 임추심이 다시 말했다.

"움직이지 않는다면 제가 움직이겠습니다. 태정방의 이름이 아닌 자식의 복수를 건 아비로서."

임추심의 말에 임도방은 차가운 얼굴로 임추심을 바라보았다.

"아비라면 당연 그래야 하겠지……."

임도방의 대답에 임추심의 표정이 좋아졌다. 기다렸던 말이기 때문이다.

"태정방의 이름을 쓰지 말거라."

그런 임추심을 향해 임도방은 다시 말했다. 곧 임추심은 자리에서 일어섰다.

"명심하겠습니다."

임추심이 나가자 실내는 조용하게 가라앉았다. 임도방은 턱을 괸 손을 내리며 관악을 바라보았다.

"손자를 잃어서 마음이 아프군."

"당연한 것입니다."

임도방은 인상을 찌푸렸다. 하지만 그것만으로도 그가 얼마나 마음 아파하는지 관악은 알 수 있었다. 아무리 큰일이 터져도 평상심을 잃지 않는 임도방이었다. 그런 그이기에 이 정도의 반응도 어찌 보면 대단한 일이었다. 그러한 평상심이 없었다면 지금의 태정방도 없었을 것이다.

"그렇지만 아쉽구나… 그 정도의 일에 죽다니… 어차피 큰 그릇이 아니었단 말인가……."

잠시 중얼거린 임도방은 고개를 저으며 짧은 숨을 내쉬었다.

"태정방을 물려받기에는 너무 작았어… 잘된 일일지도 모르지……."

매정하게 말하였지만 관악은 그렇게 듣지 않았다. 이미 그 마음이 충분하게 전달되었기 때문이다. 태정방이라는 거대한 집단을 이끌기 위해서는 어쩔 수가 없다는 생각도 들었다.

"그것보다 신교에서 오는 사자는 언제 도착하나?"

이미 오래전부터 왕래가 있었던 것처럼 임도방은 신교를 마교라 부르지 않았다.

"보름 뒤에 도착할 예정입니다. 아무래도… 해남파와의 결전에서 태정방의 무사들을 비밀리에 보내야 할 것 같습니다. 이번 회담은 그 일에 대한 것일 겁니다."

"그 이외에는?"

"무림맹에서도 사자를 보낸다 하였습니다. 신교를 견제하기 위해 손을 잡자는 뜻일 겁니다."

"흣. 천하대회가 가까워졌다는 말인가……."

임도방은 늘 천하대회가 오면 자신들과 손을 잡자고 말하는 무림맹을 알고 있었다. 그리고 천하대회가 끝나면 무림맹은 다시 태정방을 사파로 몰며 여러 가지 행사에 중재자로 나섰다. 물론 좋게 해결해 주지 않았다. 그것을 잘 아는 임도방이었다.

"어차피 천하대회가 끝날 때까지 도와달라는 것이겠지. 처리하기는 귀찮고, 그렇다고 손을 잡고 있으면 뒤가 아프고… 이러지도 저러지도 못하는 우리일 테니까."

임도방의 말에 관악은 고개를 숙였다. 곧 관악은 천천히 입을 열었다.

"신교는 그에 비해 우리를 가족으로 여길 것입니다. 그들은 근 오십 년 동안 저희를 도왔습니다. 이번 해남파의 일도 저희가 도와준다면 무림맹의 전력을 나눌 수 있게 됩니다. 아마도… 그들은 그것을 노릴 겁니다."

관악의 말에 임도방은 고개를 끄덕였다. 하지만 임도방은 인상을 찌푸려야 했다.

"아무리 그래도 나는 중원인이다. 무림맹은 중원의 영도자… 그들은 있어야 한다. 그들의 힘을 약하게 하기 위해 신교에 도움을 줄 생각은 없다. 단지 나는 우리의 이득을 위해 그들과 만날 뿐이다. 그렇게 생각하네."

임도방의 말에 관악은 고개를 숙였다. 하지만 관악은 알고 있었다. 얼마 지나지 않아 태정방과 신교는 손을 잡게 된다는 것을. 무림맹은 절대 태정방과 손을 잡지 않을 것이다. 그들은 태정방을 눈 아래로 여기기 때문이다. 그 멀지 않은 미래가 관악의 눈에 보였다.

*　　　*　　　*

금을 손에 쥔 허난영은 미소 짓고 있었다. 지금 그녀의 옆에 한 명의 청년이 서 있었기 때문이다. 갈대 숲이 눈앞에 보였으며 그 앞으로 저 멀리까지 펼쳐진 동정호의 거대한 모습도 보였다. 떠다니는 배들과 그 사이로 보이는 햇살의 따사로움은 허난영의 가슴에 온기를 전하였다.

"내일이 결전인데 한가롭게 이렇게 나와도 되겠습니까?"

장지명의 목소리에 허난영은 고개를 끄덕였다.

"비록 비무가 중요하지만 전 비무보다 이렇게 주변을 보는 것이 더 좋아요."

"그렇군요……."

장지명은 그 말에 고개를 끄덕였다. 자신도 스승님만 아니었다면 비무 같은 것은 때려치우고 조용히 책을 읽으며 지내고 싶었다.

"장 공자는 좋아하는 사람이 있나요?"

허난영의 붉어진 얼굴에 그려진 두 꽃잎 같은 눈동자가 장지명의 눈동자에 들어왔다.

"아직… 하지만 곧 생길지도 모릅니다……."

장지명의 말에 허난영은 고개를 끄덕이며 시선을 돌렸다. 만족스러운 대답은 아니었지만 그래도 이 정도면 좋다는 생각이 들었다.

"저는 좋아하는 사람과 천하를 떠돌고 싶었어요… 그런데……."

"……?"

장지명이 고개를 돌리자 허난영의 옆얼굴이 눈에 들어왔다. 바람에 날리는 머리카락 사이로 곱게 빛나는 백색의 얼굴이 장지명의 시선을 잡았다.

"천하대회가 그 앞을 막고 있네요."

미소를 그리며 말하자 장지명은 곧 고개를 숙이며 미소 지었다.

"자기가 하고 싶은 일들은 못하지만 스승님의 뜻은 받아야 한다고 생각합니다. 그것을 바라고 계시니까요. 허 소저도 음문의 문주님이 원하는 바를 이뤄야 하지 않겠습니까?"

장지명의 말에 허난영은 고개를 저었다. 그 반응이 의외인 듯 장지명은 허난영을 바라보았다. 그러자 장지명을 향해 허난영이 미소를 보였다.

"전… 스승님처럼 살 생각이 없어요… 너무… 너무 힘들 것 같아요."

"그건 무슨 말입니까?"

"모르실 거예요……."

허난영은 짧게 숨을 내쉬었다.

"스승님은 평생 혼자 사셨어요."

"그 사실이야… 알지만……."

장지명이 대답하자 허난영은 고개를 저으며 다시 말했다.

"평생 한 남자만을 그리워하며 사신 거예요. 백 년 가까이……."

허난영의 말에 장지명은 놀란 얼굴로 바라보았다. 그리고 담오와 친분이 두텁다는 사실도 알고 있었다. 무언가 이들만의 이야기가 있을 것 같았다.

"담 사숙님은… 그럼……."

허난영은 고개를 끄덕였다.

"담 사숙님 역시 평생 혼자 사셨지요… 스승님을 그리워하면서……. 이 일은 음문의 제자라면 알고 있는 사람이 몇 명 되는 걸로 알고 있어요. 저 역시 다른 사람을 통해 들었으니……. 그리고 스승님은 제게 그러한 삶을 원하고 있는지도 몰라요. 하지만 그렇게 살고 싶지 않아요. 어떻게… 어떻게 그렇게 살 수 있겠어요. 백 년 가까이… 한 사람을 그리워한 여자와 한 사람을 그리워한 남자처럼……."

장지명은 고개를 끄덕였다. 자신이라도 과연 그러한 것이 가능할 것인지 생각했다. 그때 허난영이 다시 말했다.

"사랑하는 사람이 있다면 음문을 나와서라도 전 그분과 함께 살겠어요."

그 말에 장지명은 더욱 놀라워했다. 음문을 나온다는 것보다 그러한 각오 때문이다. 음문을 나온다면 분명히 사지의 근맥이 잘릴 것이다. 한 문파를 나온다는 것은 그만큼 고통스러운 일이었다. 하지만 허난영은 그러한 각오가 되어 있는 얼굴이었다.

"평생을 한 남자만 그리워하며 살았다… 그 남자가 누구인지 참으로 행복할 것 같습니다."

장지명은 붉어진 얼굴로 그렇게 말하며 허난영의 손을 잡았다. 그 행동이 허난영의 얼굴을 붉게 물들게 했다. 살며시 잡은 두 손에 조금씩 힘이 들어갔다. 그리고 온기가 서로에게 확연하게 전해질 때 장지명은 동정호를 바라보며 다시 말했다.

"그렇게 살게 하지는 않을 생각입니다. 전……."

허난영은 살며시 고개를 숙였다. 붉어진 얼굴 사이로 노을이 물결치며 흘러들어 오고 있었다. 그렇게 장지명과 허난영은 한참 동안 손을 맞잡고 서 있었다.

“띠팔, 망할 새끼. 아무튼 잘생긴 놈들은 다 저렇다니까…….”

멀리서 보던 설산은 둘이 손을 잡자 욕을 하며 몸을 돌렸다. 숨어서 보다가 분위기가 좋아서 좀 더 볼까 했는데 기분만 상했다. 둘이 몰래 나갈 때부터 알아봤어야 한다고 생각했다. 왜 자신이 따라왔을까? 후회가 되었다.

“내가 찍었는데… 제기랄… 아… 그놈의 코 찌질이란 말만 안 했어도… 내가 어디가 어떻다고, 이 정도면 준수한 편이지. 적어도 저 기생보다는 날 텐데 말이야…….”

설산은 투덜거리며 무림관을 향해 몸을 날렸다. 하지만 가슴은 아팠다.

청수와 마주 앉은 영호진은 침묵하고 있었다. 작은 다탁에 마주 앉아 있었지만 조용한 침묵만이 주변에 흐르고 있었다. 서로에 대해 많은 것을 알 수도 있겠지만 둘은 많이 모르고 있었다.

영호진은 속가제자로 들어가 많은 기대를 받았다. 그 기대를 저버리지 않기 위해 많이 노력했었다. 그런 가운데 청 자 배의 마지막 한 명인 청수에 대해 듣게 된 것이다. 기분이 상할 수도 있었지만 그에게는 사형이었다. 비슷한 연배의 사형이 존재하는 것이다.

침묵이 싫었을까? 먼저 입을 연 것은 청수였다.

“오 일 뒤에 다시 비무가 있겠구나.”

청수의 말에 영호진은 찻잔을 내려놓았다.

“예, 사형.”

"천하대회에 나가길 바란다."

"물론 그렇게 할 겁니다. 자신은 없지만……."

영호진의 말에 청수는 고개를 저었다.

"너 정도의 실력이라면 충분히 나갈 것이다. 나는 그렇게 믿고 있다."

"저보다는 사형이 나가는 게 더 옳은 것 같습니다."

영호진이 솔직한 심정을 말하자 청수는 눈을 크게 뜨며 영호진을 바라보았다. 그러자 영호진이 미소 지었다.

"솔직히 사부님이나 여러 사형의 기대를 받고 있지만 제 어깨의 무게를 이길 만큼 전 강한 사람이 아닙니다. 하지만 사형은 그러한 기대조차도 이길 것 같은 기도가 느껴집니다. 이미 어느 선에 들어선 사람처럼……."

영호진의 말에 청수는 짧게 도호를 외웠다.

"내가 그렇게 대단한 사람이라면… 좋겠다."

청수는 담담히 속삭이며 창가로 시선을 던졌다. 무언가 바라보는 사람처럼 느껴졌다.

"우화등선은 원하지만 내가 원한다고 되는 일도 아니다. 무당에 사는 이상 어렵겠지… 뜻을 원한다고 오는 것도 아니니… 난 그저 사람들과 어울리고 싶다."

청수의 말에 영호진은 차를 따라 마셨다. 자신이 듣기에는 어려웠기 때문이다. 하지만 그동안 혼자 있었던 것이 외로웠던 것 같았다. 그렇게 느껴졌다. 영호진은 무언가 생각난 듯 미소 지으며 말했다.

"사형."

"응?"

"언제 시간이 된다면 한번 즐겁게 유람이라도 합시다. 함께 말입니다. 세상을 돌다 보면 이런저런 일들이 많고 그 일들이 즐거움을 줄 것입니다."

청수의 귀가 약간 움직였다. 곧 청수는 영호진을 향해 웃음을 보였다.

"함께 가주겠다면 나야 사양할 이유가 없지. 우리 천하대회가 끝나면 함께 천하를 돌아보기로 하자."

"물론이지요. 전 제가 한 말을 꼭 지키는 사람입니다."

"좋아. 사제가 있으니 마음이 든든하고 기분도 좋아지는군. 사제는 다른 사람에게 없는 즐거움을 주는 사람 같네. 그것만큼 큰 장점도 없을 것이네. 거기다 인기도 좋고. 하하."

청수의 얼굴이 밝아지자 영호진도 마주 웃었다. 그리고 작은 담소가 이어지기 시작했다. 토조의 비무 전날이었다.

표를 손에 쥔 청수는 대기실에서 자신을 바라보고 서 있는 허난영을 바라보았다. 서로의 눈이 마주치자 허난영은 고개를 돌리며 대기실을 빠져나갔다.

"음공의 고수만 두 명인가……."

청수는 고개를 저으며 씁쓸히 중얼거렸다. 첫 상대가 정해졌기 때문이다. 기수령을 이기고 올라오자 다음 상대는 가장 만나기 싫고 까다로운 허난영이었다.

더욱이 허난영은 기수령과는 다른 음공을 구사한다. 그것이 청수를 괴롭혔다. 힘들 것 같다는 생각이 들었다. 그리고 청수의 걸음도 밖을 향해 가고 있었다.

"와아아아!"

거대한 함성이 메아리치자 청수는 비무대를 바라보았다. 사람들의 함성 소리도 이미 며칠 동안 지켜보았기에 익숙해져 있었다. 그리고 기다리던 자신의 차례가 온 것이다. 그러한 두근거림에 심장이 크게 요동치기 시작했다.

그런 마음이 있는 자는 비무대 위에 또 한 명이 있었다. 청수는 그것을 알기에 비무대를 향해 걸어 올라갔다.

기대에 찬 함성 소리가 더욱 거대하게 커져 갔다. 천하제일이라 불리는 음문이 천상음문이고 또한 천하제일여고수라 불렸던 문주가 아직도 건재하다는 소문의 곳이었다. 전설이 많은 곳은 무당파 또한 마찬가지다. 비록 전대 무림맹주가 천하대회로 인해 숨을 거두었지만 무당은 무당이었다.

"시작하지요."

청수는 검배를 내리며 가볍게 허리를 숙였다.

"기다렸어요."

허난영은 의미있는 말을 하며 비단으로 둘러싼 큰 금을 바닥에 세웠다.

둥! 둥! 둥!

북소리가 크게 울리며 사방에서 아우성치던 함성 소리도 잠잠하게 가라앉았다. 긴장감이 고조되기 시작한 것이다.

스릉!

서서히 검을 뽑는 청수의 날카로운 눈동자가 허난영을 향하고 있었다. 하지만 허난영은 미동도 안 한 채 청수를 바라보고 있었다. 그 속에 담긴 강한 기도가 청수의 전신을 압박하기 시작했다. 놀라운 투기였다.

청수의 검이 허난영의 인중을 향하며 가볍게 왼발을 앞으로 내밀었다. 낮은 자세로 왼손의 검지와 중지가 검끝에 살짝 닿았다. 무당의 대표적인 검법인 칠성검이다.

허난영도 그 모습에 긴장했다.

'이기자. 이기는 거다.'

허난영은 마른침을 삼키며 오른손을 세워놓은 금의 중간에 놓았다. 비단의 부드러운 감촉이 손바닥으로 전해졌다.

팟!

바닥을 차는 청수의 발이 순간적으로 앞으로 나아갔다. 마치 직선을 그리듯 검끝이 노리는 인중의 모습이 확연하게 눈에 들어왔다. 순간 허난영이 비단을 펼치며 청수의 앞으로 던졌다.

파락!

거대한 크기의 비단천이 청수의 전신을 삼키는 순간 허난영의 오른손이 금의 현을 퉁겼다. '띠링!' 거리는 현의 음이 퉁기는 순간이었다.

파파팟!

바람 소리가 울리며 수십 조각으로 비단천이 잘려 나갔다. 급작스러운 일격이었다. 하지만 좌우로 퍼져 나가는 천 조각 사이로 보인 것은 빈 비무대였다. 순간 허난영의 시선이 위로 향했다.

쉬악!

허공에 떨어져 내리는 검날이 햇살에 반사되어 허난영의 눈 속으로 투영되어 들어왔다. 머리 위를 노리며 내려오는 그 모습에 허난영의 금이 머리 위로 일직선으로 올라갔다.

팍!

짧은 순간 둘의 모습이 곧은 나무가 서 있는 모습처럼 보였다. 하지만 극히 찰나였다. 허난영의 오른손이 재빠르게 현의 줄을 잡아 퉁겼다.

핑!

음파가 나간 것이 아니라 현이 튀어나갔다. 그 갑작스러운 공격에 놀란 청수의 신형이 몸을 돌리며 옆으로 피했다.

머리 위로 올라간 현이 허난영의 손으로 되돌아오며 뽑힌 자리에 다시 들어간 것도 순간이었다. 허난영의 날카로운 눈동자가 앞을 바라보며 금을 왼 옆구리에 끼었다.

쉬아악!

그 찰나를 놓치지 않고 청수의 검날이 날아들었다. 머리 위를 노리던 검날이 허난영의 금이 앞으로 날아들자 재빠르게 하체를 노리며 신형을 틀었다. 순간 허난영의 금이 손 안으로 들어오며 회전하기 시작했다.

띠디디딩!

십여 개의 검 그림자와 금의 현이 마주하며 듣기 거북한 음색이 사방으로 퍼져 나갔다. 그렇게 둘의 그림자가 얽히기 시작했다.

"역시 음문의 음파는 독보적인 무공이오."

무당파의 명풍도장이 옆에 앉은 비파천음수(枇杷千音手) 홍지령에게 말했다. 홍지령은 천상음문의 삼문주이기도 했기 때문이다. 홍지령은 허난영을 잘 알고 있었다. 물론 은림원에도 자주 가기에 들를 때마다 많은 조언을 해주었다.

"무당의 검 역시 독보적이지 않나요? 특히 연기공을 바탕으로 한 그의 무공은 특별하군요."

짧은 순간이지만 홍지령은 청수의 무공을 알아보았다. 그러자 명풍은 고개를 끄덕이며 수염을 만졌다. 청수의 검법을 보면서 그 안에 흐르는 기운을 눈치채기란 쉬운 일이 아니다. 그것을 알았으니 어찌 인정하지 않을 수 있겠는가? 명풍은 역시 천상음문의 삼문주라 생각했다.

"연기공은 일을 받으면 십을 되돌리는 무공. 그 연기공을 대성하면 태극공을 익힌다고 들었어요. 무당의 다음은 그인 듯싶군요."

연기공에 대해 어느 정도 알고 있는 홍지령이 고개를 끄덕이며 계속 말했다. 그러자 명풍은 헛기침을 몇 번 했다. 자신의 사형이자 무당파의 장문인이 그에게 가르친 것이 연기공이기에 그는 청수를 좋아하지 않은 것이다. 물론 그 근본적인 이유는 어디의 누구 자식인지 그 출신이 불분명한 청수에게 비전을 전수한다는 것이었다. 그것이 가장 큰 불만이었다.

명풍은 그런 생각을 뒤로한 채 입을 열었다.

"음문의 음파 역시 비전이지 않소? 듣기론 음문의 음파를 익히기 위해서는 죽을 만큼 고통이 따른다고 하던데 무슨 비결이라도 있는 것이오?"

그 말에 홍지령은 미소 지었다.

"달리 비결이 있는 것은 아니에요. 단지 음파는 그 성취가 높을수록 멀리 나간다는 정도… 그 정도만 알려 드리지요."

그녀의 말에 명풍은 고개를 끄덕였다. 입을 열지 않는다면 알 필요가 없기 때문이다. 더욱이 실례가 되는 질문이기도 했다.

허난영의 음파는 일 장이 한계이다. 그것을 잘 아는 홍지령은 내심 걱정도 있었다. 청수의 기도가 예사롭지 않았기 때문이다.

"잘해주어라. 부끄럽지 않게."

홍지령이 중얼거렸다.

"하아암……."

가장 높은 곳에 무림맹주와 같은 위치에 앉아 있는 호삼곡은 심심한지 하품을 했다. 그 옆에 앉은 담오가 인상을 찌푸렸으나 호삼곡은 지루한지 기지개도 켰다.

"아이들이 싸우는데 웬 실례인가?"

담오가 미소 지었다. 그러자 호삼곡은 다른 곳으로 시선을 돌리며 중얼거렸다.

"결과가 뻔하니 그러네."

"그래?"

담오가 관심을 갖자 호삼곡은 다시 말했다.

"저 도사 놈이 이기겠구만."

담오가 수염을 쓰다듬었다. 담오는 허난영의 편이기 때문이다. 그 옆에 앉은 한현은 말없이 지켜보고 있었다. 담오가 다시 말했다.

"그렇겠군."

담오는 어디서 저런 걸출한 인물이 나왔는지 궁금했다. 무당의 영호진보다 더한 인물이었기 때문이다.

"크게 될 놈이야."

호삼곡이 다시 중얼거렸다.

쾅!

폭음성이 울리며 청수의 신형이 뒤로 밀려 나갔다. 허난영도 안색이 어둡게 변하며 뒤로 물러섰다. 검과 금이 마주치려 하자 순간적으로 검을 뺀 청수의 장력이 날아들었기에 허난영도 장력을 날린 것이다. 하지만 손이 마주치자 머리에 둔기로 맞은 듯한 충격이 전신을 휘감았다.

"쿨럭!"

결국 참지 못한 허난영의 입에서 기침과 함께 핏물이 입술을 타고 흘러내렸다.

"……."

장력을 거둔 청수는 굳은 얼굴로 허난영을 바라보았다. 청수의 표정은 허난영과는 달리 안정되어 있었다.

'역시 무당의 심후함은 따르기 힘들구나…….'

허난영은 잠시 동안 후회했다. 장력을 나오게 하기 위한 술수에 자신이 말려들었기 때문이다. 허난영의 생각처럼 청수는 장력으로 해결하려 했다. 처음부터 검으로 여자인 허난영을 제압하고 싶지 않았다. 상처가 생기기 때문이다. 그러하기에 삼 할의 진력으로 연기공을 바탕으로 한 풍압장(風壓掌)을 펼친 것이다. 삼 할의 진력이지만 연기공의 오묘함은 받은 것을 상대에게 돌려주는 기운이 내포되어 있었다. 아직 연기공을 극성까지 익히지 않았지만 충분히 허난영의 장력을 받아치며 내상까지 입힐 수가 있었다.

청수는 검신을 바닥으로 내리며 허리를 숙였다. 입에서 흘러나오는 도호가 허난영의 귀를 자극했다. 그 여유있는 모습이 투기를 더욱 발산하게 만든 것이다.

청수는 그저 미안한 마음에 한 행동이지만 상대는 자존심이 상했다. 그 사실을 모르니 갑작스럽게 커진 투기에 청수의 눈동자가 빛났다.

띠딩!

두 번의 현이 튕겨지는 소리가 귓가에 들리는 순간 허난영과 자신 사이의 공간이 일그러지는 모습이 눈에 들어왔다. 아니, 허난영의 그림자가 일그러졌다.

"……!"

휘릭!

몸을 옆으로 돌리며 일그러짐을 피했다. 순간 바람 소리가 귓가를 스쳤다.

팟!

어깨가 마치 칼날에 잘린 것처럼 옷깃이 잘리며 옅은 혈선이 그려졌다. 청수의 아미가 찌푸려졌다. 예상보다 더했기 때문이다. 순간 현을 튕기는 허난영의 손가락이 보였으며 사방의 공간이 일그러지는 모습이 보였다. 청수는 어쩔 수 없이 몸을 뒤로 옮겼다.

쉬릭!

삼 장 가까이 물러서자 일그러지던 공간이 사라지며 허난영의 그림자가 정상으로 보였다. 순간적으로 청수의 머리에 무언가 스쳤다.

"……."

청수의 얼굴이 굳어졌다. 허난영을 바라보는 청수는 검날을 늘어뜨렸다. 허난영 역시 현을 튕기던 손을 멈춘 채 청수를 응시했다.

슥!

한 발 앞으로 나온 청수의 모습을 보았으나 허난영은 여전히 그대로 있었다. 알 수 없는 긴장감이 둘 사이를 오가고 있었다.

'피하기는 어렵다… 현재의 나로서는…….'

청수는 다시 한 발 앞으로 나갔다. 구경하던 사람들도 둘 사이에 어떤 일이 있는지 잘 모르는 듯 침묵을 지키고 있었으며 낮은 침묵만이 사방으로 퍼져 나갔다.

스슥!

어느새 일 장 가까이 청수의 발이 나오고 있었다. 검을 세운 채 앞으로 조금씩 나오는 청수의 표정은 담담하게 가라앉아 있었다. 하지만 그 모습이 허난영에겐 커다란 압박이었다.

슥!

청수의 발이 일 장 안으로 조금 들어서자 금 위에 올려진 허난영의 손가락이 미미하게 떨렸다.

'아직…….'

스슥!

앞발이 조금씩 밀려 일 장 안으로 청수의 신형이 다 들어섰다. 순간 허난영의 손가락이 현에 닿았다. 청수의 신경은 허난영의 손가락을 향하고 있었다. 그리고 긴장감은 더욱 고조되었으며 또다시 앞발을 앞으로 조금 밀듯이 들어갔다. 순간이었다. 허난영의 표정이 변한 것은.

띠링!

현을 퉁기는 소리와 함께 순간적으로 허난영의 신형이 일그러졌다. 그 변화에 청수의 몸이 뒤로 빠져나갔다.

파팟!

앞가슴을 스친 듯 옷자락이 십여 개의 선을 그리며 베였다. 그리고 청수의 신형은 일 장 밖에 서 있었다. 청수는 잘린 상의를 바라보며 인상을 찌푸렸다.

'가장 좋아하는 옷인데… 일 장이라…….'

청수의 검이 허난영을 향하며 자세가 안정된 듯 낮게 가라앉았다. 허난영의 안색이 차갑게 굳어갔다. 자신의 단점이 들켰기 때문이다.

'진짜 얍삽한 놈이네…….'

허난영은 현 위에 올린 손에 힘을 주었다.

'가능할 것인가…….'

청수는 일 장이라는 거리를 생각하며 자신의 실력을 가늠했다. 그리고 일 장의 거리를 두고 검기를 펼쳐야 한다는 것도 알았다. 어려운 문제였다. 하지만 가능성은 높았다. 허난영은 내상을 입었기 때문이다.

슥!

청수의 발이 일 장 안으로 들어서는 순간 허난영의 손이 현을 퉁겼다. 일그러지는 허난영의 그림자를 발견하는 순간 청수의 검날이 흔들리며 십여 줄기의 검기를 뿌렸다.

콰쾅!

폭음 소리가 울리며 허난영의 신형이 뒤로 빠졌다. 그 속으로 일 장의 거리를 둔 채 청수의 검날이 앞으로 찔러갔다.

쉬아악!

허난영은 검이 마치 커진 듯 자신에게 날아들자 현을 퉁겼다.

팍!

검이 사라지자 또다시 십여 줄기의 검날이 나타났다. 순간적으로 허난영의 손이 빠르게 움직였다.

파파팍!

검날이 먼지가 폭파하듯 사라져 가기 시작했다. 하지만 허난영의 입술을 타고 핏방울이 흘러내렸다. 그 순간 또다시 날아드는 이십여 개의 검날이 허난영을 어지럽혔다.

허난영의 손이 빠르게 움직였다.

파팍!

또다시 검날이 사라지는 순간 번개 같은 섬광과 함께 두 줄기의 백색 검광이 눈 안으로 쏘아져 들어왔다. 허난영의 표정이 굳어졌다. 칠성검을 펼치다 양의검으로 변한 것이다. 양의검의 쾌속함이 허난영의 마음을 무겁게 만들었다. 스스로도 모르게 힘이 들어갔다. 현을 퉁기기 위해 손을 움직이려던 순간 자신도 모르게 목을 타고 올라오는 기운을 느꼈다.

"우욱!"

순간 신형이 흔들렸다. 그 속으로 청수의 검날이 번개처럼 날아들었다.

"우엑!"

허난영의 입에서 핏물이 토해졌으며 허리가 숙여졌다. 순간 검광의 빛살이 허난영의 앞에서 사라졌다. 그리고 허난영의 눈에 청수의 모습이 보였다. 불과 한 보 정도의 거리였다.

허리를 숙였던 허난영은 고개를 들어 자신을 바라보는 청수를 노려보았다. 그러자 청수는 가볍게 포권했다.

"미안하오."

청수의 말에 허난영의 아미가 일그러졌다. 순간 허난영의 입에서 자신도 모르게 목소리가 흘러나왔다. 조용하면서도 청수만이 들을 수 있을 정도의 작은 목소리.

"쓰팔."

안희명이 눈을 뜬 것은 토조의 대회가 열리던 날 오후였다. 안희명은 눈을 뜨자 자신을 바라보며 눈을 휘둥그레 뜨고 있는 능조운을 볼 수 있었고, 그 옆에 앉아 웃고 있는 차화서를 볼 수 있었다.

"오래 잔 것 같은데… 아… 머리야."

안희명은 이마를 손으로 짚었다.

"어디? 아직도 아파? 머리?"

능조운이 그 말에 놀라 자신도 모르게 안희명의 이마를 손으로 만졌다. 순간 안희명이 뒤로 고개를 피했다.

"어디 아녀자의 얼굴에."

안희명의 말에 능조운은 아차 싶어 멋쩍게 손을 물리며 의자에 앉았다.

"아니, 그냥… 머리가 아프다니까……."

능조운의 말에 안희명은 웃음을 보였다. 그러자 차화서가 다가왔다.

"몸은 어떤 것 같아?"

"좋아. 단지……."

"응?"

"그냥… 진 게 너무 억울해서……."

안희명의 말에 차화서는 미소 지었다. 자신도 졌기 때문이다.

"나도 졌는데 뭐."

그 말에 안희명이 놀라자 차화서는 다시 말했다.

"상대가 창술의 대가라는 벽씨 세가의 사람이었는걸……. 세상에 존재하는 창법 중 양가창법과 벽씨 창은 유명하잖아. 양가장이야 지금은 활동을 안 하니 강호에 얼굴을 내밀지 않을 것이고… 벽씨 세가에 밀려서 그렇겠지만……."

차화서의 말에 안희명은 고개를 끄덕이다 생각난 듯 능조운을 바라보았다.

"이겼어?"

능조운 그 말에 웃음을 보였다.

"졌구나."

안희명이 고개를 돌리며 말하자 능조운은 손을 저었다.

"운이 좋아서 이겼다. 하하하. 부럽지?"

"훗."

안희명은 가볍게 미소만 보였다. 능조운도 웃으며 안희명을 바라보았다. 곧 능조운이 입을 열었다.

"어떻게 해서 이겼냐 하면 말이야. 내가 도를 이렇게, 그러니까 이렇게 잡고 그 산동악가의 악진이라는 고수를……."

은림원에 돌아온 한현과 호삼곡의 옆으로 뜻밖의 인물이 서 있었다. 바로 무림맹주인 남궁천이었다.

남궁천은 따로 볼 일이 있었다.

"일단 앉지."

한현이 권하자 남궁천은 조용한 실내에 놓인 의자에 앉았다. 호삼곡은 한현의 옆에 앉아 차를 따라 마시며 손으로 턱을 괴었다.

권위적인 자리이자 무림의 맹주라는 자리에 앉은 남궁천의 앞에서 이렇게 여유있는 모습을 보일 수 있는 사람은 이들밖에 없을 것이다. 남궁천을 향해 한현은 자연스럽게 하대하였다. 그리고 그들은 그럴 자격이 있었다.

"다름이 아니라 이번 무림대회가 끝나면 오행당을 만들 생각입니다.

인원은 각 당마다 정예 십이 명입니다."

남궁천의 말에 호삼곡과 한현은 고개를 끄덕였다. 남궁천이 이곳에 온 것은 자문을 구하기 위해서이다.

"좋은 발상이네."

한현의 말에 남궁천은 다시 말했다.

"그러하기에 이번 무림대회가 끝나고 오행당에 속한 후기지수들에게 실전의 경험을 시키고 싶습니다. 하지만 다들 반대하더군요. 아직 무르다는 것입니다. 어르신들이 생각하기에 그들의 그릇이 그 정도라 여기십니까?"

남궁천의 말에 한현은 눈을 빛냈다. 결국 오행당에 속하는 인물들이 누구인지 알 수 있는 말이었고 또한 위험한 일을 시키려 한다는 것도 알았다.

"어차피 강호를 알아야 하는 나이야. 좋은 경험이 되겠지."

한현의 대답에 남궁천은 만족한 미소를 보였다. 그러자 한현이 다시 말했다.

"그러니 나더러 설득해 달라는 부탁을 하려고 온 것이겠지?"

"물론입니다."

남궁천은 바로 대답했다. 그것 때문에 온 것이기 때문이다.

"내년에 있을 천하대회까지 시간이 남습니다. 그동안 그들에게 보여줄 것은 우리가 지켜야 할 강호와 천하입니다. 세상을 보고 사람을 만나며 무림이라는 것을 몸으로 체험한다면 그것만큼 좋은 일도 없다고 여깁니다. 전 그들에게 그러한 경험을 전하고 싶습니다."

"좋은 일이야. 좋은 일……."

호삼곡이 고개를 끄덕였다. 그러자 한현은 수염을 쓰다듬으며 말했다.

"지금처럼 인재가 넘치는 시기일수록 조심해야 하겠지… 자네의 판단을 믿네."

한현의 말에 남궁천은 포권했다. 그리고 자신이 경험하지 못했던 일들을 후진들에게 경험하게 할 수 있다는 마음이 기분을 좋게 만들었다. 곧 있을 대회의에 이 문제는 거론될 것이며 통과될 것이다.

무림관에는 이제 방이 남아돌게 되었다. 그러자 안희명과 차화서는 숙소를 백화원에서 송백의 옆방으로 옮겼다.

송백이 돌아온 것은 해가 질 무렵이었다.

"일어났군."

송백은 방으로 들어오다 안희명이 앉아 있자 말했다. 안희명은 미소지었다.

"좀 전에 일어났어요."

안희명의 말에 송백은 고개를 끄덕이며 자신의 침상 앞에 앉았다. 탁자에 앉아 있는 차화서와 능조운은 그 모습을 물끄러미 바라보았다. 그러자 송백은 자신에게 향한 시선을 느낀 듯 그들을 바라보았다.

"왜 그러지?"

"어땠어? 결과 말이야."

궁금한 듯 말하는 능조운의 물음에 송백은 가볍게 말했다.

"글쎄… 내력의 승리라고 해야 하나……."

송백은 허난영과 청수의 대결을 상기하며 대답했다. 가장 흥미있는 대결이었기 때문이다. 음공을 펼치는 허난영을 상대하는 청수의 모습이 눈에 그려졌다. 일 장의 거리에 서서 검기를 운용해 허난영을 제압해 가던 청수의 모습은 대단했기 때문이다. 사람들은 그저 빈 공간에 청수가 검을 찔러 넣는다고 보았다. 하지만 어느 정도 고수라면 분명히 알아보았으며 놀라워했다. 결국 허난영은 무리한 내공의 운용으로 지고 말았다.

"무당의 내력은 깊고 심후해서 상대하기 까다롭다더니 정말이더군."

"무당? 토조에 무당파라면 청수 도장뿐인데 이겼나 보네?"

송백은 능조운의 말에 고개를 끄덕였다.

"무당이 이번 대회에서 이름값을 톡톡히 하네… 소림사보다 더한 것 같아."

차화서가 말했다. 그러자 안희명은 인상을 찌푸렸다. 갑작스럽게 냉유리가 떠올랐기 때문이다. 왠지 자신의 목표가 될 것 같은 기분이 들었다.

"냉 소저는 보타산이었지……."

안희명이 중얼거리자 능조운은 굳은 얼굴로 말했다.

"십파 중 보타산도 들어가니 명문은 역시 명문인가……."

능조운은 팔짱을 끼며 중얼거렸다. 그러던 순간 능조운의 배에서 무언가 끓고 있는 소리가 울렸다. 능조운은 얼굴을 붉히며 배를 문질렀다.

"일단 밥이라도 먹자. 배고프다. 네가 오길 기다렸거든."

능조운이 웃으며 송백에게 말했다. 송백은 그 말에 자리에서 일어섰다.

"가지."

송백이 앞장서자 모두 뒤를 따랐다.

탁!

문이 닫히는 소리가 울리자 방 안은 평온한 듯 고요한 공기만이 맴돌았다. 그러던 어느 순간 천장에서 검고 둥근 물체가 떨어져 내렸다. 곧 떨어져 내린 물체는 사람의 형상으로 변하더니 사방을 두리번거리기 시작했다. 마치 무언가를 찾는 것처럼.

복면인은 곧 송백이 늘 어깨에 메고 다니던 검은 상자를 발견했다. 침대 밑에 놓여 있었기 때문에 꺼내 침대 위에 올려놓은 복면인은 상자의 무게에 그것이 쇠로 만든 상자라는 것을 알았다.

'이렇게 무거운 상자라니… 무식한 놈이군. 이런 걸 왜 매일같이 매고 다니는 것일까.'

복면인은 중얼거리며 상자를 열었다.

탁!

짧은 소리가 울리며 상자가 열리자 복면인은 인상을 찌푸렸다. 속에 아무것도 없었기 때문이다.

'쳇!'

복면인은 입맛을 다시며 상자를 다시 원래의 자리에 놓곤 다른 곳을 뒤지기 시작했다. 그렇게 시간이 흘렀으나 복면인은 아무것도 못 찾고 천장 위로 올라갔다.

"별다른 특이한 사항을 발견할 수는 없었습니다."

"그래?"

복면인은 부복하고 있었으며 숲을 가른 그림자들 사이에서 목소리가 흘러나왔다.

"사문을 알아볼 물건도 없었나?"

"그렇습니다."

복면인이 대답하자 숲 속의 그림자가 잠시 침묵했다.

"송가장 출신인 것은 확실합니다. 하지만 송가장이 멸문한 지 십여 년이 넘었습니다. 그 이후 송영은 적소 담오의 제자로 지냈으며 죽었습니다. 하지만 송백의 흔적은 찾기가 힘듭니다. 그의 종적이 사라진 것처럼 그의 과거는 철저하게 없어진 듯 보입니다."

복면인이 모를 수밖에 없었다. 군에서 이미 그의 과거를 모두 태웠기 때문이다. 이미 송백은 죽은 사람이었다. 그러하기에 장마소의 사건도 금방 사라져야 했다. 장마소의 반대파가 정권을 잡았기 때문이다. 그들은 오히려 반기고 있기에 송백의 흔적은 더욱 사라져야 했다.

"여러 선배의 말이 좀 있어서 시킨 것뿐이니 더 이상은 손을 대지 말거라."

곧 바람 소리와 함께 자신을 누르던 기운이 사라지자 복면인은 몸을 일으키며 숲 속의 어둠 속으로 사라져 갔다.

모용현은 머리가 아팠다. 송백의 뒤를 조사하느라. 하지만 찾을 방도가 없었다. 며칠 동안은 방이 비워져 있었기에 수월했으나 알아낸 것은 없었다. 너무도 단순했기 때문이다. 송백의 모습을 지금까지 지켜보고 판단 내린 것은 그저 단순한 무인이란 것이었다. 그의 행동은 허술했고, 고수의 면모를 찾기란 힘들었다. 그만큼 허점이 많았다는 뜻이다.

"휴……."

흑의를 모두 감춘 모용현은 한숨을 크게 내쉬었다. 자신이 언제부터 이렇게 남의 뒤나 캐는 사람으로 전락했는지 마음속에서 울분이 일어났다. 한탄스럽기도 했다. 단지 단 하나의 말에 이끌린 것이 잘못이었다.

"천하제일이 되고 싶다면 모용세가의 무공으론 부족하겠지?"

그 말이 어린 그에게 열광과 흥분을 안겨주었다. 그때부터였다. 그의 그림자가 된 것은.

"명문세가의 아들로 태어나 이게 무슨 추태란 말인가……."

모용현은 고개를 저으며 인상을 찌푸렸다. 하지만 이미 결정한 일, 이제는 빠져나갈 수가 없었다.

허난영이 패하자 장지명은 그녀와 함께 성수원으로 향했다. 막 성수원의 문을 넘던 장지명은 옆에서 함께 문에 들어서는 두 사람을 볼 수 있었다. 영호진과 청수였다. 그들도 허난영과 장지명을 발견하자 걸음을 멈추었다. 청수는 외상을 치료하기 위해서였고, 허난영은 내상 때문에 온 것이다.

어색한 침묵이 흘렀다. 서로를 보며 잠시 어색하게 서 있던 네 사람은 곧 포권하며 안으로 들어갔다.

"열받아."

허난영은 한쪽의 방으로 들어가며 중얼거렸다. 청수의 얼굴을 보았기 때문이다. 그것보다 패했다는 것 때문에 화났다.

"청수 도장의 수련이 깊어 패한 것이니 마음 쓰지 마시오."

장지명의 말에 허난영은 잠시 볼을 부풀렸다. 자신의 마음을 알아주지 않는 것 같았기 때문이다.

'장 소협은 너무 착해서 문제야… 이럴 때는 같이 욕도 해주고 그래야 하는데…….'

방으로 들어간 청수를 나두고 영호진은 밖에 나왔다. 영호진은 잠시 마당에 서서 바쁘게 돌아가는 주변 사람들을 바라보았다. 그러던 어느 순간 두 명의 소저를 보게 되었다. 그중 한 명은 아는 얼굴이었다.

다가오던 여인들 중 앞에 걷던 여인이 영호진을 발견하자 멍하니 마당의 중앙에 섰다. 몇 년 만에 보는 얼굴이기 때문이다. 하지만 잠시 맴돌던 바람이 흘러가자 여인은 정신을 차렸다.

"오랜만이오, 조 소저."

영호진은 가볍게 미소 지었다. 조서서는 잠시 영호진을 바라보다 약간 고개를 숙였다.

"오랜만입니다."

조서서의 목소리에 영호진은 여전히 보기 좋은 미소를 보이며 말했다.

"이곳의 원주로 오셨다는 소식은 들었지만 찾아뵙지를 못했소. 미안하오."

"아니에요… 바쁘실 텐데……."

조서서의 말에 뒤에 있던 아명은 뭔가 이상한 기운을 눈치챘다. 그리고 평소보다 더 조서서의 모습이 조용하다는 것도 알았고, 목소리도 작았다.

"그런데 어디 다치셨나요?"

조서서가 걱정스러운 표정으로 말하자 영호진은 고개를 저었다.

"내가 아니고 사형이 다쳐서 오게 되었소. 큰 상처는 아니니 걱정하지 마시오."

영호진의 말에 조서서는 고개를 끄덕였다. 옅은 미소가 입에 걸린 모습을 아명은 볼 수 있었다.

"오 년 전에 뵙고 처음인데 조 소저는 변한 것이 없는 것 같구려."

"영 공자도… 변함이 없는 것 같아요."

조서서의 말에 영호진은 다시 말했다.

"그때는 정말 고마웠소. 조 소저가 아니었다면 크게 고생할 뻔했으니 말이오."

"예……."

조서서는 가볍게 대답했으나 얼굴은 붉어져 있었다. 마치 무슨 일이 있었던 것 같았다. 아명은 궁금했지만 물을 수가 없었다. 곧 영호진의 옆으로 단아한 인상의 청수가 다가왔다.

"사제, 끝났네."

청수가 다가와 말하자 영호진은 곧 조서서에게 포권하며 신형을 돌렸다. 그 모습을 조서서는 바라보다 약간 아쉽다는 표정으로 짧게 숨을 내쉬었다. 청수와 영호진의 모습이 눈앞에서 사라지자 조서서는 크게 한숨을 내쉬며 몸을 돌리다 바로 앞에 서 있는 아명과 눈이 마주쳤다.

"앗!"

놀란 듯 잠시 주춤거리던 조서서를 향해 아명은 의미심장한 미소를 보였다.

"언니, 좋아하지요?"

"응? 아니… 그런 건 아니고… 그냥 잠시 만난 것뿐이야. 그것보다

어서 가자. 환자가 기다리겠다."

조서서는 당황하다 화제를 돌리며 재빠르게 앞으로 걸었다. 아명은 웃으며 그 뒤를 따랐다.

"궁금해요. 말해 봐요?"

"아무 일도 아니라니까."

조서서가 빠르게 말하며 앞으로 걸어나갔다.

"내가 방해했나?"

"예? 아닙니다. 조 소저는 저희 무당에 많은 도움을 준 분입니다. 성수장의 소장주이신 명의입니다. 그러하기에 무당에 있을 때는 자주 만났습니다."

"아……."

청수는 고개를 끄덕였다. 성수장은 자신도 많이 들어봤기 때문이다.

"그것보다 이제는 사제 차례군. 화산의 장 소저는 강하네. 생각 이상으로……."

"알고 있습니다."

영호진의 대답에 청수는 미소 지었다. 영호진의 대답에 자신감이 보였기 때문이다.

"오늘 전 사형과 비무할 생각입니다. 그리고 해결책도 찾아볼 생각입니다. 그 등 속에 담긴 검을 이기기 위해서."

청수는 그 말을 들으며 고개를 끄덕였다.

"좋아. 오늘 밤새 춤을 춰보세."

토조의 경기가 끝나고 다음날은 쉬었다. 하지만 다음날부터 또다시 경기는 시작된다. 가장 여유있는 조는 역시 화조일 것이다. 다른 조에 비해 가장 오래 쉬었기 때문이다.

장화영은 매일같이 가부좌를 틀고 앉아 내공을 다스렸다. 진전은 더디었으나 그것에 짜증을 내거나 화를 낼 수는 없었다. 그저 조금씩 밟아나가야 한다고 생각했다. 그녀의 스승이자 마음으로 가장 기대는 초령의 말 때문이다. 그녀는 언제나 급하게 가지 말라고 하였다. 장화영의 성격이 약간은 급한 면이 있기 때문에 언제나 그 말을 생각하며 한 번 더 생각했다.

하지만 오늘따라 유난히 마음은 안정을 찾지 못하고 있었다. 상대가 영호진이라서? 장화영은 답답했다. 그러한 마음을 풀고 싶었을까? 장화영은 일어나 밖으로 나갔다. 누군가를 만나기 위함이다.

능조운은 안으로 들어오며 의자에 앉아 있는 송백에게 말했다.

"누가 왔는데?"

능조운의 말에 송백은 자리에서 일어섰다.

처음 장화영은 종무진을 찾아갈 생각이었다. 하지만 종무진은 이미 어디를 갔는지 방에 없었다. 아마 전행과 함께 아미파의 여자들과 동정호를 보러 갔을지도 모른다고 여겼다. 아니, 확신했다. 종무진 때문이 아닌 전행 때문에 그럴 것이라 여겼다. 전행은 이미 떨어졌기에 더 이상 미련이 없었고, 원체 노는 것을 좋아하는 사람이었다.

장화영의 판단이었다. 그런 장화영의 눈앞으로 송백이 다가왔다.

"점심 어때?"

장화영의 말에 송백은 가볍게 말했다.

"이곳이 아닌 성안에서 먹는다면."

장화영은 고개를 끄덕였다.

가끔이지만 무림관이 아닌 악양에서 점심을 먹는 것도 좋다고 여겼다. 한곳에서 오래 먹다 보면 질리기 때문이다. 음식에 질리는 것이 아니라 주변에 질리는 것이다. 늘 같은 장소와 모습만 본다는 것도 힘든 일이기 때문이다.

지나가는 수많은 사람들 사이로 들어선 장화영과 송백은 중심가로 향했다.

"내일이 비무인데 이렇게 나와도 괜찮겠나?"

송백의 말에 장화영은 고개를 끄덕였다.

"비무는 비무."

그렇게 말한 장화영은 송백을 바라보았다.

"적은 적."

그 말에 송백은 피식거렸다. 장화영은 앞으로 걸음을 옮기며 손으로 뒷짐을 지곤 미소 지었다. 주변을 둘러보며 사람들의 모습을 보는 장화영은 왠지 기분이 좋아 보였다.

"매일같이 무공만 생각하고 비무만 생각한다면 힘들지 않을까……?"

짧은 머리의 장화영이 고개를 돌렸다.

"가끔은 하늘도 보고, 구름도 보고, 그리고 사람들도 바라보고, 또… 여행도 가고… 그런 게 무공보다 더 중요하다는 생각도 들어."

송백은 그 말에 담담한 표정을 지었다.

"그럴지도……."

송백은 문득 과거의 일들이 떠올랐다. 그녀와 함께 있을 때면 행복했다. 그 행복감이 아직도 송백의 마음에 남아 있었다. 그런데 그 이후 지금까지 그러한 기분을 느낀 적이 있었던가? 송백은 고개를 저었다. 곧 장화영의 옆으로 다가섰다.

"가자."

송백은 그렇게 눈앞에 보이는 주루로 들어섰다. 장화영은 그 뒤를 따라 들어갔다.

식사가 시작되어 끝날 때까지 송백은 말이 없었다. 장화영도 그 분위기를 따라 입을 닫고 있었다. 장화영 역시 생각에 잠긴 듯 가만히 식사에 열중하고 있었다. 주변에서 울리는 사람들의 소란스러움만이 둘 사이를 맴돌았다.

젓가락을 내려놓고 차를 마시던 장화영은 문득 생각난 듯 입을 열었다.

"내일……."

그 말에 송백은 고개를 들었다. 장화영은 시선을 피하며 말했다.

"비무에서 내가 이긴다면… 어떻게 될까……?"

장화영의 말에 송백은 잠시 입을 닫았다. 하지만 장화영의 시선이 닿자 찻잔을 향하던 손길을 멈추었다.

"나와 만나겠지."

"불안해."

송백의 시선이 닿자 장화영은 짧은 머리카락을 만졌다. 그녀의 표정은 약간 어두웠다.

"진다는 것이……."

탁!

찻잔을 내려놓은 송백은 별반 다른 표정 없이 말했다.

"이미 내가 이겼군."

장화영은 인상을 찌푸렸으나 대답하지 않았다. 단지 지금은 왠지 자신이 없었다. 그 모습을 본 송백은 짧게 숨을 내쉬며 다시 말했다.

"막상 서로 검을 겨누면 달라질 것이다. 이기고 싶다는 생각이 강하게 들겠지."

그렇게 말한 송백은 자리에서 일어섰다.

"이겨라."

송백의 말에 장화영은 눈을 빛냈다.

걸음을 옮기는 도중 자신도 모르게 송백의 발은 동정호로 향했다. 그 옆을 걷는 장화영도 보폭을 함께했다. 이왕 여기까지 나왔다면 한 번쯤 보고 가는 것도 좋다고 여겼다.

갈대밭이 앞에 보이고 동정호는 마치 대해처럼 넓게 저 멀리까지 보였다. 그리고 수평선을 등진 몇 척의 배들이 눈에 들어왔다.

"내일이 비무이지만 오늘은 왠지 여유를 가지고 싶었어."

장화영이 걸음을 옮기다 멈춰 서며 말했다. 해는 서서히 수평선 쪽으로 기울기 시작했다. 장화영과 송백의 뒤로 많은 사람들이 풍광을 즐기며 걷고 있었다. 수많은 연인들이 이곳을 찾아오는 듯 젊은 사람들이 많았다.

송백은 말없이 장화영의 모습을 보다 시선을 호수로 돌렸다. 장화영의 옆으로 멀리 떨어진 곳에 마련된 작은 무대에선 몇 명의 사람들이 현을 타고 소를 불며 음을 보였다. 그 주변으로 연인들이 많이 모여 있었고, 그들의 앞에 놓은 작은 통에 동전이 쌓여 있었다. 흔히 볼 수 있는 광경이었지만 오늘따라 운치있게 느껴졌다. 그 소리가 송백의 귀까지 들렸다. 아마 장화영도 듣고 있을 것이다.

사람들의 발소리와 장화영의 뒷모습이 귀와 눈으로 들어왔다. 그러던 순간 송백은 옆에서 느껴지는 시선에 고개를 돌렸다.

"음……."

청년의 입에서 약간의 음성이 흘러나왔다. 그리고 그 옆에 서 있는 기수령과 송백의 시선이 마주쳤다.

기수령은 송백을 발견하자 놀란 얼굴로 바라보았다. 이렇게 만날 줄은 몰랐기 때문이다. 송백의 옆으로 장화영이 다가왔다. 순간 서먹한 침묵이 흘렀다.

장화영과 송백을 바라보는 기수령의 표정엔 많은 변화가 있었다. 하지만 애써 미소 지었다.

"두 분이 함께 나오신 건가요?"

"예, 그래요."

장화영은 고개를 끄덕였다. 그러자 기수령은 약간 의문스러운 눈으로 송백을 바라보았다. 송백은 그 시선을 받으며 곧 옆의 청년을 바라보았다.

"반갑소, 남궁현이오."

남궁현의 말에 송백은 고개를 끄덕였다.

"송백이네."

남궁현은 송백의 말에 약간 인상을 찌푸렸다. 애초에 그리 마음에 드는 상대가 아니었기 때문이다. 더욱이 자신은 기수령과 함께 이곳에서 좀 더 가까운 사이가 되려 했었다. 하지만 뜻하지 않은 방해꾼이 나타난 것이다.

남궁현은 찌푸린 인상을 바꾸며 미소 지었다.

"두 분이 좋은 시간을 보내고 계시는데 저희가 방해한 듯하군요."

여러가지 의미가 담긴 말이었다. 그 말을 들은 송백은 별반 표정의 변화가 없었으나 장화영의 표정은 변하였다. 이렇게 남에게 보인 것이 싫었던 것일까? 아니면 다른 무언가가 있었던 것일까? 장화영은 굳어진 얼굴로 싸늘하게 말했다.

"좋은 시간을 가질 사이가 아니에요."

장화영은 그렇게 말하며 먼저 신형을 돌리곤 사람들 틈으로 빠져나갔다. 그 모습에 기수령은 놀라 장화영을 불렀다.

"어디 가세요, 장 소저?"

기수령은 사람들 틈으로 가다 신형을 돌리곤 송백과 남궁현을 바라보았다. 살짝 고개를 숙인 그녀는 곧 사람들 틈으로 사라졌다.

"그럼."

송백은 가볍게 포권하며 신형을 돌렸다. 남궁현의 표정은 굳어 있었다. 그 기이한 열기를 느낀 송백이었다. 하지만 애써 무시했다.

"어디를 간다는 말이오?"

남궁현의 말이 차갑게 송백의 귓가로 다가왔다. 송백은 신형을 돌리다 그 말에 걸음을 멈추었다. 송백의 시선과 남궁현의 시선이 닿았다. 남궁현의 표정 속에 보이는 살기를 송백은 느낄 수가 있었다.

송백은 자신의 실수가 무엇인지 생각했다. 아무래도 남궁현은 무언가 자신에게 불만이 있는 것처럼 느껴졌기 때문이다. 하지만 그런 말은 없었다.

"무슨 일이지?"

송백의 물음에 남궁현은 슬쩍 웃으며 고개를 돌려 동정호 변을 바라보았다. 오늘은 기수령과 만나 많은 대화를 하고 싶었던 날이다. 하지만 만나서 이야기를 나눈 지 얼마 되지도 않았는데 그녀와 헤어지게 된 것이다.

"뭐 별로……."

남궁현은 가만히 중얼거렸다. 송백은 그런 남궁현을 바라보다 신형을 돌렸다. 볼일이 없다면 자신도 들어가야 했기 때문이다. 그런 송백을 남궁현은 다시 잡았다.

"다른 건 아니고 한번 손을 겨루어보는 것은 어떨까 하고……."

남궁현이 시선을 돌려 바라보자 송백은 무심한 얼굴로 남궁현을 바라보았다. 굳이 거절할 이유가 없었다. 아니, 기다렸다는 게 옳을지도 몰랐다.

"좋겠지. 철검십이식(鐵劍十二式)도 보고 싶었으니."

"장소를 옮기지."

■ 제5장 ■

이름으로 싸운다

■ 이름으로 싸운다

주변은 조용했다. 해가 지려 했기 때문에 사람들도 없었다. 그저 동정호로 떠다니는 배들만이 밝은 불빛을 보이고 있었다. 어디선지 바람을 타고 여자의 웃음소리와 남자의 큰 웃음소리가 흘러왔다.

"우리가 싸워야 하는 이유에 대해서 궁금하지는 않나?"

낮은 풀들이 자란 공터에 서 있는 남궁현은 어느새 검을 꺼내 들고 있었다. 그가 바라보는 곳에 송백이 서 있었다. 우측엔 동정호가 보였고 좌측엔 숲이 보였다.

"싸우는 데 이유가 필요한가?"

송백의 무덤덤한 대답에 남궁현은 문득 미소 지었다.

"그렇군."

남궁현은 저도 모르게 고개를 끄덕였다. 굳이 이유를 달 필요가 없다고 여긴 것이다. 단지 기분이 나쁘다는 이유로 싸운다면 그것도 우스운 일이 될 것이다.

남궁현은 문득 그런 생각이 들었다. 자신이 유치하다는 생각.

"나는 눈이 있으나 내 검은 눈이 없으니 조심하게."

"그러지."

송백의 짧고 간결한 대답이었다.

슥!

남궁현의 다리가 넓게 벌려지며 검이 송백의 중단전으로 향했다. 송백은 백옥도를 늘어뜨린 채 남궁현을 바라보았다. 남궁현은 송백의 그 모습에 입을 열었다.

"준비는 다 된 건가?"

"물론."

송백의 가벼운 대답에 남궁현은 고개를 끄덕였다.

"그럼 들어가지."

쉬악!

말이 끝나는 순간 남궁현의 신형이 빛살처럼 번뜩이며 송백의 가슴으로 날아들었다. 그제야 송백은 도를 들었다. 그 순간 남궁현의 신형이 멈추더니 검빛이 번뜩였다.

쉬아악!

강렬한 바람과 함께 송백의 머리카락이 뒤로 휘날렸다.

'검풍(劍風).'

송백의 백옥도가 세워지며 앞면을 가렸다.

팍!

강력한 경기가 도에 막혀 사방으로 먼지를 일으키며 날아가자 잠시지만 흩어지는 공기 속의 남궁현이 흐릿하게 보였다.

쉬쉬쉭!

순간 세 가닥의 검날이 심장과 명치 단전을 노리며 날아들었다. 남궁현의 검은 날카롭게 찔러왔다.

송백의 도가 세 번의 짧은 원을 그리며 가슴 앞에서 돌았다.

따다당!

금속음이 일어나며 검날을 막았지만 그 충격이 큰지 송백의 걸음은 뒤로 두 걸음 물러섰다. 곧 '쉬악!' 거리는 소리가 울리며 남궁현의 신형이 낮게 가라앉아 허벅지를 베어왔다.

슥!

송백의 신형이 살짝 떠오르며 뒤로 물러섰다. 그 순간 남궁현의 검이 앞으로 찔렀다. 검이 닿을 거리는 아니었지만 강력한 경기가 송백의 전신으로 날아들었다. 그 바람이 머리카락과 전신의 옷자락을 날리자 송백은 도를 아래에서 하늘로 베어 올리듯 올려쳤다.

쫘악!

좌우로 공기의 풍압이 갈리며 남궁현의 신형이 바람에 날렸다. 앞으로 나아가려던 남궁현이 멈춰 섰다. 강렬한 기운 때문이다. 마치 바늘로 살을 찌르는 것 같은 따가운 기도였다.

'가벼운 녀석은 아니라고 여겼지만…….'

남궁현은 고개를 끄덕이며 낮은 자세를 풀곤 검을 늘어뜨렸다. 그리곤 송백의 우측으로 천천히 원을 그리듯 발걸음을 옮겼다. 남궁현의 기도가 조금씩 높아지기 시작했다. 남궁세가의 가전신공인 일원신공(一元神功)을 극한까지 끌어올리기 위함이다.

"천하에는 많은 무인들이 존재하지. 그리고 그들은 모두 자신이 최고라고 여긴다. 그래서 분쟁이 일어나고 싸움이 일어나지. 서로 자기만이 제일이라고 여기는 자존심 때문에. 우스운 일이지. 하지만 남이 자신을 인정하지 않는데 그것을 설득시킬 유일한 방법이 무엇이 있을까? 그것은 힘… 곧 무공이겠지…….”

남궁현은 검을 가슴 앞으로 세웠다.

“마치 우리처럼.”

쉬악!

남궁현의 검날이 강하게 앞으로 찔러가며 그 신형이 화살처럼 낮아졌다. 송백의 눈동자가 굳어졌다. 검력과 함께 강한 풍압이 밀려들었기 때문이다.

송백은 도를 들어 옆으로 쳐내려 했다. 그렇게 된다면 텅 빈 옆구리를 노릴 수가 있기 때문이다. 하지만 송백의 도가 옆으로 쳐오는 것을 발견했는지 남궁현의 검이 순간적으로 송백의 눈에서 사라졌다.

“……?”

송백의 표정이 굳어지는 순간 남궁현의 신형과 함께 사라진 검이 아래에서 위로 쳐 올라왔다.

쾅!

강력한 폭음성과 함께 송백의 신형이 위로 떠올라 뒤로 오 장여나 날아갔다.

‘힘은 힘으로 누른다.’

남궁현은 남궁세가의 가르침을 되뇌이며 송백을 향해 신형을 날렸다.

탁!

바닥에 내려선 송백은 도를 가슴 앞에 들고 있었다. 도신의 끝을 왼손이 잡고 도날이 바깥을 향하게 한 자세였다. 막고 있던 자세 그대로 날아간 것이다. 하지만 표정의 변화는 없었다. 이미 예상했기 때문이다. 남궁현은 남궁세가의 사람이었다. 처음부터 쉽게 볼 상대가 아닌 것이다. 누가 뭐라고 해도 현 무림맹주는 남궁세가주였으며 천하제일세가라 불리는 곳 역시 남궁세가였다.

"합!"

남궁현의 외침성과 함께 남궁현의 검날이 하늘에서 떨어져 내렸다. 송백의 발이 땅에 닿는 순간이었다. 송백의 시선이 위에서 떨어져 내리는 남궁현에게 닿았다. 동시에 왼손이 어깨에 걸린 검은 상자를 잡은 것도 그 순간이었다. 그리고 송백의 검은 상자가 남궁현이 내려쳐 오는 검의 중심으로 쳐 올라갔다.

팍!

순간 경기가 사방으로 휘몰아치며 상자가 두 조각으로 분리되어 좌우로 날아갔다. 그리고 남궁현의 눈에 길고 뭉툭한 물체가 잡혔다. 그 물체를 잡고 있는 송백의 왼손도 눈에 보였다. 그것이 눈에 보이는 순간 몸을 틀었다.

퍽!

남궁현의 신형이 뒤로 오 장여나 날아갔다. 그런 남궁현의 오른손은 왼 어깨를 잡고 있었다. 검은 상자가 두 조각 나는 순간 검은 물체가 자신의 심장을 찔러왔기 때문이다. 도저히 예상치 못한 일이었기에 남궁현은 깜짝 놀랐다. 그리고 반사적으로 몸을 비틀었다. 하지만 이미 어깨를 가격당한 후였다. 만약 심장이었으면 기절했을 것이다.

'실제 검이라면 즉사였겠지… 아니, 피했으니 한쪽 팔을 못쓰는 것인가……?'

남궁현은 왼 어깨가 마비되어 움직이지 않는 것을 알았다. 검집으로 찔렀기에 그 정도에 끝난 것이다. 그리고 피하지 못했다면 심장을 맞았을 것이다. 실전이었다면 그 순간 자신은 즉사했을 것이라고 생각되자 저도 모르게 이마에서 식은땀이 흘러내렸다. 간담을 서늘하게 하는 일격이었다.

슥!

남궁현의 눈이 부릅떠졌다. 송백의 신형이 늘어난다 싶더니 어느새 일 장 앞에 서 있었다. 그제야 남궁현은 송백의 표정에 보이는 무심함이 여유로워 보였다. 그리고 그 여유 뒤에 느껴지는 서늘한 한기를 피부로 느꼈다.

송백의 손에는 어느새 검이 들려 있었다. 처음으로 송백의 손에 검이 들려 있는 것을 보았는지 남궁현의 표정은 싸늘하게 굳어 있었다. 왼 허리에 찬 백옥도는 더 이상 송백의 손에 없었다.

"더 하겠나?"

송백의 담담한 말에 남궁현의 아미가 찌푸려졌다. 여러 가지 생각 때문이다.

어깨가 좋지 않았다. 적어도 이틀은 지나야 원 상태가 될 것이다. 피멍이 들었다는 것은 느낌으로 알 수 있었다. 그런 상태에서 눈앞에 상대와 손을 겨루어야 한다. 그렇다면 피해는 더 커질 것이다. 적어도 본전을 뽑기 힘들 것 같았다. 그럼 다음 상대와의 비무는 자신이 패할 것이다. 상대는 다른 사람도 아닌 청수였기 때문이다.

몇 수 겨루지 않았지만 송백에 대해서 약간이지만 알게 되었다. 그 정도면 충분하다고 생각했다. 하지만 입에서 말이 나오지 않았다. 가슴에 남아 있는 자존심 때문이다. 비무대회가 아니었다면 결단을 내렸을지도 모른다. 하지만 한발 물러서야 했다. 그렇게 이성은 말하고 있었다.

그런 남궁현의 마음을 아는지 아니면 예상을 한 것인지 송백은 가볍게 말했다.

"완전한 몸 상태로 청수 도장과 겨루어야 하지 않나?"

송백의 말에 남궁현은 인상을 찌푸렸다. 하지만 곧 본래의 색으로 돌아온 남궁현은 검을 검집에 넣으며 말했다.

"그렇군."

남궁현의 목소리가 약간은 떨렸다. 하기 싫은 대답을 해야 했기 때문이다.

송백은 그런 남궁현의 기분을 애써 무시하며 신형을 틀었다.

"비무를 기대하지."

송백의 목소리가 낮게 울리며 남궁현의 귓가에 울렸다. 하지만 남궁현은 대답을 하지 않았다. 그저 자존심이 상했을 뿐이다. 하지만 결과를 놓고 볼 때 자신은 대답을 할 수 없었다. 남궁현은 가만히 입 안에 고인 침을 삼켰다.

"쓰군."

무림관으로 가는 길옆으로 장화영과 기수령이 걷고 있었다. 어색한 듯 그렇게 둘은 걸었다. 하지만 장화영은 무림관이 다가오자 미안한 생각이 들었는지 먼저 말했다.

"아까는 미안했어요."

"아니에요."

기수령은 태연하게 미소 지었다. 그 모습에 장화영은 왠지 기수령에게서 성숙함을 느꼈다. 그리고 이렇게 단둘이 있기는 또 처음이었다.

"그러고 보니 장 소저는 송 소협과 친한 것 같네요. 자주 두 분이 함께 있는 것을 보았으니……."

기수령이 생각난 듯 말하자 장화영은 놀란 얼굴로 기수령을 바라보며 양손을 저었다.

"아니에요. 그냥 단지……."

그 모습에 기수령은 관심있는 표정으로 장화영을 바라보았다. 어쩌면 송백에 대해 알 수 있을지도 모른다고 여겼기 때문이다.

"단지… 사문과 관련된 사람이라 알게 된 것뿐이에요."

장화영은 인상을 찌푸리며 말했다. 기억하기 싫었던 과거가 떠올랐기 때문이다.

"화산과?"

"예."

장화영은 고개를 끄덕였다. 기수령은 뭔가 생각하는 듯 땅을 바라보며 걸었다. 그러자 장화영은 기수령이 혹시 오해하는 게 아닐까 하는 생각이 불현듯 들었다.

"아무런 사이도 아니에요."

장화영이 웃으며 말했으나 기수령은 전혀 다른 말을 해왔다. 마치 생각에 잠겨 듣지 못한 듯.

"그럼 송 소협은 화산파와 깊게 관련이 있나 보군요."

"예?"

장화영이 바라보자 기수령은 고개를 저었다.

"아무것도 아니에요."

기수령은 곧 가볍게 미소 지었다. 장화영은 그 모습을 보며 기수령의 생각을 읽으려 했지만 포기했다. 그 다음의 말 때문이다.

"오늘은 그럼 무슨 일로 동정호에 나온 것인가요? 좋은 분위기였던 것 같은데……."

"아……! 그건… 그냥 왠지 불안해서… 점심이라도 먹기 위해 성에 나왔다가 잠시 들른 것뿐이에요."

"아……."

기수령은 둘 사이가 그리 깊지 않다는 것을 알았다. 또한 그런 관계가 아닌 것을 알자 왠지 모르게 마음이 차분해지는 느낌이었다. 사실 자신이 장화영을 따라온 이유도 그러한 기분을 알기 위해서였다. 불안했던 것이다. 자신도 모르는 감정이었다. 또한 지금은 스스로도 모르게 안심이 되고 있었다.

"기 소저는 무슨 일로 남궁 소협과 동정호에 나온 것인가요?"

장화영의 질문에 기수령은 미소 지으며 말했다.

"잠시 동생들과 나왔다가 우연히 만난 것뿐이에요. 시간 좀 내달라고 해서 동생들도 있고, 또 주변에 다른 문파의 사람들도 있고 해서 거절을 못했어요. 그러다가 송 소협과 장 소저를 만난 거예요."

기수령은 그렇게 말하며 밝게 미소 지었다. 마치 도움을 받아 고맙다는 표정이었다. 그러자 상황을 파악한 장화영도 자신이 조금 결례를 범한 것 같은 기분이 들었다. 하지만 이미 지나간 일이었다.

"내일 비무 잘하세요. 건투를 빌겠어요. 상대는 강하지만 장 소저라면 충분히 이길 거라 믿어요."

"열심히 하겠어요. 적어도 그놈과는 붙어야 하니까."

무림관의 문을 넘자 기수령과 장화영은 그렇게 말하며 서로의 갈 길로 갔다.

새벽이 밝아오자 다른 날보다 더 먼저 눈을 뜬 설산은 마당으로 나갔다. 후덥지근한 공기가 새벽임에도 피부를 자극시켰다.

"덥군……."

설산은 잠시 중얼거리며 하늘을 올려다보았다. 문득 허난영과 장지명의 얼굴이 떠올랐다. 그러자 자신도 모르게 씁쓸한 웃음을 흘렸다. 사실 긴장돼서 못 잔 것보다 그 일 때문에 심란해서 잠을 설친 것이 더 이유인 것 같았다. 내심 그래도 기대했었는데, 틀어지니 기분이 우울할 수밖에 없었다.

그런 기분을 투기로 바꾸려 했다. 오늘은 드디어 그놈과 하는 날이다. 얼마나 기다렸던 날인가? 설산은 애써 마음을 진정시키며 눈앞의 현실만을 생각하려 했다.

휘잉!

바람 소리가 가볍게 울리며 설산의 귓가로 스쳐 지나쳤다. 그 뒤로 나뭇잎 하나가 바람에 날려 떨어져 내리고 있었다. 순간 설산의 도가 번뜩였다.

슥!

한 번의 움직임이 보였다.

팍!

옆으로 갈라진 나뭇잎이 땅으로 떨어져 내렸다. 설산의 도는 어느새 도집에 들어가 있었다. 그리고 잘린 나뭇잎이 바닥에 닿는 순간 '핏!' 거리며 여덟 조각으로 나눠졌다. 한 번 보였을 뿐인 도광이었다. 하지만 어느새 세 번을 더해 네 번의 칼질을 한 것이다.

"휴우……."

설산은 숨을 깊이 몰아쉬었다. 몸 상태도 좋았다. 그리고 정신도 점점 맑아지는 기분이었다. 설산의 입가에 미소가 걸렸다. 그것은 자신감의 미소였다.

"좋아."

무당의 영호진은 구궁검법(九宮劍法)이 특기였다. 그가 배운 여러 검법 중 가장 오랜 시간 단련했던 검법이 구궁검법이다. 그 이유는 구궁검법만큼 변화가 심하고 화려한 검법이 무당에는 없기 때문이다. 그러하기에 영호진은 구궁검법을 극성까지 익히기 위해 노력했다. 그리고 그 결실을 맺을 때였다.

"와아아아!"

함성 소리가 크게 울렸으며 영호진의 앞에 서 있는 장화영의 머리 위로 강한 햇살이 비춰지고 있었다.

화산과 무당은 오래전부터 친분이 깊었다. 다른 문파에 비해 비교적 가까이 있기 때문이다. 물론 소림도 해당된다. 소림, 무당, 화산을 가리켜 삼대거파라 부르기 때문이다.

창!

맑은 검명이 울리며 장화영의 검이 뽑혔고, 영호진의 손에도 검이 들렸다. 사람들도 화산과 무당의 대결이기에 흥미있는 눈으로 바라보았다.

스슥!

영호진의 신형이 바람처럼 가볍게 장화영의 앞으로 다가갔다. 그 모습에 장화영 역시 검날을 옆으로 튕기듯 흔들며 앞으로 찔러갔다. 화산파의 월광검법(月光劍法)을 펼친 것이다. 장화영의 월광검법은 빠른 쾌를 위주로 한 공격적인 검법이었다.

쉬쉭!

영호진의 신형이 흔들리며 좌우로 검날이 지나쳤다. 그사이 장화영의 빈 옆구리로 검을 베어갔다. 가볍게 옆으로 그은 것이다. 장화영은 신형을 뒤로 한 발 물리며 검을 세웠다.

땅!

가벼운 금속음이 울리는 순간 서로의 검이 사라지며 다시 앞으로 뻗어 나왔다.

땅!

또다시 울리는 금속음은 맑게 주변으로 울렸다. 부드러운 공수의 전환이었다. 둘의 그림자가 또다시 마주치며 검명을 울리기 시작했다.

월광검법의 빠름과 구궁검법의 변화가 어우러지며 굉장히 화려한 검날의 모습이 마치 춤처럼 펼쳐지기 시작했다. 장화영의 모습과 영호진의 모습이 비무대 전체를 돌아다니기 시작하며 서로의 검을 마주해갔다.

"멋지군."

그 모습을 보던 송백은 가만히 중얼거렸다. 기실 자신과는 달리 굉장히 보기 좋았다. 더욱이 그 속에 담긴 은은한 기운이 더 강하게 다가왔다. 화려함이 다가 아니라는 뜻이었다. 그리고 그 속에서 자신만의 검법을 펼치는 장화영 역시 빼어났다.

따당!

두 번의 금속음이 울리며 장화영의 검이 옆으로 튕겨 나갔다. 그 속으로 영호진의 검이 어깨를 찍어갔다. 순간 장화영의 신형이 옆으로 틀어지며 영호진의 어깨로 검을 찔러갔다. 대담한 공격이었다. 하지만 영호진은 당황한 기색 없이 검을 안쪽으로 틀어 목을 베어갔다.

일견 보기에는 부드러워 보였지만 당한다면 가차없이 즉사할 것이다.

그 변화에 장화영은 검을 들어 막았다. 어깨를 찍을 순간이면 자신의 목에 검이 닿을 것이다.

팍!

검날과 검날이 마주치며 멈춰 섰다. 영호진의 표정은 변화없이 담담했고, 장화영의 아미는 살짝 찌푸려 있었다. 강하다는 것은 알았지만 여전히 영호진의 기운은 부드러웠다. 그 훈풍이 장화영은 마음에 안 들었다. 물론 장화영 역시 그리 지친 것도 아니었다. 영호진은 모르겠지만 장화영은 많은 변화를 겪은 사람이다.

장화영은 순간적으로 기를 검에 모아 앞으로 밀었다.

팍!

"……!"

영호진의 안색이 살짝 굳어졌다. 뒤로 반 장가량 밀려났지만 그것보다 검을 타고 들어온 따가운 고통 때문이다. 그리고 상대가 자신의 생각보다 고강하다는 것을 그 순간 알았다.

영호진의 검세가 변하였다.

쉬아악!

좀 전의 부드러움 속에 날카로움이 더해진 검날이 한광을 발하며 장화영의 앞으로 날아들었다. 순간 장화영의 오른손이 쾌속하게 움직이며 검날을 쳐냈다.

땅!

금속음이 크게 울렸다. 그 순간 영호진의 검이 장화영의 목젖을 노리며 찔러갔다. 장화영의 신형이 옆으로 틀어졌다. 그 순간 기다렸다는 듯이 영호진의 신형이 낮게 가라앉으며 검이 옆구리를 베어갔다. 장화영은 몸을 틀며 영호진의 상체를 노렸으나 순간적으로 그가 사라지고 옆구리를 베어오자 재빠르게 몸을 돌리며 뒤로 뺐다.

핏!

옆구리의 옷깃이 살짝 베였다. 그 속으로 흰 속살이 보이자 장화영의 표정이 붉어졌다. 영호진은 저도 모르게 포권했다.

"미안하오."

"아니에요."

가벼운 대화가 오고 간 후 먼저 움직인 것은 장화영이었다. 장화영의 검날이 쾌속하게 날아들며 영호진의 전신을 모두 삼키듯 십여 개의 검 그림자를 만들었다. 그 속에 실초는 하나였다. 영호진은 그 모습에 재빨리 몸을 회전하며 검을 찔러 넣었다.

단전을 노리는 검끝을 막기 위함이다. 그것이 실초였다. 영호진의 판단이 옳은 듯 '쿵!' 거리는 무거운 소리가 울렸다. 영호진과 장화영의 인상이 둘 다 찌푸려졌다.

순간 영호진의 신형이 빠르게 앞으로 나아가며 검을 회전하듯 찔러 넣었다. 그 변화와 풍압에 장화영의 표정이 변하였다. 달랐기 때문이다. 본격적으로 움직인 것이다.

쉬아악!

공기의 파공성이 강하게 울리며 장화영의 미간으로 날아들었다. 그 적절함에 장화영은 순간 당황했다. 검날을 들어 옆으로 쳐올려 갔다. 검과 검날이 마주치는 순간 장화영은 무거운 압력에 인상을 찌푸렸다. 그 짧은 순간 장화영의 검이 십여 번 움직이며 영호진의 검신을 때려갔다.

따다다다당!

금속음이 요란하게 울리며 장화영의 신형이 뒤로 십여 걸음이나 물러섰다. 그만큼 영호진도 따라붙었다. 영풍회륜(榮風回輪)이라는 초식이었다.

검의 압박이 줄어드는 순간 영호진의 검이 또다시 회전하며 밀고 들어왔다. 그 회전하는 검을 중심으로 다섯 개의 검 모양이 마치 환상처럼 장화영의 눈앞에 날아들었다.

"……!"

순간 장화영의 왼손이 어깨에 걸린 검의 손잡이를 잡았다. 그 모습을 본 영호진의 눈동자가 빛나며 강력한 기운을 뿌렸다. 그리고 짧은 순간 장화영의 어깨에서 강렬한 섬광이 피어났다.

쾅!

사방으로 울리는 강렬한 소리에 구경하던 사람들의 입이 침묵했다. 그리고 그들의 눈에 장화영과 영호진이 서로 오 장 가까이 거리를 둔 채 서 있는 것을 발견할 수 있었다. 하지만 발견한 순간 그 둘은 서로를 향해 달려들었다.

쉬아악!

장화영의 오른손에 걸린 검이 어느새 검집에 들어가 있었으며 오른손이 어깨의 검을 잡은 채 영호진의 시선 속으로 파고들었다. 영호진 역시 충격을 잊은 듯 눈을 빛내며 앞으로 나아갔다. 영호진의 검이 순간 십여 개로 늘어나며 강렬한 바람 소리가 사방으로 불었다.

장화영의 양 어깨와 양다리를 노리는 일수였다. 하지만 그 속에 또 다른 것을 숨긴 듯 영호진은 자신에 차 있었다. 삼환투월(三環套月)이라는 단순한 초식이었다.

순간 장화영의 오른손이 뻗히며 또다시 강렬한 섬광이 밀려들었다. 영호진의 검날이 순간 하나로 합쳐지며 강렬하게 회전하듯 찔러갔다. 구궁합산(九宮合算)이라는 절초였다.

쾅!

검과 검이 마주치며 강렬한 폭음성이 요란하게 울렸다. 서로를 바라보며 영호진과 장화영의 신형이 각각 삼 장 가까이 뒤로 날아갔다.

"큭!"

"욱!"

영호진의 입술을 뚫고 핏물이 흘렀으며 장화영 역시 핏물이 입술을 타고 흘렀다. 하지만 먼저 움직인 것은 장화영이었다. 장화영의 신형이 땅을 박차며 아직 자세를 잡지 못한 영호진을 향해 날아들었다. 검은 언제 검집에 넣었는지 어깨에 걸린 검의 손잡이를 오른손으로 잡고 있었다.

슈아아악!

장화영의 신형이 땅을 박차며 영호진의 어깨 높이 정도로 도약하듯 앞으로 나아갔다. 순간적으로 둘의 거리가 급격하게 좁아지기 시작했다. 영호진 역시 안색이 굳어지며 검날을 빠르게 들어 올렸다. 그런 영호진의 검이 '웅웅!' 거리며 울기 시작했고, 아지랑이 같은 기운이 피어나기 시작했다. 그 모습에 장화영의 눈동자가 굳어졌다. 하지만 멈출 수가 없었다.

'일초를 막았다면 이초로 끝낸다. 이초를 막으며 삼초로 끝낸다. 그놈에게 가야 한다, 그놈에게. 그놈에게 보이기 전에는 절대 질 수 없다!'

순간 장화영의 검이 뻗히기 시작했다. 불과 일 장 정도의 거리였다.

그리고 영호진의 검이 회오리처럼 풍력을 만들며 장화영을 향해 날아들었다.

"절대 네놈을 이기기 전에는 기르지 않겠어."

장화영의 눈앞으로 송백의 건방진 얼굴이 보였다. 그리고 그 얼굴을 향해 검날을 뿌렸다.

번뜩!

강렬한 빛이 사방으로 뿌려지며 구경하던 사람들조차 시선을 돌렸다. 그런 가운데 폭음 소리가 울렸다.

콰광!

빛이 사라지고 점점 사물을 알아볼 수 있게 되자 사람들은 다시 비무대를 향해 고개를 돌렸다. 불과 반 장 거리에 영호진과 장화영은 서 있었다. 영호진은 굳은 얼굴로 검을 가슴 앞에 세운 모습으로 서 있었으며, 장화영의 오른손에 들려 있어야 할 검은 어깨에 걸려 있었다. 그리고 왼손에 들려 있는 검 하나.

스릉!

문득 영호진의 검날 중간 부분이 옆으로 틀어졌다. 그 모습에 영호진의 시선이 굳어졌다.

땅!

반으로 잘린 검날이 비무대 위에 떨어져 내렸다. 순간 사람들의 표정이 더없이 커졌으며 그 모습을 보던 무림맹의 사람들도 놀라워하는 표정을 지었다. 일반적으로 검을 두 동강 낸다는 것은 쉬운 일이 아니기 때문이다. 일류고수라 해도 힘든 일을 장화영이 보여준 것이다. 놀랄 수밖에 없었다.

애초에 장화영은 자신의 검을 믿었다. 그리고 그가 노린 것은 영호진이 아닌 영호진의 검이었다. 그렇게 펼친 백룡폭뢰(白龍爆雷)의 초식이었다.

"허……."

영호진의 입에서 허탈한 웃음소리가 흘러나왔다. 자신의 동강난 검을 들어 이리저리 살펴보던 영호진은 몇 번 그렇게 웃더니 곧 장화영을 바라보았다. 장화영 역시 말없는 얼굴로 그 시선을 받았다.

"대단하오."

"……."

영호진은 곧 포권하며 신형을 돌렸다. 패배를 인정한 것이다. 더 이상 부러진 검으로 무엇을 어떻게 한다는 말인가? 가슴이 아파왔다.

"와아아아아!"

사람들의 함성 소리가 크게 울려 퍼졌다. 하지만 내려가는 영호진의 양 어깨는 무거웠다.

"무리하는군……."

송백은 가만히 중얼거렸다. 자신이 볼 때는 무리한 것이다. 영호진의 검이 부러지지 않았다면 결과는 어떻게 되었을지 알 수 없었다. 자신의 분신과도 같은 검이 부러졌으니 그 고통은 클 것이다.

송백은 무심하게 장화영의 뒷모습을 바라보았다. 사람들의 박수와 함성을 받으며 걸어가는 그녀의 뒷모습은 무거워 보였다. 내상 때문이다. 그렇지만 그녀는 당당하게 보폭을 옮기고 있었다. 그런 장화영의 신형이 송백의 앞을 지나쳤다. 그 순간 잠시 동안 송백과 장화영의 눈이 닿았다.

"기다릴게."

"물론."

짧게 대답한 송백의 말을 듣자 안심한 듯 장화영은 곧 걸음을 옮겨 밖으로 빠져나갔다. 장화영의 신형이 담을 넘어 문에서 사라질 때까지 바라본 송백은 곧 시선을 돌려 비무대를 바라보았다. 이제는 자신 차례였다.

"화산에 지다니… 쯧쯧… 신검(神劍)이 아니었다면 어떻게 될지… 아쉽군… 아쉬워……."

명풍 도장이 속이 쓴 듯 중얼거렸다. 그럴 수밖에 없었다. 믿었던 영호진이기 때문이다. 그의 성취는 특별했다. 하지만 화산에 일격을 맞은 것이다. 속이 쓸 수밖에 없었다.

"그렇군요. 하지만 영아가 이긴 것은 사실이에요."

화산파의 황정이 기분 좋은 미소를 그리며 말하자 명풍 도장은 아미를 찌푸렸다. 하지만 더 이상 입을 열지 않았다.

"화산파가 이렇게 놀라게 할 줄은 정말 몰랐네요."

아미파의 하태희가 굳은 얼굴로 중얼거렸다. 그녀는 확실히 보았다. 아니, 이곳에 앉은 무림맹의 대다수 고수들은 봤다. 장화영의 어깨에서 뽑혀진 빛나는 백색의 검날을. 그 섬뜩한 한기와 백광에 영호진의 검이 잘린 것이다. 짧은 순간이지만 그 검과 합쳐진 장화영의 무공은 대단했다.

"화조는 그럼 화산인가……?"

하태희가 가만히 중얼거리자 황정이 고개를 저었다.

"아직은 몰라요. 두 명이 남았으니."

황정의 시선이 비무대로 향했다. 그리고 그곳에 두 명의 청년이 서로를 보고 있었다. 그런 황정의 표정은 굳어 있었다.

'송… 백…….'

설산은 도를 어깨에 걸치고 있었다. 그런 설산의 눈동자는 차갑게 번들거렸다.

"기다렸지. 심장이 터질 것 같은 기분으로."

설산의 작은 목소리가 사람들의 함성에 섞여 들려왔다.

둥! 둥!

북소리가 울려 퍼졌다. 그 속에 송백은 설산을 바라보며 서 있었다.

"기대하지."

송백은 짧게 말하며 도를 늘어뜨렸다. 좀 전 시합에는 화려함이 있었다. 하지만 이번 시합에는 그러한 화려함이 없을 것이다.

쉭!

섬광이 번뜩이며 설산의 신형이 흐릿하게 변하더니 도날이 순간 송백의 눈앞에 나타났다. 옆얼굴을 그은 것이다. 송백이 한 발 뒤로 물러섰다.

핏!

경풍에 휘날리던 앞머리 몇 가닥이 잘려 나갔다.

잘려 나간 머리카락이 허공에 떠서 휘날렸다. 그 순간 강력한 경풍과 함께 잘린 머리카락이 회오리치듯 올라가며 설산의 신형이 송백의 눈앞에 나타났다. 쾌속한 질주였다.

쉬악!

또 한 번의 바람이 몰아치며 도날이 송백의 눈에 들어왔다. 그 순간 백색의 백옥도가 설산의 얼굴을 가리며 세 개로 갈라졌다.

따다당!

송백의 신형이 뒤로 이 보 물러섰다. 그 앞에 설산은 굳은 얼굴로 도를 비무대로 향하게 늘어뜨리고 서 있었다.

"……."

설산은 자신의 삼도를 가볍게 막자 인상을 찌푸린 것이다. 하지만 그런 마음을 다시 잡았다. 애초에 예상을 했기 때문이다. 이 정도가 아니면 안 된다고 여겼다.

설산의 도날이 쾌속하게 번뜩이며 십여 개의 섬광을 만들었으며, 그 섬광이 한순간에 송백의 전신을 삼켜갔다. 순식간에 펼쳐진 쾌도였다. 일초인 섬(閃)을 이십여 번 펼친 것이다. 마치 송백을 난도질하겠다는 행동이었다.

송백의 눈 속으로 파고드는 십여 줄기의 도날이 쾌속하게 보였다. 막 설산의 도가 양 어깨에 닿으려는 순간이었다. 송백의 발이 쾌속하게 움직였다.

퍼퍼퍼퍽!

십여 줄기의 도 그림자가 송백의 신형을 수십 조각으로 분리하듯 그 그림자를 난도질했다.

"헉!"

사람들의 놀람에 찬 외침이 터져 나왔다. 송백의 신형이 난도질당했기 때문이다. 하지만 설산의 손끝에는 아무런 느낌도 없었다. 그리고 그 그림자가 흐릿하게 변하려는 찰나 불과 반 장 뒤에 서 있는 송백의 모습이 보였다. 설산의 표정이 굳어졌다. 순간 송백의 그림자가 흐릿하게 변하더니 순식간에 설산의 코앞으로 얼굴이 나타났다.

팟!

"……!"

설산의 눈에 뒤에 보이는 그림자가 사라지는 것이 들어왔다. 순간적으로 보여준 환영이었다.

번쩍!

그리고 피어나는 번갯불이 설산의 미간을 향해 날아들었다. 눈으로 보는 순간 설산의 신형이 뒤로 물러섰다.

팍!

순식간에 설산의 자리에 기이한 바람이 좌우로 퍼져 나갔다. 도가 멈췄다가 내려갔기 때문에 생긴 경기가 퍼진 것이다. 보기에는 그저 가벼운 움직임 같지만 그 속에 담긴 초식의 정교함은 대단했다. 관전하는 무림맹의 고수들은 고개를 끄덕이며 송백을 바라보았다. 그가 펼치는 행동은 한순간의 허점을 파고드는 행동이었다. 또한 그 허점을 스스로 만드는 듯 보였던 것이다.

자신의 허점을 스스로 만드는 것은 쉬울지 몰라도 상대의 허점을 스스로 끌어내는 일은 결코 쉬운 일이 아니다. 송백의 행동은 그런 설산의 허점을 끌어내려는 행동이었고, 그것이 통했다.

일 장가량 물러선 설산은 도를 어깨에 걸치며 고개를 갸웃거렸다. 자신의 예상보다 강해서일까? 아니면 자신이 잘못 판단해서일까? 설산은 눈을 빛내며 도를 앞으로 뻗었다. 그리곤 한 발 나섰다.

쉭!

슈아아악!

순간적으로 설산의 신형이 송백의 앞에 나타나며 도광이 번뜩였다.

옆으로 베어오는 도광이었다. 그것을 막기 위해 송백은 백옥도를 들어 올렸다. 그리고 피어나는 번갯불.

땅!

금속음이 울리며 부딪치는 순간 송백의 눈에 설산의 도가 자신의 백옥도를 타고 꺾어 들어오는 것이 보였다. 옆으로 베던 도날이 순간적으로 꺾이며 목을 잘라왔다.

"……!"

변할 것 같지 않은 송백의 표정이 굳어졌다. 순간 반사적으로 왼손이 어깨의 상자를 잡아 내렸다.

팍!

설산의 도가 검은 상자에 막혀 어깨 위에 멈춰 있었다. 어느새 검은 상자를 어깨로 올린 것이다. 그곳에 막혀 서버린 설산의 도가 한광을 뿌렸다. 설산의 입에서 차가운 목소리도 그 순간 흘러나왔다.

"언제 꺼낼래?"

"……."

송백은 굳은 얼굴로 설산을 바라보았다. 그리고 그가 전과는 전혀 다른 사람이라는 것을 알았다. 전과는 달리 실전을 많이 한 것처럼 보였다. 그의 생각처럼 설산은 스승인 호삼곡에게 무수히 많이 두들겨 맞으면서 실전을 익혀갔다. 그 결과 공수에 대한 흐름을 어느 정도 알게 되었던 것이다.

송백은 자신을 누르던 도면을 검은 상자로 가볍게 튕겼다.

띵!

"큭!"

금속음이 들리며 설산의 신형이 뒤로 십여 걸음이나 물러섰다. 별다르게 한 것도 없었지만 설산은 물러서야 했다. 검은 상자가 도면을 치는 순간 일어난 강력한 파장 때문이다. 기와 기가 부딪치며 강력하게 순간적으로 기운을 응축해서 찌른 것이다.

뒤로 물러선 설산을 본 송백은 곧 검은 상자를 비무대 위에 세웠다. '쿵!' 거리는 소리가 울리며 검은 상자가 좌우로 갈라지자 검은 검집의 검 하나가 비무대에 박힌 모습으로 모습을 드러냈다.

"우오오오오!"

그 모습에 사람들의 입에서 기이한 열기가 뿜어져 나왔다. 신기했기 때문이다. 상자 안의 검이 어느 순간에 비무대에 박혔을까? 무엇보다 도가 아닌 검이 모습을 보였기 때문이다. 그것은 구경하던 무림맹의 사람들도 마찬가지였다.

송백의 손이 검의 손잡이를 잡았다.

"송가장의 이름이 아닌 송백이란 이름으로 상대하지."

■제6장■

노력은 보이는 곳에서 하지 않는다

노력은 보이는 곳에서 하지 않는다

송백은 백옥도를 도집에 넣으며 옆으로 던졌다.

휘릭!

도가 허공을 날라 무림맹의 사람들이 앉은 계단의 아래쪽에 앉아 있던 능조운에게 향하였다. 능조운은 얼떨결에 도를 잡아 들었다.

"응?"

능조운은 약간 얼떨떨한 얼굴로 송백을 바라보았다. 자신도 송백의 손에 검이 들린 것은 처음 보기 때문이다.

"끝났군."

안희명은 사람들 속에 섞여 구경하다 검을 드는 송백의 모습에 고개를 저으며 중얼거렸다. 그러자 차화서가 궁금한 얼굴로 다가왔다.

"뭐가?"

"보면 알아."

안희명은 굳은 얼굴로 송백을 바라보았다. 지금 송백의 모습은 더없이 냉정한 모습이었다.

송백은 최선을 다할 생각이었다. 자신의 이름으로 검을 들었다. 그렇다면 그 끝을 보아야 한다.

스릉!

송백은 검을 늘어뜨렸다. 그리고 먼저 움직인 것도 송백이었다.

쉬아악!

송백의 신형이 빠르게 설산의 앞으로 나아갔다. 그 순간 설산의 도날이 앞으로 뻗으며 손목이 움직였다. 그리고 송백의 눈에 설산의 신형 앞으로 흐릿하게 잘라 버린 여섯 줄기의 투명한 기운이 잡혔다. 순간 송백의 발이 땅을 차며 앞으로 뻗었다.

쉬악!

"헛!"

송백의 신형이 마치 엿가락처럼 늘어진 것이다. 그 늘어진 잔상이 설산의 앞에 멈춘 송백의 등으로 빨려 들어와 멈출 때 이미 송백의 검은 설산의 목 언저리에 올려 있었다.

침묵이 감돌았다. 사람들은 그저 놀란 눈으로 송백을 바라보았고, 설산은 멍한 눈으로 송백을 응시했다.

하지만 무엇보다 놀란 사람들은 따로 있었다. 한현과 호삼곡은 저도 모르게 자리에서 벌떡 일어섰다. 누구보다 잘 아는 보법이었고, 또한 기억에 남는 싸움 방식이기 때문이다.

"이형… 보……."

한현의 입에서 굳어진 음성이 미약하게 흘러나왔다.

송백의 검이 설산의 목 언저리에 닿을 때, 설산의 표정이 한없이 굳어 있을 때 송백의 등으로부터 경기가 지나쳤다.

파파팟!

다섯 줄기의 바람이 그제야 폭발하듯 등줄기를 잘라간 것이다. 다섯 줄기의 가는 혈선이 잘린 옷자락 사이로 보였다. 송백은 상처를 의식하지 않았다. 애초에 각오하고 설산의 도를 피해 안으로 파고들었던 것이다. 그 쾌도가 지금에서야 그 길이 나타난 것이다. 모두 피하지 못했다. 피할 수가 없을 만큼 빠른 쾌도였다.

"어이가 없군."

설산은 황당한 눈으로 송백을 바라보았다. 이건 말도 안 되는 일이었다. 자신의 십육도를 모두 피한 것이다. 그것도 최선을 다한 십육도였다. 아무도 피하지 못할 것이라고 여겼던 자신의 도였다. 그것이 깨진 것이다. 그 충격은 거대했다.

송백은 허공을 가득 메우며 날아드는 도날의 투명한 막 안으로 파고들다 등줄기에 상처가 난 것이지만 그것은 그냥 가벼운 상처일 뿐이다. 결국 설산은 목을 내주어야 했다.

"실전이었다면 목을 날렸겠지."

"……!"

설산의 안색이 퍼렇게 굳어졌다. 심장을 때리는 말이기 때문이다. 설산은 어이없는 표정으로 중얼거렸다.

"단 일 초……."

설산의 멍한 시선을 받은 송백은 검을 거두었다.

"적을 만났다면 목숨을 버릴 각오로 덤벼라. 자신의 목숨조차도 버릴 각오로 상대를 죽이는 거다."

송백은 차갑게 말하며 신형을 돌렸다.

"그게 무인의 기본이다."

솔직히 장화영은 무리했었다. 그녀의 내상은 꽤 큰 듯 안색이 좋지 못했다.

"적어도 일주일은 요양해야 할 거예요."

조서서의 말에 장화영은 인상을 찌푸리며 옷을 입었다. 삼 일 뒤에 송백과 비무해야 했기 때문이다. 그날은 모든 조의 결승전이 열린다. 그리고 다섯 명이 남게 되는 것이다.

"물어볼 게 있어요."

침을 챙기며 조서서가 말하자 옷깃을 매던 장화영이 고개를 들었다. 그러자 조서서가 다시 말했다.

"영 공자와 비무했다고 들었어요. 영 공자는 어떤가요?"

"아… 약간의 내상이 있지만 크게 걱정할 일은 아니에요."

장화영의 말에 조서서는 고개를 끄덕였다.

"그런데 영 소협과는 친분이 있는 것 같군요."

"아니에요. 성수장과 무당은 가까우니 가끔 뵈었을 뿐이에요."

"아……."

조서서는 그렇게 말하며 침통을 챙기곤 얼른 일어났다. 더 이상 말을 하면 뭔가 자신이 손해 볼 것 같았기 때문이다.

"푹 쉬셔야 해요. 탕약은 식전에 드시고요."

"고마워요."

조서서는 장화영의 말을 들으며 문을 열고 나섰다. 혼자 남은 장화영은 한숨을 내쉬며 탁자위에 올려진 두 자루의 검을 바라보았다. 영호진과의 마지막 모습이 떠오른 것이다. 자신의 백룡을 뚫고 들어오는 그의 기세는 섬뜩했었다.

"구룡검이 아니었다면……."

장화영은 자신의 구룡검이 날카롭기 때문에 그의 검을 자를 수 있었다고 여겼다. 그 신기가 아니었다면 힘들었을 것이다.

"백 년 만에 화산파가 천하대회에 나가는 것인가?"

문이 열리며 검은 그림자가 장화영의 눈에 보였다. 낯이 익은 얼굴이 문가에 서 있었다. 그 모습에 장화영의 굳은 얼굴이 풀어지며 웃음이 걸렸다.

"황 사숙!"

황정이었다.

자신의 방으로 걸음을 옮기기 위해 걷던 조서서는 송백을 발견하곤 놀란 표정을 지었다.

"송 소협."

송백은 뒤에서 들리는 말에 신형을 돌렸다.

"등이 왜 그래요?"

"아명은 있나?"

송백은 조서서의 말을 무시하며 아명을 찾았다. 그 말에 조서서는 아미를 찌푸리며 말했다.

"아명보다 제가 더 상처는 잘 봐요. 이리 오세요."

조서서는 그렇게 말하며 자신의 방 쪽으로 갔다. 몇 개의 문을 넘어

경치 좋은 정원에 들어선 조서서는 송백과 함께 안으로 들어갔다.

"앉아요."

조서서의 말에 송백은 의자에 앉았다. 그러자 아명이 어디서 나타났는지 방 안으로 들어왔다.

"무슨 일이라도 있나요?"

"가벼운 외상이다."

송백의 말에 아명은 놀란 얼굴로 송백에게 다가왔다. 그러자 조서서가 말했다.

"더운물하고 수건 좀 준비해 와."

"예."

아명은 곧 대답하며 밖으로 나갔다.

"상의는 벗고요."

조서서의 말에 송백은 상의를 벗었다. 그러자 등에 난 다섯 줄기의 가벼운 도상이 조서서의 눈에 들어왔다. 이미 몇 번이나 본 송백의 상체였다. 그의 상체에 난 많은 상처들이 언제나 안타까웠던 조서서였다.

곧 아명이 더운물이 든 큰 대야와 수건을 들고 들어왔다. 조서서의 손이 물수건을 잡고 송백의 등을 닦아주기 시작했다. 많은 상처들이 조서서의 손을 타고 거칠게 전해졌다.

"전부터 궁금한 게 있었어요."

조서서가 입을 열었다.

"성수장에 오기 전에는 무엇을 했나요? 보통 사람은 몸에 이렇게 많은 상처를 지니고 다니지 않아요."

몇 번 보았지만 그때는 서먹했고 말을 할 상황이 아니었다. 그 말에 아명도 궁금한지 송백을 바라보며 한쪽 의자에 앉았다.

"말할 필요가 있나?"

송백의 대답에 조서서는 아미를 찌푸렸고, 아명도 실망한 눈으로 바라보았다. 그러자 등을 닦던 조서서가 물수건을 더운물에 담그며 말했다.

"말하지 못할 과거인가 보네요? 남자가 과거에 매달리는 모습도 그리 보기 좋은 모습은 아니에요."

"훗."

조서서의 말에 송백은 저도 모르게 미소 지었다. 그러자 조서서와 아명이 바라보았다. 송백은 문득 생각난 듯 말했다.

"누군가도 그런 말을 하더군."

송백의 말에 조서서는 곧 깨끗한 천을 준비해 송백의 등을 감아주었다. 그 모습을 보며 아명이 말했다.

"무림대회가 끝나면 성수장에 갈 건데 함께 가실 건가요?"

아명의 기대에 찬 말이었으나 송백은 고개를 저었다.

"아직은……."

송백의 알 수 없는 대답에 아명은 실망한 표정을 지었다. 그러자 조서서가 말했다.

"그래도 일이 생기면 성수장으로 오세요. 가족처럼 여기고 있으니……."

조서서의 말에 송백은 고개를 끄덕였다.

황정이 들어오자 안정을 찾은 듯 장화영은 기쁜 얼굴을 했다. 무엇보다 이겼기 때문이다.

"장문 사형과 여러 사형제들이 기뻐할 것이다. 천하대회에 못 나간다 해도 마지막까지 남았으니 이것 또한 기쁜 일이지."

황정은 그렇게 말하며 다가와 의자에 앉았다. 그 말을 들은 장화영은 얼굴을 붉혔다.

"몸은 어때?"

몸 상태를 묻는 황정의 말에 장화영의 표정이 어둡게 변했다. 그러자 황정은 걱정스러운 얼굴로 말했다.

"송백은 이겼다. 설산을 상대로 가볍게 이겼지. 그리고 뒤에 냉유리가 이겼더구나. 그 이후는 내가 안 봐서 모르지만 송백을 상대하려면 몸은 최상이 돼야 한다."

"내상이 좀 있어요."

황정의 말에 장화영은 말했다. 황정은 예상했기에 고개를 끄덕였다.

"가슴이 조금 아프네요. 아마도 뭉친 것 같아요. 며칠 요양해야 할 것 같은데 그러기가 쉽지 않네요."

장화영은 슬쩍 웃으며 말했다. 그러자 황정은 걱정스러운 얼굴로 장화영을 바라보다 무언가 생각난 듯 말했다.

"내가 도와주마. 나라면 충분히 도움이 될 것이다. 나의 기로 네 몸에 뭉친 기운을 뚫어준다면 아마 송백과 어깨를 나란히 할 수 있을 것이다."

그 말에 놀란 것은 장화영이었다.

"하지만 그렇게 되면 황 사숙이 문제가 되잖아요?"

놀란 장화영의 말에 황정은 고개를 저었다.

"나야 며칠 수양을 쌓으면 그만이야. 그것보다 중요한 것은 삼 일 후에 있을 비무겠지. 최선을 다해서 이겨야지?"

"……."

장화영은 입을 닫았다. 승부욕 때문이다. 전에 당한 것을 갚아야 했다. 그것 때문에 지금까지 수련한 것이다. 그런데 내상 때문에 최선을 다하지 못한다면 그것만큼 한이 되는 것도 없을 것이다. 그 마음을 알았는지 황정은 침상에 앉아 가부좌를 틀었다.

"앞에 앉거라."

"예."

장화영이 그 앞에 앉자 황정은 장심을 명문혈에 붙였다. 그러다 무언가 생각난 듯 황정이 말했다.

"잠시 깜빡했는데 지키는 사람이라도 있어야 하지 않겠니?"

"아!"

그제야 장화영도 무언가 빠진 것을 알았다. 진기를 운용할 때 누가 방해를 한다면 둘 다 주화입마에 빠질 위험이 있었기 때문이다. 그렇기 때문에 호위무사가 필요했다.

그런 문제는 금방 해결되었다. 문가에 그림자가 나타났기 때문이다. 송백이었다. 송백은 걱정되어 자신의 외상을 치료하고 잠시 들른 것이다. 하지만 황정과 장화영이 서로 가부좌를 틀고 앉고는 들어오는 자신을 바라보며 눈을 빛내자 신형을 돌렸다.

"어디 가?"

장화영의 목소리에 송백은 고개를 돌렸다.

"방해를 한 것 같아서."

"아니에요. 송 소협은 저희가 끝날 때까지 보호 좀 해주세요."

황정의 말에 송백은 곧 의자에 앉았다. 자신을 상대하기 위해 장화영이 내상을 치료하는 것이다. 그것을 뻔히 알지만 그 부탁을 거절할 말이 없었다.

"그럼……."

말없이 송백이 의자에 앉아 차를 따라 마시자 황정과 장화영은 도인공을 시작했다. 송백만큼 든든한 위사도 없을 것이다.

따다다당!

금속음이 요란하게 울리며 능조운의 신형이 뒤로 물러서기 바빴다. 반 토막의 뇌정도가 바쁘게 움직이며 날아드는 검날을 막고 있었지만 역부족인 듯 뒷걸음질만 했다.

"큭!"

능조운의 입에서 신음성이 흘러나왔다. 팔이 아팠기 때문이다. 왼팔을 다친 이상 한 팔로만 상대하기엔 그 상대가 너무도 강했다. 비무초자라 불리며 중원을 떠돌아다니며 비무를 했던 강자였기 때문이다. 여방은 가볍게 웃으며 검을 휘둘렀다.

쉬아악!

강렬한 기운과 함께 비틀거리는 능조운을 향해 두 개의 검날이 하체와 상체로 날아들었다. 능조운의 손목이 돌아가며 뇌정도가 상하로 움직였다. 그 순간 검날이 능조운의 눈에서 사라졌다. 그리고 날아드는 발바닥.

퍽!

"헉!"

능조운의 신형이 뒤로 밀리며 비무대 위에 중심을 잃고 앉았다. 발이 날아들 줄은 상상도 못했기 때문이다. 실전 경험의 차이였다.

그리고 어느새 다가왔는지 여방의 검날이 능조운의 미간을 향하고 있었다. 고개를 든 능조운의 표정은 굳어 있었다.

"수고했네."

여방은 가볍게 말하며 검을 거두었다. 그리고 이어지는 함성 소리가 능조운의 귓가를 울렸다.

퍽!

뇌정도가 벽면에 박혀 들어갔다.

"젠장!"

방 안에 들어온 능조운은 머리를 감싸 쥐며 주저앉았다. 그 뒤로 안희명과 차화서가 들어왔다.

"잘했어."

안희명은 혀를 차며 말했다.

"다친 팔만 아니었으면… 제기랄."

능조운은 크게 숨을 몰아쉬며 자리에서 일어섰다. 그러자 안희명이 다시 말했다.

"잘했어. 그 정도면… 최선을 다했잖아."

안희명이 다시 말하자 능조운은 고개를 저으며 주먹을 쥐었다.

"봤어? 그 재수없는 얼굴? 웃는 거 말이야?"

차화서와 안희명은 서로를 바라보았다. 못 봤기 때문이다. 그러자 능조운이 인상을 찌푸리며 다시 말했다.

"망할 자식! 재수없는 새끼!"

능조운은 화가 많이 난 듯 주먹을 움켜쥐며 몸을 떨었다.

"상대는 비무초자야. 정상이라 해도 이기기 힘든 상대인데 다친 상태에서 그 정도 했으면 잘한 일이야."

"미안."

안희명이 다시 말하자 능조운은 손으로 얼굴을 덮으며 짧게 말했다. 그러자 차화서가 말했다.

"어차피 한 수 아래인 것은 사실이야. 너무 낙심하지 말고 계속해서 수련한다면 그런 놈은 이길 수 있다고 생각해."

능조운은 말없이 의자에 앉았다. 그러자 안희명과 차화서도 빈 의자에 앉으며 낙담하는 능조운을 바라보았다.

"기운 차려."

안희명의 말에 기운을 차린 것일까? 능조운은 고개를 들어 안희명을 바라보았다. 그런 능조운의 얼굴은 약간 경직되었다.

"저기……."

"응?"

"전에 했던 그… 있잖아… 약속 말이야… 하하."

어색하게 능조운이 뒷머리를 긁으며 웃었다. 순간 안희명의 표정이 싸늘하게 변하였다.

"물 건너간 거 아니야?"

"어? 그건… 그렇지만……."

능조운은 아쉬운 듯 의자에 앉으며 고개를 숙였다.

"뭐야? 무슨 일이야?"

차화서가 그 모습에 궁금한 듯 능조운에게 다가갔다. 그러자 안희명이 신형을 돌리며 입을 열었다.

"하지만……."

"어?"

능조운이 고개를 들었다. 그런 능조운의 눈에 보이는 것은 안희명의 뒷모습이었다. 안희명은 어깨를 한번 움직이더니 말했다.

"멋있었어."

능조운의 표정이 눈에 띄게 밝아졌다.

"이겼어."

안희명은 고개를 들어 빈 천장을 응시하며 자신이 눈을 떴을 때 능조운이 웃으면서 말했던 그 모습을 떠올렸다. 아무리 비무를 잘하고 열심히 했다고 하지만 그때만큼 능조운이 멋있어 보인 적은 없었다. 그 밝은 웃음이 마음에 닿은 것이다.

"멋있었나……? 하긴… 내가 좀 멋있지."

능조운이 턱을 손으로 받치며 중얼거렸다. 그러자 안희명이 고개를 돌리곤 양손을 가슴 앞에 세우며 교차했다.

"결국 졌으니 무효."

"쳇!"

노력은 많이 했다. 악수공의 밑에서 보내는 시간 동안 스스로에게 창피하지 않을 만큼 수련했다고 여겼다. 하지만 눈앞에 보이는 청수의 검날은 그런 자신의 노력이 얼마나 짧았는지 말해 주는 듯 보였다.

'겨우 이 년이었나…….'

종무진은 눈을 감았다. 그 시간 동안 수련했던 일들이 떠올랐다. 하지만 청수는 종무진과 달리 무당에 들어서는 순간부터 다른 사람들과는 다른 길을 갔다. 그 차이가 마지막에 드러났다.

최선을 다한 일검이었다. 하지만 청수는 자신의 검세를 뚫고 들어왔다. 땀 한 방울 흘리지 않은 얼굴이었다.

"졌네."

종무진의 말이 끝나는 순간 수많은 함성 소리가 거대하게 무림맹에 울렸다. 이로써 모두 결정된 것이다. 마지막 순간만이 남았다. 그리고 천하대회.

군웅들은 서로를 바라보며 웅성거렸다. 그리고 삼 일 후에 있을 마지막 비무대회에 대한 기대를 안고선 무림맹을 벗어나기 시작했다. 그들이 모두 사라질 때까지 종무진은 비무대 위에서 떠나지 못하고 있었다. 아쉬움과 안타까움이 마음을 뒤덮고 있었기 때문이다.

사박! 사박!

누군가의 발소리가 종무진의 귓가에 들렸다. 하지만 종무진은 고개를 돌릴 수 없었다. 곧 작고 고운 손 하나가 종무진의 어깨에 올려졌다. 그제야 종무진은 고개를 돌렸다. 종무진의 눈에 그녀가 들어왔다. 그녀는 잠시 종무진을 바라보다 이내 미소를 그렸다. 맑은 미소였다.

"수고하셨어요."

종무진의 신형이 미미하게 떨리기 시작했다.

전행은 코를 문지르며 애써 고개를 돌렸다. 비무대 위에 홀로 서 있는 종무진에게 다가가려 했으나 자신보다 더 힘이 되는 사람이 다가가고 있었기 때문이다. 아미파의 곡비림이었다. 둘 사이는 아직 확실하지 않으나 어느 정도 정이 있다고 여겼다.

"나도 떨어졌는데……."

전행은 오늘 남궁현에게 졌다. 그리고 이어진 비무에선 종무진이 떨어졌다. 사실 둘 다 마지막에 만나자고 약속도 했었지만 떨어져야 했다. 냉정한 세계라고 여겼다. 전행은 곧 발걸음을 옮겼다.

"술이나 마실까나……."

"종 사형은 어떻게 됐을까?"

해가 지고 밤이 깊어지자 눈을 뜬 장화영이 불현듯 생각난 얼굴로 물었다. 먼저 눈을 뜬 것이다. 황정은 가부좌를 틀고 앉아 있었다. 전신이 땀에 젖어 있었으며 얼마나 힘들었는지 보여주고 있었다. 그에 비해 장화영은 가벼운 표정이었다.

"떨어졌겠지."

매정한 말이었다. 아니, 차가운 목소리로 장화영에게 들렸다.

장화영의 표정이 굳어졌다. 화가 났기 때문이다. 말이라도 좀 좋게 해준다면 기분이 나쁘지는 않을 것이다. 딱 잘라 말하자 기분이 상했다.

"상대가 청수였으니까."

그 말에 장화영은 막 무슨 말을 하려다 목구멍에 올라온 말이 들어갔다.

"청수……."

장화영은 청수의 모습을 생각했다. 기수령을 이겼고 허난영을 이겼다. 기수령과의 대전은 못 봤지만 이야기로 알고 있었다. 그리고 허난영과의 대결은 직접 눈으로 봤다. 허난영의 실력은 적어도 자신과 비슷했다. 그렇게 여겨졌다. 그런 허난영을 이긴 청수였다. 그 모습이 생생하게 기억되었다.

"토조의 다른 한 명은 누구일까?"

"글쎄… 남궁가의 사람이겠지……."

송백의 말에 장화영은 남궁현이란 것을 알았다. 그리고 송백의 눈을 믿어야 했다. 장화영은 궁금한 얼굴로 다시 말했다.

"금조는?"

"청성파 녀석과 장 뭐… 겠지."

송백은 고개도 돌리지 않고 말했다.

"화조는?"

"냉 소저와 팽 소저."

"목조는?"

"……."

송백이 입을 닫았다. 장화영은 자리에서 일어섰다. 그러자 송백이 말했다.

"아무나 올라갔겠지."

"관심이 없군."

"내 관심은 천하대회니까."

송백의 말에 장화영은 인상을 찌푸렸다.

"나는 안중에도 없다는 말 같네?"

그제야 송백은 고개를 돌려 장화영을 바라보며 짧게 미소 지었다.

"몰랐나?"

"뭐!"

장화영의 표정이 일그러지자 송백은 일어섰다. 자신이 해야 할 일은 끝났기 때문이다.

"격장지계라고 들어봤나?"

"뭔데?"

장화영은 갑작스러운 말에 알고는 있지만 그 말을 왜 하는지 몰랐다. 그러자 송백은 가볍게 웃으며 말했다.

"내가 이겼군."

순간 장화영의 미간에 주름이 깊게 잡혔다. 하지만 입을 열지는 않았다. 격장지계라는 말 때문이다. 곧 송백의 모습이 장화영의 눈앞에서 사라졌다. 그 순간 장화영의 주먹이 부들거리며 떨렸다. 그렇게 떨던 주먹이 탁자를 내려쳤다.

"으아, 열받아!"

쾅!

은림원에 앉아 있는 장지명과 설산의 표정은 상반되었다. 장지명은 그저 담담히 미소를 그렸으며 설산은 고개를 푹 수그리곤 한숨만 계속 내쉬었다. 윗방에는 강호사현과 연서린이 담소를 나누고 있었다.

"젠장……."

설산의 입에서 쓴 소리가 흘러나왔으나 장지명은 여전히 미소 지었다. 그 옆에 앉아 있는 허난영 때문이다.

"축하드려요. 다음 상대는 이무심인데 자신있지요?"

"물론이오."

"누구처럼 그렇게 허무하게 패하지는 마세요."

"당연히 그럴 것이오."

벌떡!

순간 설산의 고개가 장지명을 향했다. 그리고 발산되는 거대한 살기가 사방으로 뻗어나가는 순간 윗방에서 목소리가 흘러나왔다.

"누가 이렇게 살기를 뿌리냐? 설아냐? 떨어진 주제에 장아에게 화풀이라도 할 생각이냐? 못난 놈… 쯧쯧."

호삼곡의 목소리였다. 설산은 저도 모르게 고개를 숙였다. 맞는 말이기 때문이다.

스릉!

곧 문이 열리며 기수령이 나왔다. 기수령은 설산을 보자 다가갔다.

"기운 차려… 상대가 송 소협이었으니까. 명이가 만나도 졌을 거야. 그러니 기운 차리고."

기수령의 말에 설산은 한숨을 길게 내쉬었다. 그리고 흘러나온 목소리는 축축이 젖어 있었다.

"죄송합니다."

설산은 저도 모르게 중얼거렸다. 그 목소리 속에 담긴 울분을 알았을까? 농담을 하던 허난영도 미소를 그리던 장지명도 입을 닫았다. 장지명은 애써 패한 설산을 모르는 척하려 했다. 그것이 설산에게 더 좋다고 여겼기 때문이다. 하지만 몸을 떨고 앉아 있는 모습을 본 지금은 달랐다.

장지명은 설산의 어깨를 감싸 안았다.

"나라도 패했을 것이다. 송형에게는……."

장지명의 말에 설산은 고개를 저으며 일어섰다.

"미안."

설산은 그렇게 말하며 밖으로 나갔다. 갑작스러운 행동이었다. 장지명이 놀라 따라가려 하자 기수령이 장지명의 손을 잡았다.

"누님… 왜?"

기수령은 그저 담담히 고개를 저었다.

은림원의 후원 깊숙한 곳에 다다른 설산은 숨을 크게 몰아쉬고 있었다. 눈앞에 보이는 커다란 은행나무에 몸을 기댄 설산은 곧 손으로 은행나무를 가볍게 두드렸다. 굳게 다문 입술. 눈가에 고인 물기가 전신을 흥분시키고 있었다.

쉬쉬쉭!

눈앞에 보이는 빛나는 도광은 분명 최고였다. 송백의 전신을 베어가는 그 서늘함은 분명 자신있었다. 하지만 송백의 육체는 늘어났으며 모두 피하고 들어왔다. 그 모습이 생생하게 눈앞에 보였다.

쿵!

설산의 주먹이 은행나무를 쳤다. 내공이 실리지 않은 맨주먹이었다. 고통이 느껴졌지만 고통보다 마음속의 울분이 더 컸다. 설산의 어깨가 미미하게 떨리기 시작했다. 그 떨림이 커지더니 끝내는 목소리로 변하였다.

"으어어어엉!"

큰 울음소리였다. 다른 것도 아닌 그저 울음소리였다. 볼을 타고 눈물이 흘러내렸다. 자신의 모든 것이 무너진 그 아픔 때문이다. 얼마나 노력했던가? 하지만 자신의 모든 노력은 그저 단 일 초도 막지 못하는 허탈한 것이었다.

그렇게 얼마만큼 울었을까? 뒤에서 들리는 발소리에 설산은 소매로 눈가를 문질렀다. 고개를 돌리자 기수령이 서 있었다. 그 모습을 본 설산의 눈동자가 다시 흔들리기 시작했다.

"누님……."

기수령은 가볍게 손을 벌렸다. 순간 설산의 신형이 기수령의 품으로 파고들었다.

"으어엉!"

또다시 터진 울음소리가 주변으로 울려 나갔다. 기수령은 그저 가만히 설산의 등을 다독거렸다.

"울지 마… 울지 마……."

그렇게 밤이 깊어가고 있었다.

"원… 사내자식이 우는 소리 하고는……."

방 안에 앉은 호삼곡이 애써 무시하는 듯 중얼거렸다. 하지만 미미하게 들리는 그 소리에 마음이 동한 것도 사실이다.

"산아는 강해질 것이네. 저리도 억울해하니 분명히 강해지겠지."

한현의 말에 담오와 제갈사랑은 고개를 끄덕였다. 연서린은 그저 담담히 미소 지었다. 하지만 어찌 그녀라고 마음이 울리지 않겠는가? 자신의 자식과도 같은 설산의 비통함을 누구보다도 잘 알고 있었다.

"그나저나 마교에선 누가 나올지 궁금하군……."

"확실한 건 대제자인 장무명일 겁니다. 또… 철우경의 손녀가 나올지도 모르겠군요."

제갈사랑이 말하자 모두의 안색이 굳어졌다. 연서린은 알고 있었기에 변화가 없었다.

"철우경……?"

"그 녀석이 손녀를 두었다는 말인가?"

"소문이라고 여겼는데 확인한 결과 사실로 드러났습니다."

담오와 호삼곡의 말에 제갈사랑은 굳은 얼굴로 말했다. 그러자 한현은 고개를 끄덕였다.

"이상할 것도 없겠지… 우리도 이렇게 제자를 두었으니 말이야."

한현의 말에 모두 고개를 끄덕였다. 하지만 꽤나 충격이 있는 듯 보였다. 특히 담오의 안색은 어두웠다. 이들 중 누구보다 철우경과 잘 아는 사이였기 때문이다. 또한 이들 중 가장 많이 부딪쳤었다. 서로 잘 안다면 아는 사이였던 것이다.

쪼르륵!

연서린이 다가와 사현의 빈 찻잔에 찻물을 따라 채워주었다.

"철우경이라… 그리운 이름이군……."

한현은 허공을 바라보며 중얼거렸다. 그리고 그 이름을 듣자 자신도 모르게 손에 힘이 들어갔다. 다시 겨루고 싶다는 생각이 든 것이다.

"그도 천하대회에 오겠지?"

"아마도……."

제갈사랑이 한현의 물음에 대답했다. 한현은 담담히 미소 지었다. 평생 동안 자신의 적수는 단 한 명이라 여겼다. 그 한 명도 죽었다고 여겼을 때 철우경이 나타났다. 그리고 지금은 단 한 명뿐인 적수로 남아 있었다. 아니, 아직 한 명이 살아 있다면 두 명의 적수일 것이다. 한현은 문득 아직 외롭지 않다는 생각이 들었다.

"검을 들고 있을 시간이 아직은 필요하겠어……."

한현은 가만히 중얼거렸다.

* * *

사천과 서장의 경계에 있는 큰 강 금사강(金沙江)을 따라 내려와 운남성에 들어선 마차는 한가롭게 길을 가고 있었다. 우측으로는 거대한 산봉우리가 보였으며 그 정상에는 눈이 쌓여 있었다.

"빙산이로군."

마부석에 앉은 중년인이 중얼거리자 옆에서 말에 올라탄 청년이 그 산을 바라보았다.

"그런 것 같습니다."

청년은 앞으로 곧장 뻗은 평지의 끝을 바라보았다. 그 끝을 알 수 없을 만큼 길게 뻗은 직선의 길이었다. 이 길을 따라 내려가야 했다.

"운남성은 처음인가?"

"예? 예… 그렇습니다."

노호관의 대답에 마부석에 앉은 철우경은 천천히 말했다.

"그리 좋은 동네는 아니네."

진한 여운이 있는 말이었다. 철우경은 자신의 과거를 떠올렸기 때문이다.

"운남을 지나 광서로 해서 사천으로 올라갈 생각이십니까?"

"그래야지. 사천에서 잠시 들를 곳이 있네. 그런 후에 화산으로 가야겠지."

철우경은 가만히 중얼거렸다.

마차 안에는 난화와 소화, 그리고 철시린이 앉아 있었다. 철시린은 눈을 감고 명상에 잠겼으며, 난화와 소화는 양 창가에 앉아 밖을 구경하고 있었다. 한참을 보던 난화가 생각난 듯 철시린을 바라보았다.

"아가씨, 일성회(日星會)는 왜 가는 건가요?"

철시린이 눈을 뜨자 소화가 먼저 말했다.

"점창파하고 싸우는 일성회를 돕기 위해서 가는 게 아니겠어요?"

소화보다 난화가 한 살 많았다. 그런 둘은 친자매처럼 지냈다. 철시린이 미소 지었다.

"그게 아니라 일성회에서 길 안내를 한다고 나섰지. 거절을 하기도 뭐하고 해서 수락한 것이란다."

철시린의 말에 소화와 난화가 이해한 듯 서로를 바라보았다.

"일성회와 점창파가 싸우고 있기에 저희는 또 도우러 가는 것이 아닌가 했어요. 실전은 처음이고 그래서 많이 걱정했는데……."

소화가 안심한 듯 혀를 내밀며 미소 지었다.

"그런 일은 없을 거야."

철시린은 미소 지었다. 있다고 하더라도 자신의 할아버지가 마부석에 앉아 있었다.

두두두두!

말발굽 소리가 울리며 지평선 너머로부터 십여 마리의 말과 사람들의 모습이 보였다. 입고 있는 옷은 특색있는 푸른색의 옷이었다. 일성회였다.

철우경은 그들이 다가오자 마차를 멈춰 세웠다. 곧 가장 앞에서 말을 탄 중년인이 다가왔다.

"일성회의 총대주 사마용이라 합니다. 미리 이렇게 마중 나왔습니다."

"고맙군."

철우경의 대답에 사마용이라 불린 중년인이 다시 말했다.

"여강까지 제가 모시겠습니다."

철우경이 말없이 고개를 끄덕이자 사마용은 지시를 내리며 마차를 호위했다. 그 순간 우측의 멀리 보이는 언덕 너머 바위나 나무들 틈에서 새 한 마리가 날아올랐다.

* * *

그리 넓지 않은 좁은 방이었다. 그런 방 안에 한 사람은 앉아 있었고, 한 사람은 서서 고개를 숙이고 있었다.

"사마용이 고작 마차를 호위하는 데 나왔다고?"

점창파의 이대제자인 한정만은 군촌(涒村)에 머물고 있었다. 이곳에서 삼 일 정도만 가면 일성회의 세력에 들어선다. 점창산에서 가장 멀리 떨어진 곳이었다. 그런 한정만의 앞에 서 있는 수하는 삼대제자였다.

"그렇습니다."

이대제자이지만 점창산에서 수련하는 한정만은 많은 수하를 거느리고 있었다. 그 수는 무려 일백 명. 모두 백색 옷을 입었으며 한정만 역시 백색 옷을 입고 있었다. 단지 그의 왼팔 소매만이 붉은색이었다.

이십칠 세인 한정만은 일성회와의 결전이 아니었다면 천하대회를 위해 무림맹에 갔을 것이다. 하지만 지금은 이렇게 군촌의 가장자리에 자리를 잡고 일성회와 마주하고 있었다.

"조사할 필요가 있겠군."

앞에 서 있는 수하가 그 말에 허리를 숙였다.

"너무 가까이 가지는 말고 적당히 거리를 유지하라고 전해라."

"알겠습니다."

수하가 나가자 방 안에 홀로 남은 한정만은 곧 전서를 작성하기 시작했다. 점창산에 보낼 전서였다. 그리고 늘 그렇듯이 같은 말을 반복해서 적었다.

"인원이 부족해… 인원이……."

한정만은 가만히 중얼거렸다.

■제7장■

하늘은 왜 흐린 것일까……

■ 하늘은 왜 흐린 것일까……

창 틈으로 밀려드는 아침 햇살이 팽소련의 눈을 자극했다.

"으……."

잠시 꿈틀거리던 팽소련은 이불을 넘기며 벌떡 일어섰다. 그러자 백색의 속옷이 하늘거리며 펄럭였다. 그 앞에 남자가 있었다면 코피를 쏟을지 모를 만큼 팽소련의 육체는 완숙미를 보였다.

"오늘이었지… 흐아암……."

잠시 중얼거리며 기지개를 켜던 팽소련은 창문을 열었다. 곧 따가운 햇살이 방 안을 밝게 비추었다.

사락!

속옷이 밑으로 떨어지며 팽소련의 잘 빠진 다리가 보였다. 그렇지만 그 모습이 금세 옷으로 가려지며 옷을 입는 소리가 조용하게 흘러나왔다.

"후우……."

깊게 숨을 내쉰 팽소련은 머리카락을 대충 묶어 뒤로 넘겼다. 거울도 안 본 듯 약간 헝클어져 있는 머리카락이었으나 별로 신경을 안 쓰는 것 같았다. 팽소련은 곧 도를 허리에 차고 밖으로 향했다.

문을 열고 밖으로 향하던 팽소련의 발을 잡은 건 눈앞에 보이는 한 사람이었다. 냉유리였다.

"일찍 일어났네?"

팽소련은 반가운 듯 말했다. 냉유리는 백화원의 중앙에 위치한 호수를 바라보다 그 말에 고개를 돌렸다. 팽소련을 알아본 냉유리는 고개를 살짝 숙였다. 가벼운 인사였다. 하지만 이내 냉유리는 호수의 중앙에 놓인 다리에 올라 앞으로 걸어갔다. 그 중앙에 놓은 정자에 잠시 멈춰 선 냉유리는 주변을 둘러보았다. 그 뒤로 팽소련이 다가왔다.

"드디어 오늘이네."

"그래요."

냉유리는 그제야 입을 열었다. 팽소련은 정자에 기대어 섰다.

"기대하고 있어요."

냉유리의 말에 팽소련은 고개를 끄덕였다.

"나도 많이 기대돼… 지금도 심장이 튀어나올 것같이 떨리니까."

냉유리는 주변을 둘러보며 다시 말했다.

"최선을 다하겠어요."

"나 역시."

팽소련은 가볍게 미소 지었다. 곧 냉유리가 신형을 돌렸다. 팽소련은 먼저 가는 냉유리의 뒷모습을 바라보다 호수에 시선을 던졌다. 정자 밑으로 잉어들이 헤엄치고 있는 모습이 보였다.

"이겨야겠지……."

팽소련은 중얼거리며 냉유리와의 대결을 상상했다. 그리고 냉유리와 자신이 싸운다는 사실을 피부로 실감하기 시작했다.

송백은 일찍 일어났다.

"드르렁! 푸우!"

능조운은 이불을 걷어찬 듯 그의 이불이 바닥에 떨어져 있었다. 능조운의 한쪽 다리도 바닥에 닿아 있었다. 하지만 깊이 잠든 듯 코를 골며 일어날 생각을 안 하고 있었다.

송백은 옆구리에 백옥도를 차고 어깨에 검을 메었다. 더 이상 상자는 필요가 없을 것 같았기 때문이다. 오늘의 상대는 장화영이었기 때문이다. 그녀는 자신과 만나기 위해 무리를 해가며 싸워왔다. 자신은 그 보답을 해야만 한다.

밖으로 나와 무림맹의 거대 연무장으로 향하던 송백이 멈춰 섰다. 옆에서 걸어오던 백색 인영도 걸음을 멈췄다. 냉유리였다.

잠시 멈춰 선 둘은 서로를 바라보았다. 송백은 그저 아쉬운 눈으로 바라볼 뿐이었다. 안희명이 다쳤을 때 한 번쯤 방문했다면 어땠을까 하는 아쉬움이다. 아무리 자신이라도 그 정도의 배려는 알고 있었다. 하지만 냉유리에겐 그런 것이 없었다.

먼저 다가온 것은 냉유리였다. 냉유리는 무심한 얼굴로 송백의 옆으로 다가왔다.

"제가 화조였다면 좋았을 것 같다는 생각이 드네요."

무심함 속에 담긴 살기가 송백을 향했다. 송백은 그저 가볍게 미소 지었다.

"그럴지도 모르지."

담담한 말이었으나 그 속에는 자신감이 들어 있었다. 그것을 느낀 냉유리는 곧 송백을 응시하다 옆으로 지나쳐 갔다.

그녀의 뒷모습을 보던 송백은 곧 천천히 걸음을 옮겼다.

"송형."

송백은 뒤에서 부르는 목소리에 다시 걸음을 멈추었다. 고개를 돌리자 장지명이 미소 지으며 서 있었다.

장지명은 송백을 발견하곤 다가왔다. 그리 친한 사이는 아니나 그렇다고 싫어하거나 미워하지도 않았다. 단지 강한 사람이기에 마음에 들었을 뿐이다. 설산과는 다른 감정을 가지고 있는 장지명이었다. 천성이 순해서 그런 것일지도 모른다.

"아침 일찍 봅니다."

"그렇군."

송백의 대답에 장지명은 어색하게 웃어 보였다. 곧 걸음을 옮기기 시작했다. 한참 동안 그렇게 걷던 장지명은 생각난 듯 말했다.

"산 녀석은 울분을 토하며 수련하러 떠났지요."

그 말에 송백은 고개를 끄덕였다. 솔직히 설산에게 악감정 같은 것은 없었다. 단지 냉정한 세계를 잠시 보여주었을 뿐이다.

"다음에 만날 때는 조심해야겠지……."

송백의 말에 장지명은 미소 지었다.

"지고는 못 사는 성격이니… 뭐… 누구라도 그렇겠지요… 무림인이라면."

장지명의 솔직한 말에 송백은 무심히 말했다.

"그렇겠지……."

무림맹의 대연무장으로 향하는 그들의 눈에 앞에 걷고 있는 몇 명의 무림인들이 보였다. 십파의 인물들이었다.

"오늘의 상대는 어떤가?"

송백의 물음에 장지명은 어색하게 웃어 보였다.

"이 형은 강한 상대입니다. 하지만 자신을 가져야지요."

"그쪽도 그렇게 생각하겠지."

송백의 말에 장지명은 고개를 끄덕였다. 상대는 십파 중 하나인 청성파의 이무심이었기 때문이다.

무림맹의 대연무장에 마련된 비무대를 중심으로 이른 아침부터 사람들이 술렁이고 있었다. 비무대회의 마지막 날이기 때문이다. 오늘처럼 좋은 구경을 놓친다면 후회할 것이다. 올라온 청년들은 이미 중원에 이름을 알리고 있는 인물들이었다.

비무대의 북쪽에 자리한 곳에 앉아 있는 젊은이들이 있었다. 이른 아침이지만 긴장했는지 열 명 중 절반이 나와 있었다. 그 뒤로 높은 계단이 올라가게 되어 있었으며 그곳에 무림맹의 인사들이 하나둘씩 나타나 앉기 시작했다.

송백과 장지명이 의자에 앉았다. 그 옆에 청성파의 이무심이 앉아 있었다. 그는 날카로운 눈매에 강인한 인상의 청년이었다. 장지명을 보자 알 수 없는 위압감을 보였다. 그 옆에 앉은 사람은 같은 십파 중 무당의 청수였다. 십파에서 단 네 명만이 결승까지 남은 것이다. 소림사가 없는 것이 의외였다. 청수의 옆에는 보타산의 냉유리가 앉아 있었다. 곧 팽소련이 도착했으며 남궁세가의 두 남매가 나타났다. 남궁소와 남궁현이었다. 남궁현은 토조, 그리고 남궁소는 목조에 오른 것이다.

여성이 네 명이나 올라온 것은 이번이 처음 있는 일이었다.

'아쉬워… 그놈이 떨어지다니…….'

남궁소는 능조운이 떨어진 것을 아쉬워했다. 남았다면 자신과 비무를 하기 때문이다. 그렇게 된다면 많은 사람들 앞에서 창피를 줄 생각이었다. 하지만 능조운은 비무초자 여방에게 떨어졌다. 그렇게 육대세가에서도 단 세 명만이 결승에 올랐다.

얼마 지나지 않아 화산파의 장화영이 검을 손에 쥐고 또 어깨에 검을 멘 채 걸어왔다. 장화영은 팽소련과 냉유리의 사이에 앉았다. 육대세가 중 남궁세가와는 그리 친하지 않았고 또한 남궁소를 좋아하지 않았기에 그녀의 옆에 앉지 않았다.

가장 마지막으로 온 것은 여방이었다. 그의 표정은 꽤나 여유가 있어 보였다. 상대가 남궁소라서 그럴까? 여방은 눈을 빛내며 잠시 남궁소를 바라보았다.

여방이 나타나자 비무대 위로 사십대 중반의 비조검(飛鳥劍) 유장언(有長言)이 올라갔다. 청성파의 인물로 무림맹의 총단주를 맡고 있는 인물이었다.

"우와아아아!"

사람들의 함성 소리가 크게 메아리쳤다.

곧 유장언의 말소리가 크게 울리며 무림대회의 마지막 날을 밝혔다.

"…동도 여러분, 이제 남을 다섯 명이 누구인지 구경해 보기로 합시다."

그 말이 끝나자 또 한 번의 함성 소리가 메아리쳤다.

"송가장의 송백!"

송백은 그 말에 자리에서 일어섰다. 그러자 사람들의 입에서 우레와 같은 함성 소리가 크게 울렸다. 이번 대회를 통해 가장 많이 알려진 사람을 꼽으라면 송백이었다. 그가 이길 때마다 사람들은 놀라워했으며 또한 송백이 어떤 인물인지 소문이 퍼질 때마다 놀라워했다.

뚜벅! 뚜벅!

송백이 가벼운 발소리를 울리며 비무대 위에 올라섰다. 곧 유장언이 장화영을 외쳤다. 그러자 또다시 큰 함성이 울려 퍼지기 시작했다. 그녀 역시 사람들의 예상을 뒤집으며 올라왔기 때문이다. 누가 그녀가 영호진을 이길 거라 여겼던가? 그날 뒷소문이지만 장화영에게 승부를 걸었던 도박꾼들은 떼돈을 벌었다고 한다. 그만큼 장화영은 알려진 적이 없었다. 늘 중원오기에 가려져 있었던 것이다.

그리고 중원오기 중 영호진만을 제외하곤 모두 올라왔다. 냉유리와 팽소련, 남궁현과 이무심이 그들이다.

둥! 둥! 둥!

북소리가 울리며 유장언의 신형이 어느새 사라졌다. 장화영과 송백만이 남게 된 것이다.

"이 년 만이군요."

장화영은 긴장한 듯 검을 굳게 움켜쥐며 입을 열었다. 그 목소리가 꽤나 떨리는 듯 보였다. 송백은 그저 고개만 끄덕였다.

"이날을 정말 기다린 것 같아요. 심장이 터질 것 같으니……."

장화영의 작은 목소리가 흘러들어 왔다. 그 마음이 전달된 듯 송백은 굳은 얼굴로 장화영을 바라보았다.

장화영은 매우 긴장하고 있었다. 이날을 위해 그동안 많은 어려움을 이겨냈다. 단지 송백을 쓰러뜨린다는 일념 때문이다. 하지만 다시 송백을 만나자 자신의 마음이 왜 이렇게 약해지는지 스스로도 놀라고 있었다. 그렇게 원한스러웠던 송백이었으나 가까이 다가가고 싶었다. 그런 상반된 감정 때문에 지금까지 많은 고민을 해왔다. 하지만 이제 결론을 내려야 했다.

스릉!

장화영은 검을 뽑아 들었다. 송백은 백옥도를 들지 않고 처음부터 검을 왼손에 쥐었다. 언제라도 뽑을 수 있게 잡은 송백은 장화영을 향해 살기를 보였다. 본연의 살기였다. 지금까지 보인 비무 때와는 사뭇 다른 차가움이었다.

그것을 느낀 장화영은 이제야 이 년 전으로 다시 돌아간 느낌이 들었다. 그때 느낀 살기를 지금 다시 느꼈기 때문이다.

'용서 못해.'

장화영은 굳게 중얼거리며 검을 송백에게 향하였다. 순간 송백의 그림자가 앞으로 다가오기 시작했다. 먼저 움직인 것이다.

송백은 갑작스럽게 움직였다. 그 움직임이 순간적이어서 장화영은 재빠르게 검을 들어 올렸다. 자신에게 향하는 송백의 모습을 볼 때 상체를 노리기 때문이다.

송백의 손이 검의 손잡이를 잡았다. 그 순간 피어나는 번갯불이 화살처럼 장화영의 눈 속으로 파고들었다.

번쩍!

땅!

강력한 소리가 울리며 송백의 검이 위로 튕겨 올라갔다. 너무 가까운 거리에서 단혼일섬을 펼친 것일까? 앞으로 뻗어나가려던 송백의 눈동자가 굳어졌다. 육체가 멈췄기 때문이다. 그만큼 강렬한 반탄력이었다. 빈 가슴이 드러났으며 그곳을 향해 장화영의 싸늘한 검날이 향하고 있었다. 변한 것이다. 확연히.

쉬악!

장화영의 싸늘한 눈초리와 함께 찔러 들어오는 검날을 바라본 송백의 신형이 회전하며 장화영의 옆구리로 다가갔다. 송백이 왼 주먹에 그 회전력을 담아 장화영의 안면으로 날렸다. '슉!' 거리는 차가운 바람 소리가 장화영의 귓가를 울렸다. 순간 장화영의 신형이 뒤로 일 장 가까이 물러섰다. '획!' 거리며 송백의 주먹이 허공을 갈랐다.

"……."

소리만 들어도 무서운 힘이 느껴졌다. 장화영의 표정은 굳어질 수밖에 없었다.

'근접전도 뛰어난 무인이다… 그는……. 그렇다고 거리를 두면 검기에 말린다… 어떤 상황이더라도 상대하기 껄끄럽지… 당연한 것이겠지만…….'

장화영은 인상을 찌푸리며 오른손의 검을 왼손에 쥐었다. 그리곤 오른손을 등 위로 올렸다. 차가운 검의 손잡이가 손 안에 전해졌다. 그제야 마음이 안정되는 듯 차갑게 가라앉았다.

송백의 시선이 장화영의 손으로 향하였다. 그 검이 어떤 검인지 알기 때문이다. 단지 모르는 것이라면 구룡검법이다. 그리고 초령의 모습과 악수공의 모습이 떠올랐다.

송백 역시 검을 늘어뜨리며 이원신공을 운용했다. 지금까지 그리 크게 운용하지는 않았지만 지금은 해야 했다. 월파검법을 써야 했기 때문이다.

슥!

송백의 발이 먼저 한 발 나섰다. 장화영의 시선이 송백의 전신을 노리고 있었다. 그런 그녀의 시선이 송백의 다른 발로 향하였다. 그 순간 송백의 발이 잔상을 남겼다.

팟!

"……!"

장화영의 오른손에서 빛이 난 것도 그 순간이었다.

슈아아악!

강력한 검광과 함께 회오리치는 경기가 송백의 전신을 삼켜갔다. 송백은 기다렸다는 듯이 검을 앞으로 밀며 수십 번 찔러 들어갔다. 영호진이 못했던 것을 하려는 것이다. 그것은 단혼일섬(斷魂一閃)이었다. 혼마저도 잘라 버린다는 쾌검술이다. 그런 단혼일섬을 수십 번 펼쳤다.

콰광!

강력한 충격파가 사방으로 몰아쳐 갔다. 송백의 머리카락이 휘날렸으며 뒤로 십여 걸음이나 물러섰다. 그만큼 강력한 파괴력이었다. 그리고 어느새 낮은 자세를 잡은 장화영의 손에는 구룡검이 번뜩이고 있었다.

"오오!"

사람들의 입에서 경탄에 찬 소리가 흘러나왔다. 무림맹의 인사들도 구룡검이 햇살에 반사되어 번뜩이고 있자 놀라는 표정을 지었다. 누가 보더라도 신기를 보이는 검이었다.

송백은 굳은 얼굴로 구룡검을 바라보았다. 장화영보다 더 무서운 상대는 구룡검이기 때문이다. 문득 그리운 얼굴이 떠올랐다. 늘 구룡검을 만지던 스승님의 모습이다. 그런 구룡검이 이제는 장화영의 손에 들려 자신을 노리고 있었다.

송백은 검에 힘을 주었다. 곧 장화영의 신형이 땅을 박차며 날아들었다.

'신룡강파(神龍强波).'

구룡검을 잡은 장화영의 신형이 회전하며 검날이 미미하게 흔들렸다. 그런 모습이 송백의 눈에는 십여 마리의 용이 달려드는 모습처럼 보였다.

송백의 검이 빠르게 앞으로 찔러갔다. 그 순간 피어나는 수십 개의 번갯불이 장화영의 전신을 삼킬 듯 번뜩였다.

쾅!

"크!"

송백의 신형이 일 장 가까이 밀려났다. 충격 때문이다. 마치 심장을 망치로 맞은 듯한 무거운 충격이었다. 하지만 충격이 있다고 해서 정신을 놓을 수는 없었다. 바람 소리 때문이다.

슈아아악!

강력한 바람 소리와 함께 장화영의 신형이 날아들었다. 그녀의 손에 들린 구룡검이 좌에서 우로 회전하며 거대한 백색의 검기가 주변을, 송백의 허리를 잘라왔다. 송백의 검이 아지랑이를 피우며 옆으로 쳐갔다.

쾅!

폭음 소리가 울리며 송백의 신형이 한 걸음 뒤로 물러섰다. 순간 '휙!' 거리는 소리가 울리며 장화영의 신형이 다시 돌아 목을 노리고 검을 베어갔다. 백색의 검기가 확연하게 눈에 들어왔다.

'비무…….'

송백은 인상을 찌푸렸다. 그 짧은 순간 실전이었다면 벌써 장화영은 죽었을 것이다. 회전하는 순간 자신은 안으로 파고들어 갔을 테니. 하지만 비무였다. 더욱이 상대는 장화영이었다. 살인은 할 수 없었으며 더욱 불편한 것이 공격할 곳이 정해져 있다는 것이다. 여자인 장화영을 위해서라도 팔과 다리를 공격해야 했다.

송백의 검이 또다시 날아드는 구룡검을 막아갔다. 검기가 원을 그리며 날아드는 모습이 눈에 보였으나 그 파괴력을 다시 견딜 생각이었다. 하지만 장화영 역시 달라졌다. 송백의 반응을 보는 순간 회전하던 상체를 숙이며 허벅지를 노리고 베어갔다. 원을 그리던 검기가 순간적으로 일그러지며 하체로 향한 것이다. 그 모습이 송백의 눈에 선명하게 들어왔다.

휙!

송백의 신형이 주저없이 위로 올라갔다. 순간 장화영의 눈동자가 빛났다. 이것을 위한 공격이었기 때문이다.

'기다렸다!'

장화영의 검이 회전하던 그대로 위로 향하며 검기가 회오리치듯 끈을 만들어 장화영을 덮었다. 마치 실이 회전하며 누에꼬치로 만들 듯 순식간에 장화영의 신형을 덮었다.

그 모습을 본 송백의 눈동자가 굳어졌다. 허공으로 떠오른 송백은 피할 곳이 없었던 것이다. 그리고 자신이 실수했다는 것도 알았다. 하지만 결판을 내야 한다는 생각이 불현듯 들었다. 그런 생각이 이원신공으로 통하였다.

쉬이익!

송백의 주변에 있던 공기들이 자연스럽게 빨려 들어가기 시작했다. 하지만 그 모습을 눈으로 읽은 사람은 단 한 사람도 없었다. 모두의 시선은 장화영에게 쏠렸기 때문이다.

"합!"

쾅!

거대한 기합성과 함께 장화영의 신형이 비무대를 박찼다. 구룡검법의 오초인 회룡천(回龍天)을 펼친 것이다. 장화영은 여기에 모든 것을 걸었다. 그 결연한 힘이 거대하게 회오리치며 송백을 향해 날아올랐다.

쿠아아아!

거대한 풍압이 송백의 머리카락을 위로 휘날리게 만들었다. 그런 송백의 눈 속으로 입을 벌리며 날아드는 용의 머리가 확연히 들어왔다. 그리고 그 속에 담긴 검날의 날카로움도.

'이긴다!'

장화영은 모든 것을 검에 집중했다. 그리고 송백의 명치를 향해 찔러갔다. 순간 송백의 손이 가볍게 움직이며 검날이 장화영의 눈에 들어왔다. 순간 장화영의 눈으로 보이는 것은 흰 선 하나였다. 그런 선들이 갑자기 늘어나며 순간적으로 송백의 신형을 가렸다.

"……!"

송백의 손은 미미하게 수없이 움직이고 있었다. 용의 입이 자신을 삼키려던 순간에 대월파로 공간을 메운 것이다. 월파검법의 삼초인 대월파(大月波)였다. 장화영의 입장에선 그저 백색의 선이었다. 송백의 신형이 그 선에 모두 가려지는 순간이 회룡천과 대월파가 마주치는 순간이었다.

콰쾅!

폭음성이 허공에 크게 울려 나갔다. 순간 장화영의 신형이 올라갈 때보다 더욱 빠르게 밑으로 추락했다. 머리가 바닥을 향했으며 입에서는 쉴 새 없이 핏방울이 허공에 선을 그리며 흘러나왔다.

슈아아악!

"큭!"

장화영의 안면이 일그러졌다.

"헉!"

사람들의 입에서 놀람에 찬 외침 소리가 터져 나왔다. 분명히 장화영이 이길 것 같았기 때문이다. 하지만 떨어지는 것은 장화영이었다.

휘릭!

머리가 바닥에 닿으려는 순간 장화영은 몸을 뒤집었다. '탁!' 소리가 울리며 장화영의 무릎이 바닥에 닿았다. 똑바로 서지 못한 것이다. 내상 때문이다. 비무대에 무릎을 꿇은 장화영은 곧 양손으로 바닥을 짚으며 엎드렸다.

"쿨럭! 쿨럭!"

핏방울이 비무대 위에 쏟아져 나왔다.

고요했다. 구경하던 사람들도, 무림맹의 인사들도, 다른 조의 청년들도 입을 다물고 있었다. 금방 보여준 장화영의 신위는 정녕 대단했다. 그 누구도 장화영이 저렇게까지 할 것이라고 여기지 못하고 있었다. 검기를 회오리처럼 휘몰아친 그 모습은 정녕 대단했다. 하지만 공중에서 도대체 무슨 일이 있었던 것일까? 송백의 검은 그저 올라오는 장화영을 향하고 있었을 뿐이었다. 하지만 떨어진 사람은 장화영이었다.

탁!

불과 삼 장 높이까지 올라갔던 송백이었다. 더욱 놀라운 건 장화영의 공세를 받은 송백의 전신은 멀쩡했으며 안색 또한 변화가 없었다.

순간적으로 일어난 일이었다. 찰나에 송백을 몰아쳤던 장화영이었으나 어느 순간 비무대에 무릎을 꿇고 엎드려 있었다.

"쿨럭! 쿨럭!"

장화영은 기침을 멈추지 못하였다. 그런 장화영의 앞으로 송백이 다가갔다.

"……!"

장화영은 송백의 발을 보자 고개를 들었다. 곧 송백은 그 앞에 허리를 숙이며 손을 내밀었다. 장화영의 미간에 주름이 잡혔다.

"머리카락……."

송백은 조용한 목소리로 입을 열었다. 장화영이 그런 송백을 바라보았다.

"다시 길러… 그게 예쁘니까."

"……."

장화영은 말없이 송백을 멍하니 바라보았다. 그런 장화영의 눈이 어깨를 지나 앞으로 나온 손으로 향하였다. 저절로 두 눈에 물기가 고였다. 이내 장화영의 손이 그런 송백의 손을 마주 잡았다. 순간 거대한 함성이 터져 나왔다.

"와아아아아!"

"송백! 송백!"

군웅들이 입에서 송백이란 이름이 함성과 섞여 대연무장을 울리기 시작한 것이다. 그 울림은 한동안 계속되었다.

장화영과 함께 성수장으로 가기 위해 연무장의 측문을 넘을 때까지 함성은 계속해서 이어지고 있었다. 측문을 넘자 화산파의 황정이 다가왔으며, 화산파 장문인의 사제인 엽리강도 다가왔다. 엽리강은 황정과 함께 무림맹에 화산파를 대신해서 와 있는 인물이었다. 그리고 종무진도 뒤를 따랐고, 능조운과 안희명, 차화서도 그 뒤를 따라갔다.

문을 넘어 성수장의 입구쯤 걸었을까? 입을 닫고 있던 장화영이 걸음을 멈추었다. 그 행동에 송백이 고개를 돌려 부축하고 있는 장화영을 바라보았다. 그러자 장화영의 흐릿한 시선이 송백을 향했다. 무슨 생각을 하고 있는지 알 수 없는 시선이었다. 곧 장화영은 입을 열었다.

"나쁜 새끼."

"……?"

순간 장화영의 신형이 비틀거리며 뒤로 넘어갈 듯 쓰러졌다. 혼절한 것이다. 그 몸을 송백이 재빠르게 잡았다. 사람들이 많아 참다 참다 결국 못 참고 정신을 잃었다. 오는 동안 무슨 생각을 했을까? 송백은 갑자기 듣게 된 말에 당황했으나 곧 장화영을 안고 성수장으로 들어갔다. 그 뒤로 사람들이 따라갔다.

아마도 장화영은 뒤에 따라오는 사람들을 욕했을 것이다. 없었다면 벌써 송백의 품에 기절했을 테니.

"휴……."

내실에 눕혀진 장화영의 모습을 보며 엽리강이 문을 닫고 나섰다. 안에는 황정과 조서서가 있었고, 아명이 보조를 하고 있었다. 엽리강이 볼 만한 모습이 아니어서 나온 것이다.

송백은 문밖에 서 있었다.

"내상이 심하지 않으니 그나마 다행이군……."

엽리강의 한숨 섞인 목소리에 송백은 침묵했다. 이미 엽리강과는 몇 번 대면한 적이 있었다. 엽리강 역시 송백을 굳이 다른 사람이라 여기지 않았다. 화산파의 사람으로 생각했기에 살갑게 대해주었다.

"어디 불편한 곳은 없나?"

"그렇습니다."

"그래……."

엽리강은 고개를 끄덕이며 송백의 어깨를 몇 번 두드려 주었다.

"나는 일이 있어 가봐야겠네. 수고하게나."

아쉬운 듯 말하는 엽리강은 곧 무림대회가 끝나고 있을 회의 때문에 걸음을 옮겼다. 작은 후원의 마당에는 능조운과 일행이 서 있었다.

"축하한다."

능조운이 웃으며 말하자 송백은 고개를 끄덕였다. 안희명과 차화서도 미소 지었다.

"술이라도 마실까?"

그들의 모습을 보며 송백은 가볍게 미소 지었다.

"물론 그래야지."

"당연히."

능조운과 차화서가 고개를 끄덕였다. 송백은 그들의 축하를 애써 무시할 생각이 없었다. 장화영이 무사한 것을 알았으니 한숨 돌릴 수도 있었다. 하지만 그러한 기분은 금세 깨지고 말았다.

문을 들어서는 한 중년인을 발견한 능조운과 안희명, 차화서는 두 눈을 부릅떴다.

"노… 노선배님을 뵙습니다."

능조운은 허리과 고개를 깊이 숙였다. 차화서와 안희명도 놀라 멍하니 바라보다 능조운을 따라 허리를 숙였다. 들어온 사람은 다름 아닌 한현이었던 것이다. 그가 들어서자 좁은 마당이 더욱 좁게 느껴졌다. 그것은 은연중 느껴지는 사람의 풍모 때문이다. 그것을 모두 느끼고 있었다.

"한 노선배님을 뵙습니다."

송백은 포권하며 깊게 읍했다. 무림의 대선배이기 때문이다.

"천하대회에 나간 것을 축하하네."

"감사합니다."

송백의 대답에 한현은 고개를 끄덕였다. 능조운과 차화서는 놀란 표정으로 송백을 바라보았다. 강호사현 중 한현이 송백에게 직접 축하한다는 말을 해줬기 때문이다. 멀리서만 바라봤던 한현이었다. 그런 한현이 그들의 코앞에 있었다.

한현은 잠시 송백을 바라보다 곧 본론을 말했다.

"지금 시간이 되나?"

송백은 능조운과 안희명, 차화서를 바라보았다. 그러다 곧 한현에게 말했다.

"선약이 있어서……."

"그런가? 잠깐이면 되는데……."

한현의 부탁을 거절하는 모습에 모두 놀라고 있었다. 한현이 어떤 사람인가? 한현의 시선이 능조운에게 향했다. 그 시선을 받자 능조운은 놀라며 양손을 저었다.

"아닙니다. 저희야 뭐 저녁에 만나도 상관없습니다."

"훗, 고맙군."

한현은 송백을 보며 미소 지었다. 송백은 불안한 생각이 불현듯 스쳤다. 한현처럼 알 수 없는 사람과 시간을 보내는 일은 그리 쉬운 일이 아니기 때문이다. 속을 알 수 없는 사람이었다. 그것은 물론 송백도 마찬가지다.

"알겠습니다."

"고맙군."

한현은 짧게 말하며 걸음을 옮겼다. 그 뒤로 송백이 따라가기 시작했다.

그들의 모습이 모두 사라지자 능조운이 걱정스러운 표정으로 중얼거렸다.

"설마… 한 노선배에게 사고 친 것은 아니겠지?"

"아마도……."

안희명이 고개를 끄덕이며 한현과 송백의 뒷모습을 바라보았다.

빙검과 화도의 대결이었다. 사람들은 열광했고 비무대 위에서 싸우는 두 명의 여인은 화려함을 보여주고 있었다. 벌써 반 시진이 다 되어가고 있었다.

"용호상박(龍虎相搏)이로다……."

제갈사랑이 보면서 중얼거렸다. 대체로 남자들에게 쓰는 표현을 제갈사랑은 지금 쓰고 있었다. 그들의 모습은 남자들보다 더욱 힘이 넘쳤기 때문이다.

쿵!

비무대가 울리는 충격파가 사방으로 퍼지며 냉유리의 검을 팽소련의 도가 막았다. 팽소련의 도는 약간 불그스름한 빛을 띠었으며 냉유리의 검은 서리가 낀 듯 하얗게 번들거렸다.

"큭!"

팽소련의 신형이 검으로 밀어붙이는 냉유리의 힘에 밀려 한 발 물러섰다. 검과 도가 교차되어 서로를 밀고 있었다. 서로를 바라보는 눈동자 역시 불타고 있었다. 또한 서로의 이마에는 땀방울이 맺혀 있었다.

"후욱!"

팽소련의 입으로 크게 숨이 들어갔다. 그런 팽소련의 어깨가 크게 움직이며 도를 앞으로 밀었다. 그 압박에 냉유리의 표정이 굳어졌다. 어느새 내공의 싸움이 된 것이다. 이미 두 사람 다 지친 상태였다. 순간 냉유리의 검이 미미하게 흔들렸다.

띠딩!

냉유리의 검이 팽소련의 도날을 가볍게 두드린 것이다. 그 소리가 팽소련의 귓가에 들어왔다.

'웅!'

"……!"

팽소련의 안색이 굳어졌다. 마찰시키면서 일어난 음파가 뇌를 흔들었기 때문이다. 순간적으로 비틀거렸다. 그 틈을 놓치지 않고 냉유리의 검이 팽소련의 도를 앞으로 밀었다.

팍!

"큭!"

팽소련의 신형이 비틀거리며 십여 걸음이나 물러섰다. 내공과 내공이 마주치는 극점을 두드려 기를 소리로 바꾸며 귀를 때린 냉유리의 감각이 소기의 목적을 달성해 주었다. 실전의 차이였다. 그 차이는 작았으나 실전을 통해 배운 냉유리와 대련을 통해 배운 팽소련과의 차는 크게 벌어졌다.

슈악!

냉유리의 검날이 팽소련의 어깨를 향해 여지없이 날아들었다. 오른 어깨를 노린 것이다. 순간 팽소련의 미간에 깊은 주름이 잡히며 날카롭게 변한 눈동자에서 불꽃이 피었다. 그 눈에 찔러오는 서릿발 같은 차가운 검날이 보였다. 그리고 팽소련의 도가 붉게 변하며 검과 함께 냉유리를 베어갔다.

냉유리의 표정이 싸늘하게 변하며 검날이 더욱 한광을 뿌렸다. 그 순간 냉유리의 왼손이 도의 손잡이를 오른손과 함께 잡으며 몸을 회전시켰다.

쾅!

폭음이 울리며 냉유리의 신형이 이 장 가까이 길게 두 개의 선을 비무대에 그리며 밀려났다.

"……!"

얕게 피어나는 먼지 사이로 양손으로 도를 잡고 있는 팽소련이 보였다. 도날을 바닥을 향한 채 그렇게 늘어뜨리고 있었다.

"허억! 허억!"

팽소련의 입이 조금 벌어지며 약간 거친 숨소리가 냉유리의 귓가로 흘러들어 왔다. 냉유리의 눈동자에 확신이 서렸다. 그것은 승리에 대한 확신이었다.

"하압!"

먼저 움직인 것은 오히려 팽소련이었다.

좌좌!

도끝이 바닥을 긁으며 냉유리를 향해 짓쳐들었다. 냉유리의 표정이 굳어졌다. 검날을 들어 올리는 순간 팽소련의 신형이 일 장 앞에서 멈춘 듯하더니 바닥을 긁던 도날을 허공을 향해 위로 쳐올렸다.

"합!"

쉬아악!

강력한 도풍과 함께 붉은 도 그림자가 선명하고 거대하게 쳐왔다. 그 강력한 도풍에 놀란 냉유리의 신형이 뒤로 뛰어올랐다.

팟!

어깨를 스치며 지나친 바람이 혈선을 만들며 옷을 베었다. 일 장을 격하고 날아든 것이다. 그 모습에 사람들의 입에서 놀람에 찬 외침이 터져 나왔다. 하지만 냉유리가 가만히 당할 성격이 아니었다. 그녀의 신형이 재빠르게 몸을 뒤집으며 검을 날렸다.

슈아아악!

"……!"

검을 날리는 모습에 사람들의 표정이 굳어졌다. 검객이 검을 날린 것이다. 팽소련의 입가에 미소가 걸렸다. 어리석었기 때문이다. 검에 담긴 검력이 대단하다는 것은 이미 알고 있는 사실이다.

"흥!"

팽소련의 신형이 잔상을 남기며 옆으로 이동했다.

퍽!

잔상을 베고 지나친 검이 비무대에 꽂혔다. 그 순간 팽소련의 앞으로 냉유리의 그림자가 나타났다. 팽소련의 도가 어깨 높이에서 옆으로 눕혀지며 날아드는 냉유리의 신형을 향해 옆으로 베어갔다.

쉬아악!

강력한 경풍과 함께 붉은 도 그림자가 확산되어 덮치듯 베어간 것이다. 순간 냉유리의 앞에서 빛이 번뜩였다.

쾅!

저절로 인상이 일그러지며 팽소련의 신형이 뒤로 밀려났다. 냉유리의 손에는 분명 검이 없어야 했다. 하지만 팽소련의 눈 속으로 냉유리의 오른손에 들린 검이 들어왔다. 검을 보는 순간 뒤에서 느껴지는 미세한 소리가 귀를 파고들었다.

퍽!

"……!"

듣는 순간 몸을 비틀었다. 하지만 이미 늦은 감이 있었다. 오른 어깨를 뚫고 나온 붉게 물든 검집이 반쯤 눈에 들어왔다. 어깨를 뚫고 나온 것이다.

"제기랄……."

팽소련은 아프다는 생각이 전혀 안 들었다. 단지 놀라고 있었다. 자신의 눈에는 검으로 보였다. 하지만 검으로 만들어 날린 것은 검집이다. 그리고 그 검집으로 자신의 어깨를 뚫었다. 그것이 놀라웠다.

팽소련의 왼손이 어깨를 뚫고 나온 검집을 잡았다. 순간 힘이 들어간 손이 빠르게 검집을 잡아 뺐다.

팟!

핏방울이 순간 강하게 뿌려져 나왔다. 검게 입을 벌린 어깨의 상처가 냉유리의 시선을 잡았다. 하지만 팽소련은 손에 든 검붉은 검집을 냉유리의 앞으로 내보였다.

"축하해."

담담한 목소리였다.

냉유리가 다가가 검집을 잡았다. 손 안에 느껴지는 팽소련의 뜨거운 핏방울이 어색하게 전해졌다. 냉유리는 저도 모르게 입을 열었다.

"고마워요."

그 말을 들은 팽소련의 얼굴에 미소가 어렸다. 보기 좋은 미소. 패자의 미소가 아니었다. 고통도 없는 순수한 미소였다. 냉유리의 눈동자가 흔들렸다.

만양산의 한적한 산길을 따라 한현과 송백은 걷고 있었다. 한현은 뒷짐을 진 채 주변의 풍광을 구경하듯 느긋하게 걷고 있었다.

"내가 무림에 처음 출도했을 때가 열여섯이니… 오래되었군……."

한현의 목소리가 조용하게 송백의 귓가에 들렸다. 한현의 바로 뒤에서 걷고 있었기에 송백은 한현의 표정을 볼 수가 없었다.

"벌써 몇 년이 지났는지 모르겠네."

"……."

송백은 말이 없었다. 그저 듣기만 했다.

"강호는 어차피 젊은이들이 이끌어가는 것… 나의 시대도 오래전에 끝났지… 이제 누구의 시대가 올 것일까……."

한현의 말이 이어지며 어느새 넓은 공터에 다다랐다. 십 장 정도 되는 크기의 공터였다. 풀들은 무릎까지 자라 있었으며 주변에 나무들이 높게 자라 있었다. 그곳에 다다르자 한현은 신형을 돌렸다.

"나는 내 제자가 그 주인공이 되길 바라고 있었네."

한현의 말에 송백은 그를 마주 보았다. 한현은 가만히 미소를 그렸다.

"하지만 그것은 내 바람일 뿐… 자네는 어떤가? 자네는 세상의 중심에 선 자가 되고 싶은 마음이 없나?"

"무슨 말씀이신지… 잘 모르겠습니다."

송백은 솔직한 자신의 마음을 전했다. 한현은 도대체 무슨 말을 하고 있는 것일까? 송백은 알고 싶었다. 한현이 왜 자신을 불러 이런 외진 곳으로 오게 하였는지.

"과거에 내가 아는 한 분은 중심이 되셨지… 본인의 의도와는 다르게… 그분의 존함은 초일이라 하네."

"……!"

송백의 표정이 굳어졌다. 그 변화를 눈치챈 한현의 얼굴에 미소가 짙어졌다.

"그분을 아는가?"

송백은 굳은 얼굴로 한현을 바라보았다. 과연 이 사람이 어떤 생각을 하는지 알기 위해서이다. 자신의 스승은 적이 많은 사람이었다. 그렇게 들었고, 그럴 것이라 여겼다.

"모릅니다."

송백은 단호히 고개를 저었다. 그 말을 들은 한현은 고개를 끄덕이며 다시 말했다.

"단지 알고 싶을 뿐이네. 왜 네 모습 속에 그분의 모습이 보이는지… 말이야."

슉!

순간 바람 소리와 함께 한현의 옆구리에 걸린 세 개의 도 중 가장 작은 소도가 허공을 갈랐다. 송백의 표정이 굳어졌다. 급작스러운 공격이었기 때문이다.

쉬악!

천천히 회전하듯 허공을 가르며 날아오는 소도의 모습이 두 눈을 파고들었다. 짧은 순간이었지만 송백은 고민을 해야 했다. 어떻게 해야 할 것인가? 과연 한현은 어떤 생각을 하는 것일까? 하지만 그런 고민을 잘라 버리는 거대한 살기가 소도에 담겨 있었다. 그 살기가 송백의 전신을 감싸왔다.

순간 송백의 손이 백리검(百里劍)을 잡았다.

번쩍!

쾅!

번갯불이 일어나며 날아들던 소도가 뒤로 튕겨 나갔다.

휘리릭!

회전하며 튕긴 소도가 허공 중에 올라 한현의 손으로 날아들었다. 순간 송백의 신형이 길게 늘어났다. 이형보를 쓰며 달려든 것이다.

탁!

한현의 손에 소도가 들리는 순간 늘어난 송백의 신형이 한현의 바로 앞에까지 나타났다. 그리고 피어나는 단혼일섬의 번갯불.

번쩍!

깡!

송백은 자신의 검날을 막고 있는 한현의 중도(中刀)를 바라보았다. 어느새 빼 든 것일까? 소도는 도집에 있었으며 오른손에는 중도가 잡혀 있었다. 접근전을 위한 중도였다.

분명히 한현의 이 행동은 도발이었다. 그것을 알지만 응할 수밖에 없었다. 한현에게서 느껴지는 거대한 살기 때문이다. 그 살기에 본능처럼 반응한 것이다.

"역시……."

한현은 가만히 중얼거렸다. 순간 한현의 중도가 '파!' 거리는 소리를 울리며 강력하게 송백을 밀쳐 냈다. 도가 민 것보다 순간적으로 일어난 한현의 발경에 밀린 것이다.

"……!"

송백의 표정이 굳어졌다. 순간 송백의 눈앞으로 중도의 도끝이 나타났다.

팟!

송백의 신형이 우측으로 돌았다. 중도가 송백의 머리를 스치고 지나친 것이다. 하지만 우측으로 피했다고 끝난 것은 아니었다.

쉬악!

어느새 빼 든 것일까? 소도가 송백의 옆얼굴로 날아들었다. 송백의 표정이 굳어졌다. 순간적으로 피어난 번갯불이 소도를 막았다.

까강!

금속음이 일어나며 소도가 허공으로 날았다. 하지만 송백의 앞면으로 날아든 중도가 송백의 얼굴을 가렸다. 송백의 검날이 빠르게 찔러갔다.

땅!

중도 역시 허공을 날아올랐다. 하지만 한현의 앞으로 뻗은 손이 좌우로 움직였다. 순간 허공으로 떠오른 중도와 소도가 방향을 틀며 송백을 향해 쏘아져 내려갔다. 그런 한현의 왼손이 꿈틀거리자 소검이 어깨 위로 뽑혀졌다. 소검의 검신에는 열 개의 구멍이 뚫려 있었다. 드디어 보인 것이다. 삼음검(三音劍)중 세 번째 소검을.

그것은 시험을 위해서였다. 그리고 눈으로 확인하고 싶었다.

송백의 손이 빠르게 움직이며 앞에서 날아든 소도를 십여 번 쳐갔다. 번갯불이 쉬지 않고 일어났다. 소도가 빠지는 순간 나타난 중도가 미간을 갈라오자 신형을 비틀며 단혼일섬을 일으켰다.

따다다당!

십여 번의 마찰음이 강하게 일어나며 중도가 옆으로 튕겨 나갔다. 송백의 신형이 그 순간 환영을 만들며 한현을 향해 폭사해 갔다. 송백의 눈에 한현의 어깨 위에 떠 있는 소검이 들어왔다.

"……!"

그것을 본 한현의 입가에 미소가 걸렸다. 그리고 앞으로 뻗어 나오는 한현의 왼손.

쉬앙!

소검이 허공을 가르며 송백을 향해 날아들었다.

끼아아아악!

길게 메아리치는 여성의 비명 소리가 송백의 귀를 파고든 것도 그때였다.

"큭!"

저절로 신형이 흔들리며 양손으로 귀를 막았다. 안면은 일그러져 있었으며 두 눈은 살기를 광포하게 폭사했다. 그런 송백의 눈에 한현의 미소가 보였다. 순간 송백의 앞에서 백색의 초승달이 피어났다. 초월파를 보인 것이다.

슈아아악!

허공을 가르며 날아오는 소검을 향해 초월파가 날아들었다. 그 모습을 눈으로 확인한 한현의 눈동자가 굳어졌다.

끼아아아악!

쾅!

초월파와 부딪친 순간 강력한 충격파가 사방으로 퍼져 나갔다. 일순간 소검이 멈춘 듯 보였다. 하지만 한현의 왼손이 비틀리며 더욱 앞으로 밀었다.

휘리릭!

소검이 강력하게 회전하며 좀 전보다 더욱 날카롭고 찢어진 듯한 여성의 비명성이 메아리쳤다.

꺄아아아악!

듣는 순간 감정이 일어나며 몸이 경직되는 소리였다. 송백의 신형이 앞으로 뻗어 나오며 소검을 향해 검을 휘저었다.

슈아아악!

세 개의 초월파가 순간적으로 겹치며 소검을 향해 날아간 것이다. 한현의 손이 미미하게 떨리기 시작했다.

콰콰쾅!

세 번의 폭음성이 울리며 한현의 소검이 뒤로 튕겨 날아갔다. 송백의 신형도 충격을 이기지 못하고 삼 장여나 밀려났다.

주륵!

송백의 입술을 뚫고 핏방울이 흘러내렸다. 송백은 인상을 찌푸리며 소매로 입술을 훔쳤다. 그런 송백의 광포한 살기가 점점 커져 갔다.

쉬이이익!

바람 소리가 일어나며 송백의 전신으로 공기가 빨려 들어가듯 흘러들어 갔다. 그리고 숨을 두 번 내뱉자 송백의 안색이 원래처럼 무심하게 가라앉았다.

탁!

한현의 등 뒤로 소검이 제자리를 찾아 들어갔다.

"초 선배의 제자로구나."

송백은 이제 굳이 숨길 필요가 없다고 여겼다.

"그렇습니다."

순간 한현의 표정이 미묘하게 변하더니 곧이어 큰소리로 웃기 시작했다.

"하하하하하!"

내공이 실리지 않은 커다란 웃음이었다. 본신에서 나온 기쁨의 웃음소리. 송백은 그것을 느낄 수가 있었다. 하지만 살기를 거둘 생각은 없었다. 아직 자신은 눈앞에 서 있는 한현에게 상대가 되지 않는다. 하지만 이곳에서 목숨을 버리라고 한다면 그럴 각오는 되어 있었다.

"젊은 날 나는 많은 무인들을 보았다. 그때는 혼란했지. 어제 이야기를 나누던 친구는 다음날 시체가 되어 내 눈앞에 있었다. 그런 때였지… 죽이지 않으면 자신이 죽는……."

말속에 추억이 담긴 듯 한현은 슬쩍 웃어 보이며 송백에게 다가왔다. 다가오는 한현의 육체에서 흘러나오는 부드러운 기운이 송백에게 향하였다.

"강한 무인들도 많았지… 죽음이 난무하는 무림에서 그 죽음조차도 두려워하지 않는 무인들이 말이다. 하지만… 결국 그들도 죽고 말았다."

어느새 한현의 신형이 송백의 바로 앞까지 다가왔다.

"그중에 초 선배도 계셨다."

한현의 양손이 송백의 양 어깨를 잡았다. 송백의 표정이 굳어졌으나 힘이 실리지 않은 손이었다. 한현의 입가에 미소가 걸렸다.

"강한 자만이 살아남는다."

순간 송백의 표정이 경직되었다.

■ 제8장 ■

백 년이 지나도 알 수 있다

송백은 매우 놀라고 있었다. 스승에게 들었던 말이기 때문이다.

송백의 표정이 변하자 한현은 가볍게 어깨를 두드리곤 송백을 스치듯 지나쳤다.

"초 선배에 대해서 아는 것이 있나?"

송백은 자연스럽게 한현의 등을 바라보며 걸었다.

"없습니다."

송백은 솔직하게 말했다. 그저 단편적인 과거만 알 뿐 알고 있는 것은 없었다. 한현은 당연하다는 듯 고개를 끄덕였다. 그의 성품을 어느 정도 알기 때문이다.

바람이 불었다. 산들바람이 가볍게 불어와 머리카락을 휘날리게 해주었다. 그리고 시원함도 피부를 타고 전해졌다. 가벼운 바람이었다.

"우리는 많은 이야기를 해야 할 것 같네."

한현의 목소리에 송백은 눈을 빛냈다. 누구의 이야기인지 알기 때문이다.

"그렇습니다."

송백을 기다리다 지친 능조운과 일행은 성수장을 나오려 했다. 방에서 기다리는 것이 날 것 같았기 때문이다. 오늘 같은 날은 밖에 나가 술이라도 마시며 즐겨야 한다고 여긴 것이다.

성사장을 나서려던 능조운은 들어오는 두 명의 여자를 발견하곤 걸음을 멈추었다. 한 명은 양 허벅지가 잘린 듯 백색의 살이 보였다. 거기다 가슴 앞의 옷이 잘려 안쪽에 있는 가슴의 계곡 선이 눈에 보였다. 왼팔은 어깨까지 길게 잘리며 혈선이 드러났다.

그녀도 능조운을 발견하곤 걸음을 멈추었다.

"소아……."

능조운은 그 모습에 놀라 자신도 모르게 말했다. 예전에 자신이 자주 부르던 이름이었다. 남궁소는 능조운을 발견하곤 놀란 눈으로 바라보다 곧 인상을 찌푸리며 고개를 돌렸다. 그 옆에 서 있던 남궁혜가 얼굴을 붉혔다.

"무슨 일이야?"

능조운이 다가가 묻자 남궁소가 능조운을 무시하며 빠르게 안으로 갔다.

"비무하다가……. 상대가 장난을 친 것 같아요. 오라버니가 말려서 금방 끝났지만 그 여방이란 사람, 마음에 안 들어요."

능조운의 안색이 굳어졌다. 무슨 말인지 알 것 같았기 때문이다.

"그럼."

남궁혜가 고개를 숙이며 남궁소를 따라가자 안희명이 다가왔다.

"누구?"

"소꿉친구."

능조운은 남궁소와 남궁혜가 안쪽으로 들어서자 한숨을 길게 내쉬었다. 곧 차화서가 말했다.

"그 여방이란 사람 좀 냄새가 나."

"응?"

"무슨 말이야?"

안희명과 능조운의 반응에 차화서는 주변을 둘러보다 옆에 있는 조용한 객실을 손가락으로 가리켰다. 그리 가자는 뜻이었다.

비무하는 동안 자신감에 차 있었다. 하지만 여방은 여유있게 남궁소를 괴롭혔다. 옷을 잘랐으며 많은 사람들 앞에서 앞섶까지 잘랐다. 가슴이 노출되는 일은 없었지만 그 순간 남궁소는 당황했다. 그때 올라온 사람이 남궁현이었다. 남궁현은 여방에게 살기를 피우며 비무에서 졌다는 말을 남기곤 남궁소와 함께 비무대를 내려갔다.

"내가 미쳐……."

남궁소는 양손으로 얼굴을 가리며 발을 동동 굴렀다. 팔에 난 상처는 그저 가벼운 외상이었다. 그것보다 창피했다. 그게 더 화가 났다. 거기다 능조운이 자신의 모습을 보았다. 얼마나 속으로 비웃고 있을까? 그런 생각이 남궁소의 마음을 어지럽혔다.

얼마 지나지 않아 문이 열리며 당혜가 들어왔다. 그녀가 들어오자 남궁소의 표정이 밝아졌다. 당혜 역시 뛰어난 의원이기도 했던 것이다. 그녀의 뒤로 남궁혜와 동갑인 악화지가 들어왔다.

"그 망할 놈을 죽여야 해요."

당혜가 들어오며 처음 한 말이었다. 당혜는 남궁혜의 소매를 풀어 상처를 바라보며 다시 말했다.

"사람들 앞에서 창피당하게 만든 후에 죽이는 방법을 생각해 봐요. 우리 모두."

당혜의 말에 악화지가 거들었다.

"예의도 없고 그렇게 몰상식한 사람은 처음이에요. 역시 낭인은 낭인이에요. 쓰레기 같은 인간들이죠."

악화지는 정말 화가 많이 나 있었다. 그리 대담한 성격이 못 되고 순수한 그녀였지만 좀 전의 일은 화가 치밀어 오를 수밖에 없는 일이었다. 더욱이 같은 여자이지 않은가? 남궁혜는 악화지가 조금 험하게 말하자 놀란 표정을 지었다.

"어차피 비무야."

남궁소는 그녀들의 말을 듣곤 조용히 말했다. 남궁소는 본 것이다. 자신을 바라보던 아버지의 시선이 어떠했는지. 비무대에서 내려가는 자신을 향해 던진 그 시선이 남궁소의 마음을 얼어붙게 만들었던 것이다. 남궁소는 그런 문제보다 불안한 마음이 더 컸다. 어떤 소리를 들어야 할지 걱정이 된 것이다.

"휴우……."

남궁소는 깊게 한숨을 내쉬었다.

"여방에 대해서 지금 철저하게 조사하는 중이야."

차화서의 말에 능조운과 안희명의 표정이 굳어졌다.

"방지호가 무림맹을 나간 결정적인 이유는 여방 때문이라고 들었어."

"첩자?"

"글쎄……."

능조운의 물음에 차화서는 고개를 저었다.

"그렇다기보다는 뭐랄까… 우리에게 전혀 도움이 안 되는 사람 같다는 말이지… 지호가 떠나면서 얼핏 뭔가를 말해 줬는데."

차화서는 그렇게 말하며 능조운과 안희명의 안색을 살폈다. 둘은 그저 신기한 이야기나 재미있는 이야기를 듣는 사람처럼 보였다. 관심이 그리 많은 것 같지 않은 것이다. 차화서는 절로 한숨을 내쉬었다.

"에효… 내가 뭔 말을 하는지… 지호가 떠난 이유가 여방 때문야. 그 녀석은 분명히 뭔가 꿍꿍이가 있어서 이곳에 들어온 것이 틀림없어. 그런데 어째서 무림맹의 무림대회에 그가 나올 수 있었을까? 난 그게 궁금해. 너희도 알다시피 무림맹은 철저하게 신분 조사를 하는 곳이야. 우리의 이름이 올라가는 순간 그 이름에 관련된 과거를 추격하지. 그런 와중에 의심되는 자는 본선까지 남지 못하고 탈락시키고 있었어."

"그래? 그랬군… 전혀 몰랐는데……."

능조운은 지금까지 예선전을 치르면서 그런 사람을 본 적이 없었다. 그러자 차화서가 다시 말했다.

"어느 정도 무공이 되는 애들은 이미 신분이 크게 노출되어 있어. 그렇지 않은 사람이 드물다는 것이지. 그런 사람들의 신분을 조사할 때 여방도 분명히 있었을 거야. 그런데 왜 여방은 끝까지 남았을까? 방지호가 의심한 사람인데… 지호는 분명히 여방의 뭔가를 봤기 때문에 무림맹을 나갔어."

"그렇구나……."

안희명은 고개를 끄덕였다. 하지만 별 생각이 없는 것 같았다. 그제야 차화서는 둘이 어떤 인물인지 확연히 이해되었다.

'바보들…….'

차화서는 고개를 저으며 다시 말했다.

"즉, 이 안에 또 다른 동조자가 있다는 말이지. 여방을 남게 한 인물이. 그러니 우리도 조심해야 한다고. 여방에 관해서는 다시 입 열지 말고, 그를 조심하고. 알았지?"

"그래."

"응."

능조운과 안희명은 서로를 바라보며 고개를 끄덕였다. 단순한 반응이었다.

"그런데 그 이야기 송형에게도 했어?"

"알고 있을 거야. 단지 말을 안 할 뿐이지……."

차화서의 말에 능조운은 심각한 표정으로 변하였다. 턱을 쓰다듬던 능조운이 말했다.

"섭하네… 알고 있었다면 미리 나에게도 좀 말해 주지……."

순간 차화서가 인상을 찌푸렸다.

"전혀 도움도 안 되는 사람에게 말해서 뭐 하게? 그 사람이 너처럼 바보인 줄 아냐?"

능조운은 그 말을 듣자 인상을 찌푸리며 차화서를 강하게 노려보았다. 신광이 어린 눈동자였다.

"내가… 바보로 보이냐?"

순간 안희명과 차화서의 입이 동시에 열렸다.

"어."

폭렬검 이무심 하면 사람들은 폭발할 것 같은 강력한 기운을 생각한다. 그리고 그의 검법은 그렇게 폭발적인 기운이 넘쳐 났다. 하지만 그러한 폭발적인 운동을 보이는 이무심을 지금은 기대할 수 없었다.

슈아아악!

강력한 바람과 함께 이무심의 검날이 좌에서 우로 베어갔다. 장지명의 신형이 삼 장 가까이 뒤로 물러섰다. 그리고 나타난 소도가 이무심의 검날을 마주쳤다.

깡!

소도를 밀쳐 낸 이무심의 신형이 낮게 가라앉으며 장지명을 향해 쏘아져 갔다. 그리고 펼치는 오검이 전신을 찔러갔다. 순간 장지명의 중도가 검 사이로 날아들었다.

퍽!

이무심을 뚫고 중도가 지나치는 순간 이무심의 신형이 장지명의 우측에 나타났다. 그런 이무심의 신형이 둘로 늘어나며 펼쳐진 이십여 개의 검 그림자가 벌집을 쑤시듯 장지명을 향해 날아들었다.

순간 장지명의 오른손이 대도를 잡아 올리며 소도와 중도가 반원을 그리듯 크게 원을 그리며 이무심의 그림자를 향해 폭사해 왔다.

따다다당!

원을 크게 그리며 날아드는 검날을 쳐내는 대도의 빠름에 이무심의 안색이 굳어졌다. 어느새 느껴지는 등 뒤의 도 때문이다. 이무심의 신형이 허공을 차며 옆으로 틀어졌다. 그 순간 두 개의 도가 장지명을 향해 쾌속하게 날아들었다.

장지명의 왼손이 아래로 내려가며 소도가 방향을 꺾었다. 옆으로 피한 이무심을 향한 것이다.

쉬아악!

소도는 쾌를 중심으로 했다. 그 빠름이 중도보다 배는 빨랐다. 이무심의 신형이 자세를 잡는 순간 어느새 코앞까지 날아든 것이다. 이무심의 허리가 깊게 뒤로 꺾였다.

팽!

소도의 끝이 그 위로 지나쳤다. 그리고 이무심의 눈에 소도의 손잡이와 연결된 연사가 햇살에 반사되어 빛났다. 순간 강력한 섬광이 피어나며 검날이 위로 쳐갔다.

팍!

연사를 끊기 위함이다. 하지만 연사는 위로 쳐 올라가며 소도가 오히려 그 반동으로 이무심의 뒷머리를 향해 쏘아져 갔다. 그뿐만이 아니라 어느새 중도까지 자신의 얼굴을 노리고 날아들었다.

"합!"

이무심의 신형이 원을 그리며 강력한 빛살을 뿌렸다.

쾅!

폭음 소리가 울리며 중도가 날아갈 때보다 더욱 빠르게 장지명을 향해서 날아들었다. 소도 역시 실 끊어진 연처럼 허공을 날아 비무대의 중심에 박혔다. 연사가 끊어진 것이다.

"흥!"

이무심의 싸늘한 시선이 장지명에게 향하였다. 소도가 끊어진 이상 이제 두 개가 남았다. 아직까지 이무심은 장지명이 세 개의 검 중 하나라도 뽑은 모습을 본 적이 없었다. 이제 자신이 그것을 해줄 차례다.

슥!

검날을 위로 쳐올리며 그 끝을 장지명의 가슴으로 향했다. 칠십이 파검(七十二破劍)의 기수식이었다. 그의 절기였으며 청성파의 절기였다.

장지명은 굳은 얼굴로 바닥에 박혀 있는 소도를 바라보았다. 지금까지 자신의 연사가 끊어진 적은 없었다. 그렇다고 소검이나 중검을 뽑을 수는 없었다. 주변에 영향을 미치기 때문이다. 그렇다면 작은 공간에 큰 타격을 주는 대검이 필요했다.

'하지만…….'

대검을 뽑으면 분명히 이긴다. 하지만 이무심이 받는 피해는 컸다. 그것이 걱정이었다.

팟!

생각할 시간을 안 주려는 듯 이무심의 신형이 바닥을 박차며 날아들었다. 그의 검이 미미하게 흔들리며 찔러왔다. 장지명은 놀라 중도를 들어 올렸다.

빡!

"……!"

장지명의 신형이 뒤로 십여 걸음이나 물러섰다. 손목을 타고 오는 고통 때문이다.

'역시… 파검(破劍).'

이무심도 본신의 실력을 보일 듯 싸늘한 눈동자로 장지명을 덮쳐 왔다.

슈아악!

마치 큰 기운이 폭발할 듯 검날이 사방으로 강한 기운을 뿌리며 찔러 들어왔다. 막는다면 중도가 부러질 것이다. 미미하게 떨리며 그 속에 담긴 회선강(回旋罡)의 강력함 때문이다. 장지명의 신형이 다시 삼 장여를 순간적으로 물러섰다.

팍!

장지명이 있던 자리에 경풍이 일어나며 공기가 마치 폭발한 듯 사방으로 퍼져 나갔다. 이무심의 시선이 좌측으로 돌며 어느새 이동한 장지명을 향했다.

"도망만 갈 생각인가?"

이무심의 조용한 목소리가 장지명의 귀를 때렸다. 장지명의 표정이 굳어진 것도 사실이다.

"삼절도 삼음검은 겁쟁이인가……?"

이무심의 목소리가 또다시 장지명의 귓가를 울렸다. 순간 장지명의 마음에 남은 망설임이 사라졌다.

장지명의 왼손이 대검의 손잡이를 잡았다.

"오라."

이무심은 장지명을 도발한 것이다. 물론 보고 싶었기 때문이다. 그리고 자신은 이긴다. 그 쾌감을 맛보고 싶었다. 최고의 자리에서 삼절도 삼음검을 꺾고 최고가 되는 것이다. 이무심의 신형이 빠르게 장지명을 향해 날아들었다. 순간 장지명의 대검이 허공을 갈랐다.

우르릉!

"……!"

'검기의 바다… 검해(劍海).'

삼절도 삼음검의 마지막 육초인 검해를 펼친 것이다. 지금까지 강호에 나와 단 한 번도 쓴 적이 없었다. 오성의 내공을 담아 펼친 대검이 이제 피를 원하고 있었다.

'과거 이 초식을 받아낸 인물은 단둘뿐이었다고 들었다…….'

장지명은 싸늘한 표정으로 대검을 날리며 이무심을 향해 날아들었다.

쉬아아악!

대검이 날아들었지만 이무심은 그저 굳은 얼굴로 날아오는 대검을 바라보았다. 대검이 일그러져 보였기 때문이다. 무엇보다 눈앞에 보이는 모든 세상이 출렁이고 있었다. 마치 호수면에 파장이 일어나 출렁이는 것처럼 눈앞의 모든 사물이 투명하게 출렁였다.

'이… 이게…….'

이무심은 너무도 놀라 손을 움직이지 못했다. 그 순간 출렁이는 파도가 온몸을 스치고 지나쳤다. 순간 '팟!' 거리는 소리가 크게 울리며 양 귀에서 핏물이 크게 튀어나왔다. 고막이 터진 것이다. 그 모습에 군웅들이 눈을 부릅떴으며 무림맹의 인사들도 놀라 일어섰다.

"앗!"

"헉!"

여기저기서 터지는 놀람에 찬 큰 소리들… 하지만 이무심은 듣지 못하고 있었다. 아니, 들을 수가 없었다. 눈앞의 세상이 붉게 물들었기 때문이다. 왜 세상 사람들이 삼절도 삼음검에 대해 천하제일이라 말하는지 알 것 같았다. 도저히 막을 방법이 머리 속에 떠오르지 않았다. 아니, 머리 속이 하얗게 물들었다고 해야 하나? 이무심의 입가에 옅은 미소가 걸렸다.

'대단해… 정말…….'

슈아악!

그런 이무심의 미간으로 대검이 날아들었다. 하지만 이무심의 시선은 멍하니 대검을 응시하고 있었다. 마치 무엇에 홀린 것 같은 표정이었다.

쉬악!

순간 장지명의 그림자가 이무심의 바로 앞에 나타나며 대검을 잡았다. 이무심의 멍한 시선이 장지명을 향하고 있었다. 하지만 그 시선도 곧 위로 올라가고 있었다. 상체가 뒤로 꺾였기 때문이다.

털썩!

이무심의 신형이 힘없이 바닥으로 쓰러졌다.

"헉!"

또다시 터지는 놀람에 찬 외침 소리들.

무림맹의 인사들도 놀란 눈으로 이무심과 장지명을 바라보았다.

"안 죽었네."

맹주인 남궁천의 목소리에 가슴을 졸이던 청성파의 사람들이 안도의 한숨을 내쉬었다. 그들의 눈에 이무심을 안아 든 장지명이 들어왔다.

"정신을 잃었습니다."

장지명의 말에 모두 안도하며 자리에 앉았다. 장지명은 여전히 검을 잡고 있는 이무심의 오른손을 바라보았다.

"후우……."

저절로 입가에서 쓴 숨소리가 흘러나왔다. 이런 결과를 예상했기에 하기 싫었던 초식이었다. 역시 자신의 생각처럼 그 역시도 받지 못했다. 곧 비무대 위로 청성파의 사람들이 달려 올라왔다. 장지명은 그들에게 이무심을 넘기며 비무대를 내려갔다. 그 뒤로 사람들의 환성 소리가 크게 들어왔다.

곧 사람들의 환호성이 잦아지며 남궁현과 청수가 올라왔다. 드디어 마지막 비무가 시작된 것이다. 한 명은 무림맹주의 아들이며 어릴 때부터 사람들의 이목을 받은 인물이었다. 또 한명은 무림대회를 통해 사람들에게 알려진 무당파의 숨은 기재였다. 그 둘이 만난 것이다.

둥! 둥! 둥!

북소리가 크게 무림맹을 울렸으며 함성 소리가 만양산에 메아리쳤다.

푸드득!

산새들이 함성 소리를 들었을까? 허공을 가르며 날아올랐다. 밑에는 계곡물이 흘렀으며 그 소리가 맑게 투영되었다. 한쪽의 바위에 앉은 한현과 그 옆에 있는 작은 바위에 앉은 송백도 허공을 날아가는 산새들의 모습에 시선을 던졌다.

"무림이라는 곳은 피를 끓게 만들지… 그렇지 않은가?"

"그렇습니다."

송백은 대답했다. 자신 역시 가끔 강한 상대를 만나면 이기고 싶다는 충동을 느끼기 때문이다. 누가 더 강한가라는 것에 대한 욕망이 아닌 그저 투지였다. 과연 이 사람은 어떤 무공을 전할지 그것을 알고 싶었다.

"나 역시 젊은 날에는 피가 끓었고, 그 혈기를 누르지 못할 때가 많았지. 초 선배와도 대결하고 싶었다."

한현은 송백을 바라보며 미소 지었다.

"솔직히 시샘도 했고, 부러움에 질투도 했었다. 아니라면 거짓말이겠지. 나로서는 꿈조차 꾸지 못할 경지를 그 젊은 나이에 이루었으니까. 누가 상상이나 했겠나… 절대십객을 이기고 마교의 교주조차 이겼으며… 그리고… 천하제일이라 불렸던 내 스승님을 이겼다… 그 젊은 나이에……."

한현의 말에 송백은 놀란 표정을 지었다. 한현은 허공을 바라보며 다시 말했다.

"누구도 상상치 못한 경지가 아니겠나……."

"……."

순간적이지만 송백의 머리 속에 남은 초일의 모습이 더욱 멀다는 느낌이 들었다. 자신은 잡았다고 여겼다, 스승의 옷자락을. 하지만 한현의 말을 듣자 아직 아니라는 기분이 들었다.

"복수는 안 하십니까?"

송백은 문득 한현의 감정이 궁금했다. 자신이라면 복수를 먼저 생각했을 테니… 하지만 한현은 그저 옅은 미소만 그린 채 고개를 저었다.

"복수보다 먼저 든 생각은 도전이었다."

송백의 눈동자가 커졌다. 한현은 다시 말했다.

"내 대에 저런 사람이 있다면 행운이다. 이런 행운은 그 누구도 누리지 못했을 것이다. 나의 스승을 넘어도 다른 사람이 기다리고 있다. 높고 높은 산이 나를 막지만 난 그 산을 기필코 넘을 것이다… 그 산의 정상에 서면 그 사람이 기다리고 있다… 그 사람이… 초 선배가……."

한현은 멍하니 오랜 기억을 생각하는 듯 중얼거렸다. 그 마음이 송백의 피를 끓게 만들고 있었다. 자신도 모르게 송백의 가슴이 크게 뛰었다. 이러한 기분은 무엇이란 말인가…….

"어떤가? 피가 끓지 않나?"

한현의 시선에 송백은 저도 모르게 고개를 끄덕였다. 자신도 이렇게 호승심이 불타오르는 듯한데 당사자인 한현은 어땠을까? 송백은 그 마음을 알 것도 같았다.

"젊은 날 나를 비롯해 많은 젊은이들이 초 선배를 동경했지. 하지만 누구도 그 선배를 따라갈 수는 없었다… 나조차도……."

한현은 고개를 저었다. 그러다 곧 송백을 향해 미소 지으며 말했다.

"육십이 돼서야 겨우 삼검을 움직일 수가 있었다. 그때 그 희열은 정말 대단했지. 나의 스승이 움직였던 검을 나도 할 수가 있다는 생각에 천하가 좁다고 여겼다. 이제는 산에 다 올라왔다는 생각도 들었다. 하지만……."

송백의 시선을 느낀 한현은 냇물로 시선을 던지며 조용히 말했다.

"나는 아직 멀었다는 것을 알았다. 천하대회에서……."

한현의 말이 잦아들자 송백 역시 냇물을 향해 고개를 돌렸다.

"천하대회에서 그 녀석을 만났지……."

송백은 그 녀석이란 말에 호기심이 일었다. 과연 누가 한현의 무공에 흔적을 남겼다는 것일까? 곧 한현의 입이 열렸다.

"철우경을……."

송백의 표정이 굳어졌다. 자신도 익히 들어 알고 있는 이름이기 때문이다. 정파라면, 아니, 중원의 무림인이라면 누구나 알고 있는 이름이었다. 대마대제(大魔大帝) 마 위에서 마를 군림하는 자, 철우경을.

"정말 대단했다. 그의 무공은… 나의 마지막 대검조차 그 녀석은 막았지… 결국 내상 때문에 서로 물러섰지만 나는 부족하다는 것을 뼈저리게 느껴야 했다. 나의 검은 아직도 산에 닿은 것이 아니라는 것을. 과거 철우경이 나타나기 전까지 나는 사람들이 천하제일이라 부르며 추앙했다. 하지만 그것은 허물뿐인 명성… 그 일 이후 나는 깨어나야 했다. 만나야 할 상대가 한 명 더 늘었기 때문이다."

송백은 묵묵히 냇물을 바라보며 말을 듣고 있었다. 한현의 말이 끝나자 송백의 무심한 눈동자에 빛이 일렁였다. 호승심 때문이다.

"과연 얼마나 강해져야 내 자신을 지킬 수 있겠습니까?"

송백의 목소리에 한현은 눈을 빛냈다. 저절로 미소가 걸렸다. 이자 역시 자신처럼 강함을 추구하고 있었다.

"무공을 믿으면 되네… 자네의 스승처럼."

송백의 눈동자가 흔들렸다. 한현은 미소 지으며 다시 말했다.

"나도 이제 늙었네… 이제 세상은 자네처럼 강함을 원하는 자에게 돌아갈 것이네."

귓가로 사람들의 함성 소리가 전해져 오는 것처럼 느껴졌다. 무림대회도 막바지를 향한 것이다. 그 울림이 송백의 귀에도 전해져 왔다.

"은거를 하신다는 말씀입니까……?"

송백의 물음에 한현은 고개를 끄덕였다.

"그래야지… 보고 싶은 분도 있고… 초 선배 역시 잘 지내는지 궁금하고 말이야… 후후."

한현의 웃음소리가 송백의 입에도 미소를 보이게 만들었다.

"스승님의 거처를 말해 줄 수 있겠나? 한번 검이라도 겨루게. 하하하."

솔직한 말이었다. 한현의 그러한 말에 송백은 자신의 스승이 얼마나 대단한 사람인지 느낄 수가 있었다. 천하제일이라 불리는 한현조차 자신의 스승님을 존중하고 있었다.

“성수장에 계십니다.”

“그래? 나중에 천천히 한번 찾아뵈어야겠지…….”

“예.”

송백의 대답에 한현은 고개를 끄덕이며 자리에서 일어섰다.

“초 선배는 적이 많은 사람이네… 나만 알면 되니 걱정하지 말게나.”

“알겠습니다.”

한현은 혹시나 송백이 걱정할 것 같아 말해 주었다. 송백은 자신만큼 한현 역시 초일을 좋아한다고 여겼다.

“한 가지 말해 줄 게 있네.”

“예?”

송백의 시선을 받은 한현은 천천히 바위에서 내려왔다. 그 뒤로 송백이 따랐다.

“천왕성과 초 선배와의 관계를 알고 있나?”

송백은 고개를 저었다. 그러자 한현은 혀를 차며 말했다.

“저런… 초 선배는 그리 중요한 일도 이야기를 안 한 모양이군. 천왕성은 과거 초 선배에게 멸문했지. 천가는 사라졌지만 천왕성과 친분 있는 사람들은 꽤 있네. 그들이 네 존재를 알게 된다면 목숨을 원할 것이야. 원한은 백 년이 지나도 같으니… 조심하게나.”

한현은 더 말해 줘야 한다고 생각했다. 하지만 초일도 말하지 않은 것을 자신이 말하는 게 우습다는 생각도 들었다.

백 년 가까이 신교와 그들은 초일을 죽이기 위해 노력했을 것이고, 연구했을 것이다. 초일이 죽었다면 그 후인을 목표로 그렇게 쌓아왔다. 그 결실을 맺고 그 화살이 이제 송백에게 향할 것이다. 그의 무공이 알려지는 순간.

걱정되는 것도 사실이었다. 하지만 송백의 성품을 봤을 때, 아니, 초일의 성격을 봤을 때 그는 분명히 송백이 죽어도 크게 탓하지 않을 것이다. 더욱이 그러한 원한조차도 이기지 못하는 사람을 초일은 제자로 받아들이지 않았을 것이다. 한현은 그렇게 생각했다.

'그 스승에 그 제자다…….'

"문득 궁금한 게 있구나… 네 목표는 무엇이냐? 천하제일? 무척 궁금하다."

한현의 말에 송백은 저도 모르게 미소 지었다.

"다른 건 없습니다. 단지… 스승님의 그림자를 잡고 싶을 뿐……."

한현은 그 말에 미소 지었다. 예상했던 대답이기 때문이다.

남궁현은 홀로 남은 비무대에 멍하니 서 있었다. 입술을 타고 흐르는 붉은 핏방울과 그의 상의 여기저기 그어진 혈선들이 치열했음을 보여주고 있었다. 하지만 청수는 없었고, 홀로 남아 있었다.

사람들도 이제 천하대회만 남았다며 모두 빠져나간 후였다. 무림맹의 인사들도 모두 자리를 빠져나갔으며 넓고 넓은 대연무장에 남은 사람은 남궁현 혼자였다. 그런 남궁현을 바라보는 한 사람도 아직은 있는 듯했다.

슥!

무림맹주의 의자에서 장년인이 일어섰다. 그만이 유일하게 마지막까지 남은 것이다.

뚜벅! 뚜벅!

남궁천의 발이 천천히 높은 계단을 내려오고 있었다. 하지만 그 소리조차 못 듣고 있는 듯 남궁현은 멍하니 허공을 바라보며 서 있었다.

어느새 다가왔을까? 남궁천의 신형이 남궁현의 옆으로 가까이 다가왔다. 하지만 남궁현은 여전히 허공을 바라보고 있었다. 곧 남궁천의 한 손이 남궁현의 어깨에 올라갔다.

턱!

그제야 남궁현은 고개를 돌려 남궁천을 바라보았다. 멍한 눈동자에 처음으로 빛이 일렁였다. 자신의 아버지이기 때문이다.

무슨 말을 해야 할까? 남궁천은 지금 이 순간 자신이 이 못난 자식에게 어떤 말을 해줘야 하는지 망설였다.

남궁현의 물기 어린 눈동자가 무언가를 요구하는 듯 남궁천을 응시하고 있었다. 남궁천은 그 모습에 자신도 모르게 미소 지었다. 그냥 가볍게 지은 미소였다. 자신의 자식에게 자신 같은 패자를 바라지는 않았다. 단지 강한 인간이 되기를 원했다. 그래서 혹독하게 다룬 것도 사실이다. 하지만 지금은…….

남궁천은 끝내 입을 열어야 했다.

"많이 강해졌구나."

남궁현의 눈동자가 미미하게 흔들렸다.

탁! 탁!

남궁천의 손이 몇 번 어깨를 두드리더니 곧 말없이 신형을 돌렸다. 그런 남궁천의 뒷모습이 남궁현의 눈 속을 파고들었다. 처음으로 듣는 말이었다. 지금까지 이렇게 자신을 향해 미소 지으며 말한 적은 드물었다. 아니, 처음이었다. 철이 든 이후로

터벅! 터벅!

남궁천의 신형이 계단을 올라가고 있었다. 그 걸음 소리가 남궁현의 귓가에 힘없이 들려왔다. 무엇 때문일까? 남궁현의 신형이 미미하게 떨리기 시작했다. 그리고 남궁천의 모습이 곧 건물 속으로 사라지는 순간 두 눈가에 눈물방울이 흘러내렸다.

무림대회가 끝나자 언기학은 미련없이 짐을 꾸렸으나 끝까지 남아 구경했다. 본선에 올랐으나 허탈하게 패하였다. 그 허탈함이 발을 잡은 것이다. 구경할 때마다 든 생각은 자신이 정말 재수가 없었다는 것이었다.

어떻게 운이라도 좋았다면 자신도 충분히 더 위까지 올라갔을 거라 여겼다. 그만큼 실력에 자신이 있었다. 하지만 승부는 냉정했다. 결국 자신을 이긴 자도 떨어졌다. 그리고 가장 마지막에 남은 자는 역시 강한 사람이었다.

"이제 꿈은 없는가……."

언기학은 한숨을 내쉬며 짐을 어깨에 메고 무림관을 빠져나오기 위해 걸음을 옮겼다. 그렇게 한참 걸어 문에 도달할 때 언기학은 문밖으로 나갈 수가 없었다. 문에 선 무사들이 잡았기 때문이다.

"언가장의 언 공자는 남아주시기 바랍니다."

"응? 무슨 일 때문에……?"

언기학은 자신이 뭔가 잘못한 일이 있는지 물었다. 그러자 무사들이 미소 지으며 말했다.

"위에서 전달이 나온 것이라 저도 잘 모르나 아마 나쁜 일은 아닐 것입니다. 그러니 숙소에서 대기해 주시기 바랍니다."

"…예……."

언기학은 결국 발걸음을 돌렸다.

'집에도 못 가게 하네…….'

언기학뿐만이 아니라 몇몇 짐을 싼 사람들도 문에서 잡혀 걸음을 돌렸다. 그 외에는 집으로 향했으며 빠져나갔다. 그리고 미리 나간 사람 중에 뭔가 소식을 받고 들어온 사람들도 있었다.

다음날이었다. 밤늦게까지 술을 마시며 이야기를 나누다 돌아온 송백의 방으로 사람이 찾아왔다. 남은 사람은 이제 다섯이니 모이라는 전달이었다. 송백은 옷을 입고 무사의 뒤를 따라갔다.

무림맹은 그 크기가 거대했다. 십파와 육대세가를 제외하고도 일백여 개의 문파가 가입되어 있기 때문이다. 무림맹이란 이름만 가지고 있어도 크게 도움이 되기에 많은 가입비를 주면서도 가입한 곳이 많았다. 든든한 보험인 셈이다.

무림맹의 장성전(將盛殿)은 대웅전 바로 뒤에 있는 작은 회의실이었다. 크게 쓰는 일이 드문 곳으로 오늘은 이곳을 이용하기로 했는지 의자에 다섯 명이 앉아 있었으며 그 앞으로 제갈사랑과 명풍 도장이 앉아 있었다. 또한 화산파의 엽리강도 앉아 있었으며 아미파의 하태희도 앉아 있었다.

가장 중앙에 앉은 제갈사랑은 마지막에 온 여방이 앉자 입을 열었다.

"천하대회에 나가게 된 것을 진심으로 축하한다."

그렇게 입을 연 제갈사랑은 다섯 명의 젊은이를 둘러보며 미소 지었다.

"너희를 부른 이유는 다른 게 아니라 무림맹에서 새로운 조직을 창

설하기 위함이다. 이름은 오행당이며 너희가 각 당의 당주가 된다. 또한 밑으로 열두 명의 동료를 두고 있다. 봉록이야 확실하니 걱정할 일은 없을 것이다. 천하대회에 앞서 너희는 새로운 경험을 하게 된다. 그것은 현실을 말하는 무림이다."

그 말에 모두의 표정이 굳어졌다. 오행당이라는 말도 의외였으나 현실을 말하는 무림이 어떤 것인지 대충 짐작이 되기 때문이다.

그들의 모습에 제갈사랑은 다시 말했다.

"총책임자는 아미파의 하 여협이시다."

그 말에 하태희가 일어나 반갑게 미소 지었다.

"잘 부탁해요."

하태희의 말에 제갈사랑은 미소 지으며 다시 말했다.

"각 당마다 한 명씩 노련한 맹의 고수를 둘 것이다. 만일의 사고에 대비하기 위함이니 그리 알거라."

"예."

장지명이 대답했다. 그만이 대답했지만 그것은 그의 성품이었고 제갈사랑은 그에게 사숙이었다. 제갈사랑은 고개를 끄덕이며 다시 말했다.

"부디 책임있는 강호의 협사로 자라길 바란다."

제갈사랑의 말이 끝나자 명풍의 말이 이어지기 시작했다. 대다수 천하대회의 중요성이었다.

무림관은 오행당을 위한 개조 공사에 들어갔다. 그동안 오행당에 차출된 젊은이들은 비어 있는 무림맹의 제십일무단의 숙소에서 기거하게 되었다.

"자자, 각 당주들은 숙소로 대원들과 함께 들어가세요. 오늘 저녁에 맹주님께서 오실 테니 청소도 좀 해놓고 정리도 잘해두시기 바라요."

하태희가 박수를 한 번 치며 시선을 집중해 크게 말했다. 연무장에 모인 젊은이들의 표정이 순간 굳어졌다. 맹주가 직접 온다는 말 때문이다.

하태희의 옆에 과거 백화원주였던 연서린이 서 있었다. 그녀도 오행당의 총무로 오게 된 것이다. 둘이 친하니 그리 문제 될 것은 없었다. 그녀들의 건물은 십일무단의 큰 사 층 건물 바로 뒤에 있었다.

"들어가자."

이미 방을 배정받은 화풍당(火風堂)은 송백의 말에 모두 안으로 들어갔다.

큰 방은 남자들이 쓰는 방이었고, 작은 방은 여자들이 쓰도록 해놨다. 일층은 화풍당과 수영당(水英堂)이 차지했다.

화풍당의 인원은 다른 당보다 한 명 적은 열한 명이었다. 설산이 소속되어 있었으나 패배의 충격으로 잠시 은거에 들어갔기 때문이다. 방에 앉은 열한 명은 서로를 바라보며 새로운 동료들에 대해 생각에 잠겼다. 송백까지 총 열두 명의 화풍당이었다.

"송백이다."

송백은 앉아 있는 대원들을 바라보며 짧게 말했다. 그리곤 옆에 앉은 능조운을 향해 시선을 돌렸다. 능조운이 그 시선을 받았다.

"왜?"

"소개해야지."

그제야 눈치를 챈 능조운이 말했다.

"능가장의 능조운이오."

그 옆에 앉은 차화서와 안희명도 일어나 소개했다. 차화서와 안희명은 수조였으나 송백이 요구했다. 그 요구가 받아들여진 것이다. 토조의 인원이 많이 뽑혔기에 그들을 수조로 돌리며 빼온 것이 차화서와 안희명이었다. 이왕 일을 할 것이라면 친분이 있는 사람들과 하는 것이 더 효율적이기 때문이다. 그것을 아는 제갈사랑이 허락하였다.

"화산파의 장화영이에요."

"언가장의 언기학이오."

그렇게 서로를 소개하며 한 바퀴 돌았다. 모용세가의 모용진도 화조에 있었으며 개방의 한주문도 화조에 속해 있었다. 그리고 영호진과 바꾼 토조의 당혜가 와 있었다. 당혜는 송백이 일부러 요구했다. 사천당가는 의술로도 유명했기 때문이다. 만약의 사태에 대비해 그녀를 끌고 온 것이다.

"사천당가의 당혜라고 해요."

말을 하는 당혜의 표정은 약간 굳어 있었다. 기분이 안 좋았기 때문이다. 남궁소와 악화지 등과 떨어지게 되었던 것이다. 그것이 불만이었다. 위에서 하라고 하니 왔지만 기분이 안 좋은 것은 사실이었다.

"청성파의 여일군이라 하오."

여일군은 약간 경계심있는 눈으로 송백을 바라보며 말했다. 좋아하는 상대가 아니기 때문이다. 자신에게 패배를 안긴 사람의 밑에서 일을 해야 하는데 절대 좋을 리가 없었다. 사실 이무심이 속한 금조로 가고 싶었지만 위에서 말렸기에 남은 것이다.

"사천 비룡문의 윤서환이오."

"복주 수안파 임자우라 합니다."

마지막으로 십대 후반의 임자우가 일어나 포권하자 송백은 모두를 둘러보며 말했다.

"청소하자."

■제9장■

먼 여정의 길

"화풍조가 가야 할 곳은 점창산이네."

남궁천의 말이 떨어지는 순간 작은 방 안에 소요가 일어났다. 송백의 표정은 변화가 없었다. 하지만 다른 대원들은 모두 굳은 얼굴이었다. 그곳에서 지금 어떤 일이 일어나는지 알기 때문이다. 남궁천이 손을 들자 모두의 입이 닫혔다.

곧 남궁천의 옆에 서 있던 총무단주인 비조검(飛鳥劍) 유장언(有長言)이 다시 말했다.

"점창산에서 보내온 도움 요청은 수락할 수밖에 없었다. 그래서 제칠무단이 며칠 전 무림대회를 여는 와중에도 출발했다. 하지만 맹에서 회의한 결과 추가적인 인원으로 정예인 너희를 보내려 한다. 점창산까지 멀고 험한 여정이 될지 모르나 내년 화산에서 열리는 천하대회 전까지 모두 귀환하기를 바란다. 출발은 이틀 후이네."

유장언의 말에 다시 한 번 소요가 일어났다. 남궁천은 그런 화풍조를 바라보며 자리에서 일어났다.

"강호인으로서 살아가기 위해 가장 중요한 요소 중 하나가 경험이다. 그러한 경험을 바탕으로 나는 너희가 큰 무림의 버팀목이 되었으면 좋겠다."

그렇게 말한 남궁천이 화풍조의 방을 나서자 한주문이 투덜거리듯 말했다.

"말이 쉽지 어디 점창이 가까운가. 거기다 점창이 있는 운남은 지금 복잡한 곳이라고. 재수없으면 그냥……."

말을 하던 한주문은 손으로 목을 자르는 시늉을 보였다. 그 모습에 모두의 안색이 굳어졌다. 송백은 한주문을 향해 말했다.

"운남에 대해 잘 아나?"

송백의 물음에 한주문은 인상을 찡그리며 말했다.

"뭐… 그냥 대충은… 하도 들은 이야기가 많아서……."

송백은 한주문이 있다는 것이 다행이라 여겼다. 중요한 것이 정보이기 때문이다.

"대충 말해 줄 수 있나?"

"물론이지."

곧 한주문의 입에서 운남의 점창파와 마주하고 있는 일정회에 대해서 수많은 말뜰이 쏟아져 나오기 시작했다.

송백은 사실 오행당의 당주를 맡으라는 말에 따를 생각이 없었다. 물론 거절을 해도 상관이 없는 일이었다. 하지만 무림맹의 생각은 달랐다. 앞으로 있을 천하대회를 준비하려면 철저한 관리가 필요했다. 그러한 그물이 오행당의 당주라는 자리였다. 그것을 모를 송백도 아니었다.

하지만 거절할 구실이 없었다. 더욱이 무림맹을 나서면 태정방과의 일로 귀찮게 될 것이 분명했던 것이다. 차라리 그럴 것이라면 무림맹에 남아 덜 귀찮게 되는 것도 좋다는 생각이 들었다. 물론 이러한 이유는 작은 것이었다. 보다 큰 이유는 다른 것에 있었다. 그것은 봉록이었고 또 하나는 무림맹의 당주가 갖게 되는 특권이었다. 생활하는 데 편하기 때문이다. 다른 이유는 없었다.

이튿날 아침이 밝아오자 연무장에 화풍조가 모였다. 오행당이 만들어지고 가장 먼저 여행을 떠나게 된 것이다. 수영조는 해남으로 간다고 들었다. 그리고 나머지 삼조는 아직 이렇다 할 명령이 없었다. 단지 해남과 태정방 쪽이 유력하다는 말들이 많았다.

"앞으로 모든 행동은 여러분이 하는 것이에요. 그러니 단합된 행동을 보이시고 조심해서 갔다 오세요. 모든 것은 여러분의 판단이에요. 돌아오는 날짜를 절대 잊지 마시고, 오실 때는 각자 성취를 이루길 바라요."

"예!"

하태희가 말하자 모두 크게 대답했다. 곧 연서린이 미소 지으며 말했다.

"큰일은 없을 테니 그저 여행을 다녀온다는 생각으로 갔다 오세요. 무사 귀환을 빌겠어요."

그렇게 두 사람의 말이 끝나자 화풍조는 모두 말에 올라탔다.

"장사로 가서 귀주를 통해 운남의 곤명으로 들어가는 것이 말로는 가장 빠른 길입니다. 수로로는 사천의 성도를 통해 가야 하는데 그렇게 되면 위로 돌아가게 되니 귀주로 해서 가야 합니다."

무림맹을 나오자마자 가장 먼저 걸림돌이 찾아왔다. 그것은 어디로 어떻게 가야 하는 것이다. 송백은 지금 말한 사천 출신의 윤서환을 바라보았다. 볼에 검상이 있는 이십대 초반의 인물이었다.

"운남엔 가본 적이 있나?"

"물론입니다. 아버님이 운남에서 차를 사와 사천에서 팔기 때문에 몇 번 따라가 봤습니다."

송백은 그 말에 고개를 끄덕이며 뒤에 서 있는 화풍조의 대원들을 바라보았다.

"다른 할 말이 있는 사람은?"

"그렇게 하지."

한주문이 말하자 서로를 바라보던 일행이 곧 고개를 끄덕이며 동조했다. 송백은 윤서환을 향해 말했다.

"자네가 길을 안내하게나."

"물론입니다."

어둠이 내리자 두 개의 모닥불이 빈 공터를 밝게 만들었다. 하나에는 청년들이, 다른 하나에는 여자들이 모여 앉아 있었다. 노숙을 경험한 적이 없는 사람도 있었고, 익숙한 사람들도 물론 있었다. 하지만 경험이 있는 사람은 소수였고 대다수가 없었다.

"일단 번은 사람이 많은 관계로 반 시진씩 서는 것으로 하겠네."

송백의 말에 모두 고개를 끄덕였다. 아직까지 서로에 대해 어색해서 친한 사람끼리 앉아 있지만 그것은 시간이 해결해 줄 것이다.

"첫 번째는 내가 하지. 두 번째는……."

송백은 주변을 둘러보다 먼저 누워 있는 한주문을 발견했다. 역시 개방이었다. 아무런 불편함도 없이 편한 자세로 누워 있었던 것이다.

"자네가 하게나, 주문."

"내가?"

한주문이 그 말에 놀라 벌떡 일어났다.

"아니, 난 첫 번째가 좋은데……."

이왕 할 거라면 마지막과 처음이 가장 좋았다. 그것은 자신의 경험에 비추어볼 때 나온 결론이었다. 하지만 송백은 고개를 저었다.

"자네가 하게. 그 다음은… 조운이가 하고 다음은……."

"내가 하지."

모용진이 손을 들었다. 송백은 고개를 끄덕였다. 그렇게 일곱 명이 다 결정되자 송백은 다시 말했다.

"불편하지만 익숙해지면 편할 거야. 그러니 모두 좋은 꿈 꾸게나."

그 말에 모두 자리에 누웠다. 송백만이 유일하게 홀로 앉아 있었다.

"훗."

자신도 모르게 입가에 미소가 걸렸다. 다른 이유는 없었다. 단지 과거의 일들이 떠올랐기 때문이다.

"드르렁……."

가장 먼저 소리난 곳은 역시 개방의 한주문이었다. 하늘이 이불인 그에게 노숙은 생활의 연장이었다.

"드르렁……."

또 한 번의 소리가 울리자 남자들의 시선이 여자들이 누워 있는 곳으로 향하였다. 그곳에서 소리가 났기 때문이다. 안희명이었다. 한주문과 쌍벽을 이루고 있었다. 작은 소리였지만 조용한 주변에 파란을 불렀다.

"잠이 안 와요……."

당혜는 누워서 눈을 껌뻑거렸다. 그 옆에 누운 사람은 차화서였는데, 당혜의 말에 눈을 떴다.

"처음이니?"

당혜가 고개를 끄덕였다. 장화영은 반대쪽에서 잠을 청하고 있었고, 그 옆에 안희명이 자고 있었다.

"며칠 지내다 보면 익숙해질 거야."

차화서의 미소 진 말에 당혜는 고개를 끄덕였다. 당혜처럼 잠을 이루지 못하는 사람들도 꽤 있었다. 모두 두근거리는 심장을 붙잡고 내일을 생각했다. 급작스럽게 환경이 변했지만 적응해야 한다.

다음날이었다. 대로에는 열두 필의 말이 걷고 있었다. 모두 잠을 좀 설친 듯 보였다. 그중에 능조운의 눈동자만이 붉게 충열되어 있었다. 잠을 못 잔 것이다. 새벽에 능조운은 다시 일어나 번을 서야 했다. 다른 이유가 아니라 차화서 다음으로 번을 서기로 한 안희명이 죽어도 안 일어났기에 능조운이 대신 번을 섰다. 차화서가 깨울 만한 만만한 사람이 능조운뿐이었기 때문이다.

"제기……."

눈을 비비며 말에 올라탄 능조운은 갑자기 뒤에서 난 소리에 고개를 돌렸다.

"어… 어?"

사람들의 시선이 모두 뒤로 향했다. 모두 매우 놀란 듯 한 사람을 바라보고 있었다. 그 사람은 위험하게도 말 위에서 좌우로 고개를 떨구며 졸고 있었다. 아니, 자고 있는 듯 보였다. 안희명이었다. 끝내 일어나지 못한 것이다. 차화서가 급히 말에 태웠지만 여전히 눈을 못 뜨고 있었다.

"대단하다……."

몇몇 청년들의 목소리가 감탄으로 변하며 흘러나왔다. 쓰러질 듯 보이는 그녀의 신형이 말 위에서 위태하게 앉아 있었기 때문이다.

"휴우……."

그 모습을 본 차화서가 고개를 저었다.

"어떻게 해요?"

차화서가 송백에게 물어왔다. 송백은 일행을 둘러보다 안희명의 옆에 다가갔다. 안희명 때문에 가는 발길을 늦출 수는 없었다. 송백은 어쩔 수 없이 결단을 내렸다.

"묶어."

얼마 지나지 않아 안희명은 말의 등에 밀착되게 누웠고, 그 위로 얇은 천들이 안희명의 육체를 지나 말의 가슴과 배로 감겼다. 그렇게 해결되자 다시 출발했다.

작은 일이었지만 일행의 분위기가 많이 호전되었으며 발걸음이 가벼워졌다.

*　　　*　　　*

"크악!"

"컥!"

피가 비명과 함께 허공으로 날아올랐다. 작은 집들이 몇 채 불탔으며 주변엔 사람들의 병장기 소리와 비명 소리가 난무했다. 대낮의 끔찍한 살육의 모습들이었다. 백색의 무인들과 푸른 옷을 입은 일정회 무인들 간의 혈전이었다. 하지만 푸른 옷을 입은 사람들의 수는 점점 줄어들고 있었다.

"으… 으……."

마지막 남은 자의 두 손에 들린 유엽도가 미미하게 떨리고 있었다. 그의 시선은 전방을 향하고 있었지만, 그를 둘러싼 십여 명의 백의무인이 그를 압박해 갔다.

두 눈은 튀어나올 듯 커져 있었으며 어깨를 들썩이는 모습이 눈에 확연하게 들어오는 청년이었다. 겁에 질린 모습이었다. 이제 겨우 갓 이십이 된 듯 보이는 청년이었다.

"나… 나쁜 새끼……."

청년의 입에서 작게 흘러나온 말이었다. 그 모습을 본 백의인들 중에 한 명이 검을 들고 앞으로 나섰다.

"나쁜 새끼……."

청년의 시선에 검을 든 백의인이 들어왔다. 두 눈이 부릅떠지며 눈물이 흘러내리고 있었다. 앞으로 다가올 현실을 알았기 때문이다. 그것에 대한 두려움보다 더욱 큰 것은 앞으로 멀고 먼 이별을 해야 한다는 사실이었다.

청년의 양손에 힘이 들어갔다. 마지막 힘이었다. 백의인이 더욱 가까이 다가왔던 것이다. 반사적으로 몸이 튕겨 나갔다.

"으아아악!"

슈악!

도날이 허공을 가르며 백의인의 얼굴로 날아들었다. 백의인의 입가에 짙은 미소가 걸렸다. 그런 백의인의 오른손이 가볍게 앞으로 뻗어 나갔다.

퍽!

심장을 뚫고 지나가는 검날의 한광이 허공에서 도를 멈춘 청년의 부릅뜬 눈에 들어왔다. 백의인의 검이 재빠르게 뽑혔다. 그러자 핏물이 허공을 갈랐다.

털썩!

고개를 숙인 청년의 부릅뜬 눈동자가 무언가를 찾고 있었다.

"어머… 니……."

화르륵!

허공을 검게 물드는 거대한 검은 연기가 하늘 높이 올라가고 있었다.

"많군."

시신들이 타오르는 모습을 본 점창파의 한정만은 중얼거렸다. 자신의 수하들도 상당수 있었지만 그들은 또 따로 태워야 했다.

고개를 저으며 신형을 돌리던 한정만은 한쪽에 모여 식사를 하는 무림맹 제칠무단의 인물들을 바라보았다. 총 오십일 인이 이곳에 있었다. 그들의 옷은 백색이었으나 붉게 물들어 있었다. 하지만 익숙한지 비릿한 피비린내 속에서 식사에 열중하고 있었다. 그들과 떨어진 곳에 자신의 수하들이 앉아 있었다. 모두 지친 얼굴들이었다.

무림맹과 구별하기 위해 그들의 왼 어깨는 검은색으로 하였다. 며칠 전 도착한 제칠무단의 절반이 자신과 함께하게 된 것이다. 한정만은 좋을 수밖에 없었지만 오늘 같은 대대적인 혈전은 그도 그리 좋아하지 않았다.

"상태는 어떻습니까?"

한정만이 한 사람의 장년인에게 다가가 물었다. 삼십대 중반으로 보이는 그는 곧 미소 지었다.

"가벼운 경상자만 좀 있을 뿐, 좀 쉬고 바로 작전에 들어가도 상관없을 듯하군."

제칠무단의 부단주인 선풍검(旋風劍) 고정이었다.

"그쪽은 어떤가?"

고정의 물음에 한정만은 짧게 한숨을 내쉬며 고개를 저었다.

"아무래도 오늘은 좀 힘들 것 같습니다. 부상자와 사망자를 처리하는 일도 이삼 일은 걸릴 듯 보입니다."

"그렇군… 그럼 우리가 먼저 출발하도록 하겠네. 최대한 빠르게 위로 치고 올라가라는 명령이었으니."

고정의 말에 한정문은 잠시 놀란 표정을 지었으나 이들 중 사망자가 없다는 것에 새삼 놀라고 있었다. 그들의 무력은 자신의 상상 이상으로 대단한 것이었다.

"그럼 민촌(民村)의 일정회 지부에서 만나는 걸로 하겠습니다."

"그렇게 하세."

고정은 고개를 끄덕였다.

* * *

일정회 총단이 위치한 곳은 운남성의 북단에 자리한 여강이었다. 여강의 북서쪽에 자리한 일정회의 총단은 높은 담 안으로 수십 개의 건물이 모여 있었다.

일정회의 총단 후원에 자리한 별원은 현재 손님이 들어와 있었다.

"내일이나 모레쯤 떠나야 하겠네."

"아니, 벌써 가시겠다는 말씀이십니까? 조금 섭섭합니다. 허허……."

철우경이 앉아 있었으며 그 옆으로 철시린이 앉아 있었다. 그 앞에 앉은 중년인은 약간 마른 체격의 인물이었다. 그가 일정회주인 쌍포신장(雙暴神掌) 소영동이었다. 두 손으로 일정회를 이끈 인물이었다.

철우경의 뒤에 서 있는 인물은 노호관이었고, 철시린의 뒤에 서 있는 두 명은 소화와 난화였다.

"아니네. 볼 건 이미 다 보았으니 귀주에 들러 사천으로 가볼 생각이네."

"그럼 제가 사람을 붙이겠습니다. 귀주까지 안내할 사람은 필요하지 않습니까?"

소영동의 말에 철우경은 고개를 저었다.

"그럴 필요가 없네. 자네 마음만 고맙게 받지."

소영동은 철우경의 말에 좀 더 붙잡고 싶다는 마음이 들었다. 하지만 감히 어떻게 철우경의 뜻을 거부한다는 말인가? 소영동은 아쉽지만 수긍해야 했다.

"회주님께 아룁니다."

소영동은 말을 하려던 순간 수하가 갑작스럽게 들어와 부복하자 놀란 표정을 지었다. 그런 소영동의 표정이 굳어지며 살기가 일어났다.

"감히… 아무도 들여보내지 말라고 했거늘……."

소영동은 철우경의 눈치를 살피며 인상을 찌푸렸다. 그러자 철우경이 고개를 끄덕였다. 소영동은 허리를 숙이며 철우경에게 예를 차렸다.

"정말 죄송합니다."

"아니네."

철우경이 손을 저으며 말하자 소영동은 안심하며 수하를 바라보았다.

"무슨 일이냐?"

"곤명의 서산이 불탔다고 합니다. 또한 민촌까지 점창파가 올라왔습니다."

수하의 보고에 소영동은 더없이 놀랐다. 그것을 살핀 철우경은 그저 침묵했다. 소영동의 이마에 땀방울이 맺혔다. 곤명의 서산에는 자신의 자식이 가 있기 때문이다.

"드디어… 움직인 것인가… 무림맹이……."

소영동은 안색을 굳히며 중얼거렸다. 점창파의 현 인원으로 곤명을 차지하기는 힘들었다. 또한 민촌까지 이렇게 갑작스럽게 올라오지는 못한다.

"민촌이면 바로 요 앞이군."

철우경의 목소리에 소영동의 표정이 경직되었다. 소영동은 수하를 밖으로 보냈다. 눈치를 살핀 수하가 재빠르게 밖으로 나갔다.

"곤명이면 신교의 분타인가……?"

철우경의 말에 소영동은 침음하며 말했다.

"그렇습니다. 신교의 운남분타가 곤명에 있는데 서산이 불탔다면 운남분타가……."

소영동은 괴멸이란 말을 차마 입에 담지 못했다. 사실 이 정도의 사태면 소영동은 불안해야 했다. 하지만 눈앞에 철우경이 앉아 있자 왠지 모르게 불안감이 가시는 느낌이었다.

"일단 민촌이군… 자네는 운이 좋아."

철우경은 소영동을 바라보며 중얼거렸다. 그가 볼 때 소영동은 진정 운이 좋았기 때문이다. 이런 때에 적합한 고수가 존재해 준다는 것은 좋은 일이었다. 철우경은 뒤에 서 있는 노호관을 향해 살짝 시선을 던졌다.

"민촌에 가보겠나?"

"예?"

노호관은 갑작스러운 말에 놀란 눈을 했다. 하지만 곧 재빠르게 부복했다.

"명령이시라면 따르겠습니다."

철우경은 고개를 끄덕이며 담담히 미소 지었다.

"점창파와 싸워보는 것도 좋은 경험이 될 것이네. 때로는 피 속에서 있는 것도 스스로를 단련시키지……."

철우경은 조용한 목소리로 중얼거렸다. 노호관에게는 기회가 주어진 것이다.

"조심하세요."

단 한 마디였다. 그 한마디였지만 노호관의 어깨는 더욱더 가벼웠으며 가슴에는 자신감이 차게 만들었다. 자신을 향해 입을 열던 철시린의 모습이 아직도 생생하게 머리에 떠올랐다. 과연 누가 어떤 사람이 철시린에게 그런 말을 들을 수 있을까? 노호관은 아직까지 자신이 처음이라 여겼다.

일정회의 정예 이백 명과 함께 행동하는 노호관의 신형이 바람처럼 대지를 날았다. 먼저 열 명의 발빠른 자와 함께 가는 것이었다.

'점창이라…….'

하늘은 해가 지려 하고 있었다. 그리고 공격은 밤에 시작된다.

하늘은 어둠이 지고 있었다. 무림맹의 제칠무단 십조에 속한 왕이식은 멀리까지 나와 번을 서고 있었다. 이곳에서 일정회는 꽤나 가까운 거리이기 때문이다. 왕이식과 함께 번을 서는 두 명의 인원도 한쪽에서 있었다. 어둠이 지자 추위가 매섭게 몰아쳤다. 운남의 전 지역이 높은 고원 지대였기에 밤이 되면 여름이라 하여도 추웠던 것이다.

핏!

"응?"

왕이식은 무언가 이상한 소리에 고개를 돌렸다. 순간 자신의 동료가 땅에 누워 있는 모습이 보였다.

"자냐?"

왕이식은 순간적으로 그런 생각이 들었다. 피곤해서 자는 듯한 모습이었기 때문이다. 하지만,

퍽!

"……."

왕이식은 멍한 눈으로 자신의 복부를 뚫고 나온 섬뜩한 도날을 내려다보았다. 무언가 머리를 스치는 듯했다. 고통보다 급작스러운 상황이었다. 무엇을 생각할 겨를도 없었다. 순간적으로 온몸을 타고 강렬한 고통이 머리 속으로 전달되었다.

턱!

한 손이 튀어나와 왕이식의 입을 막았다.

푸우우!

강렬한 입김과 콧김이 손을 타고 퍼졌으나 소리는 없었다. 순간 왕이식의 복부를 뚫고 나온 도가 원을 그리듯 비틀어졌다. 거칠게 반항하던 왕이식의 육체도 두 눈이 부릅떠지며 격렬하게 떨렸다.

털썩!

바닥을 뒹구는 세 구의 시신을 바라보는 노호관의 눈동자는 번들거렸다. 과거 운남의 곤명에서 자신도 근무한 적이 있기에 점창과는 사이가 그리 좋은 편이 아니었다.

"……."

노호관은 쓰러진 시신들을 바라보며 도를 상대의 옷으로 닦아내었다. 백색 옷이 붉게 물들었다. 그런 와중에 상대의 왼 어깨 옷깃이 검은색이라는 사실을 알았다. 점창파는 검은색을 쓰지 않는다. 그들의 특징이었다. 그들은 붉은색을 좋아했다. 아니면 푸른색이었다.

"무림맹……?"

검은색은 다른 지역에서 친우들이 왔을 때 해주는 배려였다. 노호관의 표정이 굳어졌다.

스슥!

그 뒤로 이백의 무인이 달빛을 받으며 나타났다. 그들이 내뿜는 살기가 사방으로 퍼져 나가고 있었다. 저 멀리 불빛들이 눈에 보였기 때문이다. 그들의 눈동자는 광기로 번들거렸다. 자신의 동료들이 죽었기 때문이다. 그 복수심이 그들의 전의를 태우고 있었다.

"가자."

노호관의 신형이 가장 먼저 어둠을 헤치며 달려나갔다. 그 뒤로 이백의 무인이 소리없이 달려나갔다.

"크악!"

"컥!"

퍼퍽!

팔과 다리가 허공으로 솟아오르며 피를 뿌렸다. 사방에서 피어나는 비명성과 원한에 찬 외침 소리가 어두운 하늘을 울렸다.

쉬아악!

퍼퍽!

노호관의 도가 허공을 가르며 두 명의 무인을 베어갔다. 비명성이 울리며 무인이 피를 뿌리고 쓰러지자 노호관이 앞으로 튀어나왔다. 순간 자신의 앞에서 싸우던 세 명의 신형 앞에서 반원을 그리는 백색의 섬광이 눈에 들어왔다.

퍼퍼퍽!

"크악!"

비명성이 울리며 피가 뿌려졌다. 그리고 앞에 나서는 한 명의 장년인이 노호관의 앞을 막았다. 고정이었다. 고정 역시 노호관을 발견하곤 눈을 빛냈다. 늘어뜨린 노호관의 도에서 핏방울이 흘러내렸다.

"좋군."

고정의 입가에 미소가 걸렸다. 저도 모르게 걸린 미소다. 상대를 만났기 때문이다. 노호관의 도가 위로 올라갔다.

"무림맹인가?"

"일정회는 아닌 것 같은데……?"

고정은 일정회의 인물 중 저렇게 투기가 강한 인물을 만난 적이 없었다. 또한 일정회의 사람들보다 피부가 백색이었다. 일정회는 대다수 약간 햇빛에 그을린 피부였다. 그것 하나만으로도 충분히 구별이 가능했다.

"말할 필요는 없겠지."

슈악!

순간 노호관의 신형이 고정의 상체를 향해 날아들었다. 고정의 검이 회전하며 섬광을 뿌렸다.

쾅!

"큭!"

고정의 신형이 뒤로 밀려났다. 온몸을 타고 흐르는 충격이 예상보다 컸던 것이다.

쉬아악!

고정의 머리 위로 노호관의 신형이 나타나며 도날이 날아들었다. 틈을 놓치지 않은 것이다. 고정의 신형이 옆으로 회전하며 내려쳐 오는 도를 피했다. 곧 노호관의 옆구리를 향해 검을 찔러갔다. 노호관의 신형이 순간 반 회전 하며 도날을 옆으로 쳐갔다. 검을 치는 것이 아니라 팔과 몸통을 베어가는 것이다.

고정의 눈동자가 굳어지며 도날을 막기 위해 검을 돌렸다. 순간 고정의 눈동자가 부릅떠졌다. 도가 강렬하게 회전했기 때문이다. 그것을 본 순간 자신의 검날이 도와 부딪쳤다.

빠직!

"……!"

고정의 눈동자가 부릅떠졌다. 자신의 검날에 금이 갔기 때문이다.

"헉!"

놀란 고정의 신형이 뒤로 물러섰다. 금이 간 검 때문이다. 하지만 노호관이 놓치지 않고 날아들었다.

쉬악!

강력한 경기가 사방으로 퍼지며 회전하는 도의 파장이 고정의 몸을 노리고 베어왔다. 고정의 신형이 뒤로 빠지며 땅에 떨어진 검을 들어 올렸다. 순간 도날이 허리를 쳐왔다.

쾅!

"큭!"

고정의 신형이 옆으로 십여 걸음이나 밀려났다. 노호관의 신형이 순간 허공에 떠오르며 회전했다. 그 모습이 고정의 눈에 들오는 순간 고정의 검이 빛살처럼 십여 개의 검 그림자를 만들며 찔러갔다. 순간 노호관의 신형이 두 개로 늘어나며 그 속으로 도를 뿌렸다. 두 개의 도가 고정에게 날아든 것이다.

쾅!

폭음 소리가 울려 퍼졌다.

"크윽!"

저절로 몸이 비틀거렸다. 검을 잡은 손은 손목에 금이 간 듯 고통스러웠다. 온몸이 부서질 것 같은 고통이 전신을 마비시켰다.

"우엑!"

고정의 입에서 피가 흘러내렸다. 순간 노호관의 신형이 고정의 눈앞에 나타났다. 고정의 표정이 굳어졌다. 노호관의 입가에 걸린 살기 어린 미소 때문이다.

"잘 가라."

"……!"

퍽!

허공에 떠오르는 고정의 머리가 달을 가렸다.

"으아악!"

비명성이 울리며 한정만은 상대의 가슴을 찌른 검을 빼 들었다. 피가 얼굴로 튀었으나 소매로 닦을 시간이 없었다. 다른 상대를 찾아야 했기 때문이다. 그런 한정만을 향해 두 명의 무인이 달려들었다. 한정만의 검날이 차가운 한광과 함께 가볍게 허공을 찔러갔다.

퍼퍽!

이마에서 핏방울이 뿜어지며 두 명의 무인이 달려들 때보다 더욱 빠르게 뒤로 튕겨 나갔다. 순간 옆구리로 날아드는 도날에 한정만은 재빨리 신형을 틀며 검날로 상대의 목을 베어갔다.

퍽!

검날이 지난 자리에 목 없는 시신이 도를 휘두르는 자세 그대로 서 있었다. 순간적으로 일어난 일이기 때문이다.

쉬아아악!

순간 강력한 경기가 자신의 등 뒤로 날아들자 놀란 한정만의 신형이 뒤로 돌며 검을 들었다. 자신의 어깨를 쳐왔기 때문이다.

쾅!

"……!"

강력한 폭음성과 함께 한정만의 신형이 뒤로 십여 걸음이나 밀려 나갔다. 그런 한정만의 안색이 급격하게 굳어졌다. 왼손이 오른 손목을 부여잡고 있었다. 고통 때문이다. 그곳에 노호관이 서 있었다. 한정만은 머리 속에서 일정회의 인물 중 노호관 같은 인물을 찾아보았다. 하지만 그런 인물은 없었다. 이렇게 강렬한 도법을 구사하는 인물은 없었던 것이다.

"누구냐?"

한정만의 굳은 눈동자가 노호관을 향했다. 하지만 노호관은 대답없이 한정만의 어깨를 바라보았다.

"붉은 수실……."

노호관은 그 한정만의 한쪽 소매가 붉은 것과 붉은 수실이 매달려 있는 것을 보고 있었다. 그것은 점창파의 중요 인물이란 뜻이기도 했다. 노호관은 도를 고쳐 잡았다.

웅! 웅!

노호관의 손 안에서 도가 맹렬하게 회전하기 시작한 것이다. 그것을 본 한정만의 안색이 굳어졌다. 머리 속에 무언가 번쩍이며 떠오를 것 같은 기억이 있었다. 하지만 생각이 잘 나지 않았다.

쉬이아악!

순간 노호관의 신형이 한정만을 향해 비쾌하게 날아들었다. 한정만은 놀라 검을 들어 노호관을 향해 베어갔다. 순간 노호관의 도가 한정만의 옆구리를 향해 도를 휘둘렀다. 한정만은 그 강력함을 이미 알기에 막아가며 몸을 뒤로 빼려 했다.

깡!

"웅!"

검과 도가 부딪치는 순간 한정만의 검이 부서지며 조각났다. 그 모습이 생생하게 한정만의 눈 속을 파고들었다. 그리고 옆구리를 스치며 지나치는 노호관의 회전하는 거대한 도날이 배를 파고들었다.

퍽!

"……!!"

한정만의 눈 속으로 땅바닥이 보였다. 하지만 이내 그런 모든 것이 검게 변했다.

털썩!

한정만의 상체가 땅바닥에 쓰러졌다. 허리 밑으로는 없었다. 도날을 옆으로 세운 노호관은 싸늘한 눈동자를 굴리며 도를 내렸다. 곧 몸을 돌려 허리 밑으로 서 있는 한정만의 하체와 저 멀리 떨어져 나간 상체를 응시했다. 잘린 것이 아니라 터져 나간 것이다. 그런 도법이었다. 노호관의 도법은.

"……."

노호관은 주변을 둘러보며 침묵했다. 싸우는 순간에는 몰랐다. 그 순간만큼은 자신의 강함을 보이고 싶다는 그 하나의 마음으로 주변이 안 보이기 때문이다. 하지만 늘 이렇게 끝난 후에는 알 수 없는 공허감이 마음을 잡았다.

"먼저 돌아가지."

송백은 현장을 수습하는 일정회의 무인들을 뒤로하며 천천히 걸음을 옮겼다. 오늘은 홀로 술을 마실 생각이었다.

■제10장■

눈은 하늘을 향하지만……

■눈은 하늘을 향하지만……

운남성의 제왕이라면 누구나 인정하는 점창파다. 그것은 운남의 모든 무림인들이라면 알고 있었다. 단지 중원과 떨어져 중원에서 점창파의 입지가 작을 뿐이지 운남에서의 점창파는 대단했다. 하지만 하나가 강대하면 늘 반기를 가진 사람들이 존재한다. 그들이 모인 세력이 일정회였다.

곤명은 그런 점창과 일정회와의 싸움에서 늘 중앙에 끼는 중요한 곳이었다. 얼마 전까지 곤명은 일정회가 차지하고 있었다. 그러하기에 점창파는 무림대회에 나갈 수가 없었다. 곤명을 잃었기 때문이다. 곤명을 통해 중원과의 교역을 활발하게 했기 때문이다.

하지만 이제 무림맹의 제칠무단이 왔고, 그들과 점창의 제자들이 힘을 합하여 곤명을 다시 찾을 수 있었다. 또한 신교의 운남지부 역시 괴멸되었다.

거대한 곤명호를 바라보는 서산(西山)의 중턱에 자리한 큰 건물들이 있었다. 현재 무림맹의 제칠무단이 쓰고 있는 곳으로 점창파와 함께하고 있는 곳이었다. 얼마 전까지 신교의 운남지부였던 자리였다. 보기에는 그저 서산장(西山莊)이라 불리는 곳이었다.

서산장의 작은 대청에 세 명의 인물이 앉아 있었다. 한 명은 흑의에 서른 후반으로 보이는 장년인이었으며 마주 앉은 백색 도포의 장년인은 날카로운 인상이었다. 그리고 한 명의 청년이 그 옆에 앉아 있었다.

"신교가 뒤를 봐주지 않는 이상 일정회가 이렇게 날뛰지는 못할 것이오."

백색 도포의 장년인이 인상을 찌푸리며 말했다. 점창파의 일대제자인 유한길이었다. 그 옆은 장문인의 제자인 조안택이 앉아 있었다. 그리고 흑의 장년인은 무림맹의 제칠무단 단주인 백리세가의 백리영이었다. 백리세가주의 사촌 동생인 그는 현재 무림맹의 제칠무단을 관리하고 있었다.

"그런 이야기는 함부로 할 성격이 아닌 것 같소. 현재 맹과 교는 천하대회를 놓고 기다리는 중인데, 그런 분란을 조성했다면 그것처럼 문제가 커지는 것도 없을 것이오. 만약 일이 확산되면 다시 한 번 중원은 마교와 대대적인 혈전을 벌이게 되오. 그러길 바라는 것이오?"

백리영의 말에 유한길은 인상을 찌푸렸다. 예상한 말이기 때문이다.

"현재 우리가 맡은 임무는 곤명을 사수하고 일정회를 어느 정도 압박하라는 명령이었소. 이제는 그 성과가 어느 정도 된 듯하니 천하대회가 열리기 전까지 이곳에서 우리는 대기할 것이오. 우리가 받은 명령은 이 지역의 안정이지 확산이 아니오."

딱 잘라 말하는 백리영의 말에 유한길은 고개를 저으며 크게 한숨을 내쉬었다. 그들을 부릴 권한이 자신에게는 없기 때문이다. 또한 점창파에도 없었다.

"하지만 신교에 대한 조사는 필요한 때라 생각합니다. 더욱이 일정회의 사대고수는 굉장한 고수입니다. 그들에 대해 조사를 해보았지만 중원의 어디에도 그들은 없었습니다. 그렇다면 하나, 신교에서 왔을 가능성이 농후합니다."

유한길의 옆에 앉은 젊은 청년 조안택이 말했다. 그러자 백리영은 인상을 찌푸리며 말했다.

"조사는 여강으로 향한 부단주가 돌아오면 하겠네. 어차피 할 생각이었으니까. 하지만 한 가지는 알아야 할 것이야. 현재 무림맹은 신교와 부딪칠 생각이 없네."

백리영이 잘라 말하자 조안택도 입을 닫았다. 유한길과 조안택이 원한 것은 이곳에 남은 나머지 무사들도 여강으로 가는 일이었다. 본거지를 치려는 대대적인 계획이 수립되고 있기 때문이다. 하지만 백리영은 맹의 명령을 어길 생각이 없었다. 잠시의 침묵이 흘렀다. 그러던 어느 순간 급박한 발소리가 울리며 한 명의 젊은 흑의무인이 달려 들어와 부복했다.

"단주님."

"무슨 일이냐?"

"급보입니다."

"……?"

백리영은 서신을 받아 쥐었다. 점창파에서 보낸 서신이었다. 백리영의 시선이 앞에 앉은 유한길에게 향하였다. 유한길의 표정도 홍미를 담고 있었다. 백리영은 곧 서신을 풀어 읽었다. 순간 백리영의 눈동자가 크게 굳어졌으며 두 손이 미미하게 떨리기 시작했다. 그 급작스러운 변화에 유한길과 조안택은 서로를 바라보았다. 백리영의 고개가 밑으로 숙여졌다.

"크……!"

백리영의 침음을 삼키는 소리에 놀란 유한길이 서신을 받았다. 순간 유한길의 눈동자도 미미하게 흔들렸다. 조안택의 안색은 급격하게 어두워졌다.

"이럴 수가!"

조안택이 탁자를 치며 일어섰다.

이대제자 일 명 한정만 사망.

삼대제자 일백오십칠 명 사망.

무림맹 제칠무단 육조, 칠조, 팔조, 구조, 십조 전멸.

"점창산으로 가야겠다."

유한길이 놀라 일어서며 말했다. 조안택의 얼굴은 크게 흔들리고 있었다. 죽은 한정만 때문이다. 그와는 친형제처럼 지내왔다. 그런데 이런 서신을 보게 된 것이다.

"휴우……."

유한길은 깊게 숨을 내쉬며 조안택의 어깨를 두드려 주었다. 그와 이곳에 함께 온 제자들의 수는 일백이었다. 이대제자 중 세 명이나 대동하고 곤명에 왔지만 이런 서신을 받았다면 점창산으로 돌아가야 했다. 백리영의 표정은 싸늘하게 굳어 있었다.

"백리 단주는 어떻게 하실 생각이오?"

유한길의 서늘한 목소리에 백리영은 눈을 빛냈다. 저도 모르게 서신을 구긴 백리영은 침음을 삼켜야 했다. 맹의 명령을 일단 지켜야 한다. 그것이 우선이었다. 곤명에서 대기하는 일이다. 하지만 이제 자신들을 대신할 다른 무력이 도착할 것이다.

"곧 오행당 중 화풍당이 올 것이오. 그들이 도착하면 화풍당에게 이곳을 맡기고 칠무단은 점창산으로 가겠소. 일정회를 멸할 것이오."

쾅!

탁자가 백리영의 주먹에 조각나며 사방으로 비산했다. 그 분노가 어느 정도인지 알 것 같았다.

'도대체 어떤 새끼들이야.'

백리영의 전신에서 살기가 피어올랐다.

* * *

곤명으로 향하는 대로에 마차가 한 대 가고 있었다. 그 옆으로 말 한 필이 따르고 있었다. 철우경과 노호관이었다. 그리고 마차 안에는 철시린과 소화, 난화가 있었다.

"노호관이라 하였나?"

"그렇습니다."

철우경은 고개를 끄덕였다.

"자네의 태생은 중원이라 들었네. 그런데 굳이 신교에 몸을 담은 이유라도 있는가?"

"그것은……."

노호관은 잠시 입을 닫았다. 멀리 곤명의 큰 도시가 눈에 들어오기 시작했다. 곤명호의 바람이 불어오는 듯 시원함을 전해주었다.

"신교는 공평하기 때문입니다."

노호관은 가볍게 대답했다. 자신의 생각을 확실히 말했기에 기분이 좋아진 듯했다. 그러자 철우경이 다시 물었다.

"중원은 공평하지 않다는 말인가?"

"그렇습니다."

노호관은 망설이지 않고 대답했다.

"무엇이 말인가?"

철우경은 궁금한 듯 다시 물었다. 그러자 노호관은 빠르게 대답했다.

"신교는 누구에게나 공평한 기회를 줍니다. 하지만 중원은 언제나 출생과 돈, 권력이 우선입니다. 무공 또한 신분에 따라 다릅니다. 하지만 신교는 누구에게나 공평한 기회를 주었으며 또한 능력이 된다면 누구나 높은 자리에 오를 수가 있습니다. 하지만 중원은 언제나 신분만을 따지는 곳입니다… 무림이라도… 중원은 마찬가지입니다."

노호관의 마지막 말은 조금 작았다. 무언가 생각났기 때문이다. 자신의 동생이 죽어 있던 날. 자신의 가족이 죽어 있던 기억 때문이다. 노호관은 중원을 저주했다.

"그렇군……."

철우경은 가만히 중얼거리기만 했다. 무슨 생각을 하는지 노호관은 알지 못했다. 단지 철우경이 이해해 준다면 그것으로 만족이었다.

덜컹! 덜컹!

마차가 작은 돌들 위를 지난 듯 흔들렸다. 그렇게 곤명으로 들어서고 있었다.

"어디서 오시는 길입니까?"

곤명에 들어서는 마차를 잡은 것은 흑색 무복을 걸친 두 명의 청년이었다. 노호관의 시선이 그들의 어깨로 향했다. 맹(盟)이라는 글귀와 함께 그 바로 밑에 쓰여진 칠(七)이라는 글귀가 눈에 들어왔다.

'무림맹 제칠무단이로군.'

노호관은 바로 알았다. 순간적으로 눈동자가 굳어졌으나 그것은 금세 사라졌다. 그리고 자신이 그 당시 척살한 인물들도 칠무단 소속일 거라 여겼다.

"잠시 운남을 여행 중이었네. 여기를 지나 사천의 중경으로 가려 하는데 무슨 문제라도 있는가?"

철우경은 담담히 자신의 앞에 서 있는 청년을 바라보며 말했다. 청년은 곧 가볍게 포권하며 말했다.

"다름이 아니라 요즘 세상이 뒤숭숭하여 잠시 조사를 하려는 것뿐입니다. 어르신께서도 조금 협조해 주시기 바랍니다. 무림에 대한 일이기 때문에 어디 소속인지 밝혀주시기 바랍니다."

청년의 말에 철우경은 가만히 소매에 손을 넣었다. 그러자 청년의 표정이 굳어지며 한 발 뒤로 물러섰다. 경계하는 것이다. 철우경의 허리에는 검이 있었으며 말에 탄 노호관 역시 도를 차고 있었다. 누가 보더라도 무림인이었다. 그러니 경계를 할 수밖에 없었다.

"하하. 그렇게 경계할 필요가 없네. 가만있자… 어디 있더라……."

철우경은 그렇게 말하며 소매를 뒤졌다. 그러자 청년이 어색하게 웃으며 다가왔다.

"죄송합니다. 한 달 전 여강 부근에서 저희 맹의 사람들이 크게 죽는 일이 있었기에……."

"그래서 이렇게 시내에도 맹의 사람들이 내려온 것이로군."

"그렇습니다."

철우경은 고개를 끄덕이며 소매에서 동패를 하나 꺼내 들었다.

"여기 있었네그려. 허허."

철우경이 동패를 꺼내 건네자 청년의 표정이 굳어졌다.

"천상음문?"

동패는 분명히 천상음문의 것이기 때문이다. 무림맹 소속의 거파 중 하나였다. 하지만 천상음문은 여성들이 모인 문파였다. 남자가 가지고 있을 이유가 없었다. 그것을 아는지 철우경이 다시 말했다.

"안에 있는 아가씨의 동패이네. 지금 중경의 천상음문으로 가는 중이지."

"아……."

그제야 청년들은 이해한 듯 고개를 끄덕이며 다시 말했다.

"죄송하지만 안에 탄 소저 분을 볼 수 있겠습니까?"

"물론이네."

곧 철우경의 시선이 노호관에게 향하자 노호관은 말에서 뛰어내려 문을 열곤 허리를 숙였다.

슥!

곧 철시린의 백색 옷이 보이자 청년들의 눈동자가 흔들렸다. 그리고 면사를 쓴 철시린이 밖으로 나오자 무림맹의 청년들은 그 호수 같은 눈동자에 잠시 얼굴을 붉혔다. 철시린이 가볍게 고개를 숙이자 청년들도 고개를 얼떨결에 숙였다.

"시간을 내주셔서 감사합니다."

"수고하게나."

청년들은 재빠르게 옆으로 물러섰다. 철시린은 어느새 마차에 탔으며 곧 그들의 시야에서 천천히 멀어지기 시작했다.

"천상음문의 여자들은 하나같이 빼어난 미인이라더니… 과연… 면사를 썼지만 너무도 아름다운 눈이었어……."

한 청년이 마차를 바라보며 중얼거렸다.

"천상음문의 신패는 어떻게 구했나요?"

마차 안에서 들리는 말소리에 철우경은 미소 지었다.

"젊은 날 인연이 닿아 구할 수가 있었다."

마차가 조용히 굴러가는 소리가 들리고 있었다. 천천히 이동 중이기 때문이다. 곧 철우경을 향해 철시린이 다시 말했다.

"그럼 천상음문으로 가는 것인가요?"

"물론이다. 천상음문은 생각보다 좋은 곳이란다. 경치도 좋고 물도 맑은 곳이지. 과거 우연히 그 앞을 지나다 천상음문과 크게 싸운 적이 있었다. 이것은 그때 받은 것이다."

철우경은 동패를 손으로 만지며 말했다. 곧 동패를 소매에 넣었다. 철우경에게는 추억의 조각 중 하나였다.

"지금 간다면 어떻게 변했을까……?"

철우경은 멀리 바라보며 생각했다. 자신도 이렇게 변했는데 그곳은? 그리고 그 사람은? 철우경은 고개를 저었다. 부질없는 과거였기 때문이다.

"이랴!"

철우경의 목소리에 마차가 조금씩 달리기 시작했다.

*　　　*　　　*

한 달이 넘는 시간 동안 함께 여행하다 보니 어색했던 사이도 어느 정도 가까워질 수 있었다. 거기다 모두 비슷한 또래이다 보니 점창산에 가는 일도 단체로 여행 나온 것처럼 즐거울 수가 있었다.

"하하하!"

송백은 약간 앞에서 말을 몰고 있었다. 그 뒤에 일행 사이에서 웃음소리가 울려 퍼졌다. 한주문의 입담이 작용했을 것이다. 그가 이야기하는 여러 가지 강호의 일들은 재미있었다. 또한 저마다 지난 과거를 입에 올리며 서로에 대해 친숙해졌다.

"어이! 당주! 당주도 거기 그렇게 앞에서 혼자 가지 말고 이리 와서 좀 이야기도 나누라고."

한주문이 소리치자 송백은 손을 저었다. 이렇게 이야기를 나누며 이동하는 일은 어색했기 때문이다. 아무리 한 달 넘게 함께했지만 아직도 송백은 대원들에게 어려웠다.

"그러고 보니 당주의 과거를 하나도 모르네."

한주문이 뭔가 발견한 듯 놀란 표정으로 말하자 모두 그 말에 동의했다.

"정말 그러네."

능조운도 거들었다. 사실 능조운은 잘 안다고 여겼다. 하지만 정작 아무것도 모르는 자신을 안 것이다. 대단한 발견이었다.

"당주는 무림에 들어오기 전에 뭐 했소? 송가장 출신이라고 하지만 송가장은 사라진 지 벌써 십여 년도 더 되었는데."

송백에게 일행이 다가오며 한주문이 물었다. 한주문은 꽤나 관심있는 표정이었다. 송백은 짧게 말했다.

"군(軍)."

"응?"

"어?"

모두의 표정이 굳어졌다. 한주문은 약간 놀란 표정을 지었다. 그러다 농담처럼 웃으며 물었다.

"군에 있었다면 사람도 많이 죽였을 텐데, 처음 사람을 죽였을 때가 언제요?"

"열다섯."

"……!"

모두의 표정이 굳어지며 한순간에 공기가 가라앉았다. 한주문도 놀라 입을 닫았다. 농담이었는데 대답 소리를 들으니 왠지 서늘했다.

모두의 머리 속은 같았다. 난 열다섯에 뭘 했을까? 라는 과제였다.

"그런 쓸데없는 이야기는 그만두고 얼마나 왔나?"

모용진이 어색한 공기를 없애며 윤서환에게 물었다.

"이제 귀주성을 지나 운남으로 들어온 지 이틀입니다. 앞으로도 계속 높은 고원 지역을 올라가야 하는데 보름 정도면 곤명에 도착할 것 같습니다."

"곤명이라… 현제 곤명은 무림맹의 제칠무단이 있으니 안심하고 돌아다닐 수 있겠어."

능조운이 중얼거렸다.

"곤명에 가기 전에 어디 유명한 곳이라도 있나? 이왕 왔으면 구경은 기본으로 해야지."

"석림이 있습니다."

"아!"

"아……."

윤서환의 말에 모두 놀라며 입을 벌렸다. 소문을 많이 들었기 때문이다. 그러자 가장 둔한 성격의 언기학이 물었다.

"석림이 뭐지?"

어딜 가나 꼭 이런 사람은 존재한다. 한주문은 고개를 저었다.

"곤명의 석림은 돌로 된 숲을 말하는데, 그 절경이 천하제일이라 불리는 곳이야."

한주문의 말에 언기학과 친해진 여일군이 다시 말했다. 둘은 동갑이었다.

"나도 소문만 들었는데 볼 만하다고 하더군."

언기학이 이해한 듯 고개를 끄덕였다. 장화영과 당혜, 안희명과 차화서는 후미에서 따라오고 있었다. 그녀들도 석림이란 말에 약간 상기되었다.

"그런데 내 경험상 소문이 무성한 곳은 실제 볼 것 없더라."

차화서의 냉담한 말에 당혜가 아미를 찌푸리며 입술을 내밀었다.

"그건 몰라요. 가봐야 알지."

가장 기대하는 표정이었다.

덜컹! 덜컹!

저 멀리 앞에서 나타난 마차가 일행의 눈에 보인 것도 그 순간이었다. 지금까지 이 길을 가면서 사람들을 만나는 경우는 드물었다.

"오늘 밤도 노숙이겠지요?"

당혜가 말하자 이 중에 가장 나이가 많은 장화영이 그 옆에서 고개를 끄덕였다.

"그래야겠지……."

"피부가 너무 거칠어져서… 햇살도 따갑고 살도 좀 타고… 이러다 남자들이 싫어하는 여자가 되면 어떻게 해요……."

당혜가 투덜거렸다. 차화서는 그 모습에 미소 지었다. 안희명은 차화서의 옆에서 졸고 있었다. 잠이 모자란 듯 여전히 여행할 때면 늘 잠을 청하는 그녀였다.

덜컹! 덜컹!

마차의 소리가 조금 크게 들리기 시작했다.

"곤명에 가면 일단 목욕부터 해야겠어……."

모용진이 기지개를 켜며 중얼거렸다.

"남자가 무슨 목욕이야, 그냥 대충 살면 그만이지."

한주문의 말에 모용진은 인상을 찌푸렸다.

"어디 개방과 비교를 하냐……. 너야 거지니 거지답게 살면 그만이지만 나는 깨끗하고 멋지게 꾸미면서 살아야 한다. 장가를 가려면 사람은 꾸며야지."

모용진의 말에 한주문은 인상을 찌푸렸다. 거지를 거지라 부르는 게 이상할 것은 없었지만 왠지 듣기 거북했다.

덜컹! 덜컹!

마차의 소리가 좀 더 크게 들렸다. 순간 송백의 말이 걸음을 멈추었다.

"응?"

송백의 말이 걸음을 멈추자 일행의 말도 걸음을 멈추었다. 송백은 옆에 있는 능조운에게 시선을 돌렸다.

"먼저 가겠나."

"응? 아니, 왜?"

"이 길을 따라 가장 처음 나오는 마을에서 만나지."

능조운이 잠시 당황하며 일행을 바라보자 송백은 다시 말했다.

"명령이네."

"명령이라면야… 따라야지……."

모용진이 그렇게 대답하며 먼저 말을 몰았다. 그러자 일행이 모두 말을 몰았다.

"무슨 일인데?"

"나중에."

능조운은 송백의 무심한 시선에 고개를 저으며 일행의 뒤를 따랐다. 그 뒤로 가장 마지막에 남은 장화영이 송백에게 다가왔다.

"나라도 남을까?"

걱정스러운 표정으로 말했다. 하지만 송백은 고개를 저었다.

"먼저 가 있어."

"……."

장화영은 송백의 표정이 굳어 있자 곧 시선을 돌리며 고개를 저었다.

"칫!"

장화영은 가볍게 내뱉으며 말을 몰아갔다. 송백의 시선이 일행에게 향하다 점점 가까이 다가오는 마차로 향하였다. 아니, 정확히는 마차가 아닌 그 옆에서 말을 몰고 있는 청년이었다.

열한 필의 말이 옆을 지나쳐 가고 있었다.

"무림맹……?"

노호관은 그들과 지나치며 마주 바라보았다. 그들도 마차와 노호관을 바라보았지만 그냥 지나쳐 갔다.

그리고 고개를 앞으로 돌리자 저 멀리 길의 중앙에 서 있는 말 한 필과 청년이 보였다. 뒤로는 말발굽 소리가 점점 멀어지고 있었다. 곧 길이 꺾이며 그들의 모습도 숲 속으로 사라질 것이다.

덜컹! 덜컹!

마차의 소리가 크게 울리며 천천히 길 중앙에 서 있는 청년에게 다가가고 있었다. 그리고 그 청년이 누구인지 눈으로 확인한 노호관의 표정이 굳어졌다.

"송… 단주……?"

노호관은 놀란 듯 중얼거렸다. 철우경의 시선이 노호관을 향했다. 하지만 그것을 모르는 노호관은 그저 굳은 얼굴로 천천히 말을 몰아가고 있었다.

툭!

마차가 멈춘 것은 길을 막고 서 있는 송백의 오 장 앞이었다. 철우경은 시선을 들어 송백을 바라보았다.

"무슨 일로 길을 막았나."

철우경의 말을 들은 송백은 입을 열지 않았다. 단지 허리에 찬 도를 잡아가고 있었다.

스릉!

"……!"

노호관의 눈동자가 굳어졌다. 순간 송백의 발이 말안장을 차고 떠올랐다.

슈아악!

강렬한 백색의 도광이 마차를 향해 폭사해 갔다.

"죄송합니다."

노호관은 재빠르게 말하며 말안장을 차고 떠올라 섬광 속으로 도를 집어넣었다.

쾅!

"큭!"

노호관의 신형이 바닥에 떨어지며 뒤로 십여 걸음이나 물러섰다. 철우경은 손을 들어 경풍을 막았다. 송백의 신형이 어느새 바닥에 내려와 서 있었다. 그 옆으로 말이 서 있었다. 송백은 가볍게 말의 엉덩이를 두드렸다. 그러자 말이 천천히 길옆의 숲으로 들어갔다.

슥!

송백은 백옥도를 늘어뜨리며 노호관을 바라보았다. 말이 필요없었다. 이미 그에게는 빚이 있었다.

"큭!"

노호관의 인상이 일그러졌다.

"오랜만에 만난 것치곤 화려하게 하는군."

노호관이 중얼거리며 말하자 송백은 도를 들어 노호관을 겨누었다.

"반갑군."

쉬악!

송백의 신형이 순식간에 노호관에게 날아들었다. 그의 백옥도가 허공에 다섯 개의 섬광을 피워냈다. 노호관의 신형이 낮게 가라앉으며 도날을 쳐올렸다.

휘익!

강력한 도풍이 백옥도를 막아간 것이다.

콰쾅!

"큭!"

쿵! 쿵!

노호관의 발이 큰 족적을 남기며 뒤로 이 보나 물러섰다. 송백의 신형은 오 장여나 뒤로 날아갔다. 하지만 아무런 타격도 없었다. 그저 반동을 이용해 충격을 없앤 것뿐이었다.

"무슨 일인가요?"

휘장을 열며 철시린이 고개를 내밀었다. 그녀의 눈에 노호관의 모습이 들어왔다. 하지만 송백의 모습은 마차에 가려 들어오지 않았다. 단지 노호관의 표정이 상기되어 있다는 것만 알았다.

"글쎄… 옛 친구와의 조우인가……?"

철우경은 재미있다는 표정으로 마차에 기대앉았다.

주륵!

입술을 타고 핏방울이 흘러내렸다. 갑작스러운 일격이기에 준비하지 못하고 받아쳤던 것이다. 그렇기 때문에 내상을 입었지만 노호관은 소매로 입술을 훔쳤다.

"무림에 몸을 담고 있을 줄은 몰랐소."

"자네도."

송백은 가볍게 말했다. 노호관은 인상을 찌푸리며 도를 손에 움켜쥐었다. 순간 도에서 강력한 기운이 뻗어 나오기 시작했다.

웅! 웅!

도를 쥔 손 안에서 맹렬하게 회전하는 도의 모습이 송백의 눈을 잡았다. 과거에도 저 도를 보았기 때문이다. 송백은 도를 늘어뜨리며 눈을 빛냈다. 그의 살기가 거대하게 노호관을 향했다.

"다시 한 번 받아보고 싶군."

순간 송백의 신형이 땅을 찼다. 그런 송백의 신형이 순간적으로 길게 엿가락처럼 늘어났다.

"……!"

노호관의 두 눈이 부릅떠졌다. 순간적으로 자신의 눈앞에 송백의 신형이 나타나는 것 같았기 때문이다. 하지만 더 놀란 것은 다른 사람이다. 철우경은 저도 모르게 일어섰다.

슈아악!

강력한 섬광이 백옥도에서 피어났다. 어느 순간 코앞까지 나타난 것이다. 노호관의 도가 맹렬하게 회전하며 백옥도를 향해 쳐갔다. 순간 그 사이로 작은 섬광이 날아들었다.

"……!"

"……!!"

송백과 노호관의 눈이 순간적으로 커졌다. 자신들이 만들어낸 공압 사이로 들어온 동패 때문이다.

콰쾅!

"큭!"

노호관의 신형이 삼 장여나 날아 땅바닥을 굴렀다. 하지만 재빠르게 일어난 노호관은 순간적으로 눈을 부릅떴다. 자신의 앞에 누군가가 서 있기 때문이다.

"……!"

송백의 신형이 빠르게 옆으로 회전하며 뒤로 이 장여나 물러섰다.

팍!

바닥을 회전하듯 돌아선 송백은 굳은 표정으로 자신의 앞에 서 있는 중년인을 바라보았다. 아까도 본 사람이다. 마부석에 앉은 인물. 철우경이었다.

웅! 웅!

철우경의 왼손 위에서 동패가 빠르게 회전하고 있었다. 곧 동패가 철우경의 손 안에 떨어졌다. 철우경이 동패를 소매에 넣고 곧 뒷짐을 진 채 송백을 향해 눈을 빛냈다. 순간 강력한 기도가 송백의 전신으로 쏘아져 갔다. 순간 '쿵!' 거리는 소리가 심장을 누르는 듯한 착각이 송백의 마음에서 일어났다.

"……!"

송백의 눈동자가 흔들렸다. 이런 기운을 자신에게 느끼게 해준 사람은 단 한 사람뿐이기 때문이다. 철우경의 차가운 시선이 송백에게 향하였다. 그런 철우경의 입이 열렸다.

"이… 형보……."

송백은 매우 놀란 얼굴로 철우경을 바라보았다. 이런 곳에서 자신의 보법을 알아보는 사람을 만난 것이다.

철우경의 손이 검의 손잡이를 잡아갔다.

"나와 상대해 보겠나……?"

스릉!

철우경의 손에 검이 들렸다.

『송백』 7권으로 이어집니다